U0091597

女耀農門 2

文創風 761

樵牧 著

目錄

第十五章　楊梅乾

顧長安午後就回到村裡，顧錚禮和顧錚維要帶的東西都準備妥當了，次日便要動身。

「小五，妳這是要上山？」顧錚維從地裡回來的時候，正好看到顧長安揹著竹簍要出門。

顧長安道：「是啊小叔，去大涼山摘點野果子。」

顧錚維索利地把鋤頭放回柴房裡，也提了一個背簍出來。「正好我閒著沒事，跟妳一起去。」

兩人直接去了大涼山。這時節雖然並非可以大量收穫果子，不過山裡有各色野果，成熟時間不一，因而也有一些可以摘採。

「大涼山有一處地方長了不少楊梅，有紅的和白的兩種，白的味道好，個頭大；紅的個頭小，特別酸。」顧錚維樂呵呵地跟顧長安介紹。

顧長安自是吃過楊梅，都是那種特別大、紅得發紫的。不過她吃的都是買來的，甜度比較高，這種野生的，還真不知道酸甜度如何？

有顧錚維帶路，兩人很快就到了楊梅林。地方比較偏，需要繞過一處有些陡峭的山壁；這裡甚至沒有什麼明確的道路，要不是知道顧錚維不會逗她玩，顧長安都要以為是他帶錯路了。從茂盛的灌木叢雜樹中艱難地穿越過去，一抬頭就看到高高低低的雜木和竹子之間，點綴著點點誘人的紅色。

「這種楊梅還是白色的時候就可以吃了，酸甜。」顧錚維伸手摘下一顆白色的楊梅遞給顧長安，順手又摘了一顆塞進自己嘴裡。

顧長安接過，果然是白色的，個頭約莫比成人拇指大一些，說全是白色也不盡然，還帶著點點的粉紅。顧長安嚥了嚥口水，一口咬了下去。

果然是酸甜可口！顧長安只覺得口水一下子就分泌出來，滋味美得讓她忍不住瞇起眼。三、兩口吃完後，她不客氣地伸手摘，吃了七、八個解了饞才停下來。這一棵白楊梅旁邊就是一棵紅色楊梅樹，顧長安也嚐了一個，一張小臉頓時被酸得皺成一團。

怎麼能這麼酸？明明都已經紅了，她吃的這個還是紅裡隱隱透著紫黑，居然還能酸得讓她整張臉都皺起來。

顧錚維見狀，絲毫沒有同情心地哈哈大笑。「你們兄弟姊妹幾個裡面，就屬小五妳吃的楊梅最多了，尤其是這種紅的。」

顧長安艱難地嚥下嘴裡的楊梅，以死魚眼瞪著顧錚維。

顧錚維笑呵呵地道：「妳小時候最老實，我跟妳爹摘了楊梅回去，妳大哥他們都選白色的吃，把紅的都留給妳，妳每回吃，都酸得直搖頭。」

其實是顧大哥他們想要把最好的留給小的，一直都以為紅的比白的要好；而自家小五一直都是個內向的，哥哥、姊姊給的，她便吃了，還是後來大一些的孩子知道白色的更好吃，這才將白色的留給小五。

過往的辛酸就不提了，顧錚維笑著轉了話題。「小五這是又有新點子了？」

他就是順嘴兒一問。小孩子上山找果子吃實在是太常見，他只當成自家孩子嘴饞了。

「大涼山靠近老鷹山的地方還有一處野桃林，那裡的毛桃雖然小了些，不過味道還不錯。妳大哥和二姊最喜歡吃了，我跟妳爹每年都會去摘。」

兩人順著路去野桃林，一路上也能看到一些野果子，能摘的都摘了，就算做果乾用不著，也能給顧小六他們當零嘴。現在家裡又多了三個孩子，當然，有好吃的自然要給紀琮備上一份，摘了這些果子，真要分下去說不定還不夠吃呢！

等到野桃林，顧長安的背簍已經裝得半滿。

野桃林的桃子品種不一，不過種類也不多就是了，畢竟不是特意種植的。不過最大的只比顧長安的拳頭稍微大一些；最小的毛桃，大約兩指粗，大的那種一口咬下去酸甜清脆，倒是頗合顧長安的口味。

「桃子多摘一些，我還以為都過季了呢！」

顧長安一邊啃著桃子，一邊去砍了一棵小竹子回來。顧錚維接了過去，兩、三下就把竹子劈開，又將竹條最外面那一層片下來，手指翻飛，很快就編了一個竹筐。

顧長安不客氣地將可以摘到的毛桃一股腦兒地全都摘了下來。

做好了這就是他們家新的收入來源。

野桃和大個頭的白楊梅最受歡迎，顧長安返家後分出一小部分，好讓陸九晚上去接顧大哥他們的時候，順便往紀家跑一趟，讓紀琮嚐嚐鮮。

「怎麼不吃了？」顧長安見花兒三人只吃了一點點便不肯再吃，隨口問了一句。

年紀最小的陸堯飛快地看了顧長安一眼，表情有些忐忑。「等少爺他們回來一起吃。」

一旁的花兒和小柱子也跟著點頭，顯然都是一樣的想法。

顧長安面無表情地捏了捏陸堯和小柱子最近長了些許肉的臉頰，沒辜負他們的心意。「由著你們，既然不吃了，那就幫我做點事情吧！」

陸堯三人立刻露出驚喜的笑容，連連點頭。「好！」

「堯兒，你把楊梅都清洗乾淨，一個一個慢慢洗，儘量別捏破爛了。」顧長安往水裡添了一點粗鹽，將楊梅浸泡一會兒，慢慢地清洗乾淨，做了示範給陸堯看後，就任由陸堯去折騰。

「小柱子和花兒姊你們兩個來清洗毛桃，儘量把這些毛都給洗乾淨。」想了想，她又補充了一句。「就算洗壞了也沒關係，不影響做吃食。」

陸堯三人聞言果然鬆了口氣，做起事情也越發輕快。

「小五這是打算做什麼？」顧二姊吃完一顆桃子，過來問道。

顧長安道：「上回在小琮的小書房裡看到一本雜記，似乎有提到楊梅乾，左右是不要錢的楊梅，試試看能不能做成零嘴？毛桃的話，倒是可以做成甘草毛桃，正好讓陸九叔順便帶甘草回來，晚上就能做了。」

紀琮有個小書房，裡面放著不少雜書，其中不乏孤本，顧長安也的確是去過幾回，看過幾本遊記。當然，自然是沒有記載到楊梅乾的，她這麼說不過就是找個出處，何況顧二姊只是隨口一問，斷不會當真追根究柢。

楊梅煮好後便都盛出來，一半放在顧二姊刷洗乾淨的竹簾上晾曬，趁著現在太陽猛烈，放在太陽底下曬，另外一半則是用炭火慢慢烘乾。

陸九去鎮上接人，會順帶多買些肉菜回來。明天顧錚禮兄弟兩人要去縣城，如果沒有拜師的機會，就會選擇入書院，不知道多久才能回來，怕他們想念家裡的吃食，就乾脆多做一些。

「長安！」顧長安聽到聲響出去的時候，就見紀琮從牛車上跳了下來，滿是歡喜地跑過來。

顧長安任由他衝到自己跟前站定，小心翼翼地握住她的手。「怎麼跟著過來了？」

紀琮喜孜孜地道：「我聽陸九叔說，伯父和小叔他們明天要去縣城，就想跟著過來看看。長安，妳讓陸九叔給我帶的果子我吃啦！那楊梅真好吃，我以前在京城每年都只能吃到一小碟子呢！」

「家裡還有不少，你拿去跟大哥他們一起吃。」顧長安牽著他去堂屋，顧長安外婆林氏掐著時辰端著新鮮楊梅出來，放在堂屋通風處，除了大桃子外，也洗了幾個小毛桃，好讓幾人嚐嚐鮮。

「長安，這個桃子也很好吃啊！」紀琮掰開一個小毛桃，靠近桃核的地方果肉有些泛紅，他小心地嚐了一口，頓時驚喜地瞪大了眼睛。

別看毛桃小，那脆生生的口感，在剛咬下果皮的淡淡苦澀後，居然還是酸甜的。只看賣相的話，毛桃完全不讓人抱任何期望，也是因為如此，再嚐到味道時，難免覺得驚喜。

顧長安只給他一個。「嚐個味道就行，大的也只能吃一個，楊梅不能多吃，免得酸牙，晚上吃不下飯。」

紀琮乖乖地點頭。「我知道了。長安，妳還吃嗎？」

顧長安搖搖頭。她吃夠多了。

紀琮見狀不再追問，抱著小筐子出去找顧大哥和顧小六他們。

晚上依舊是分成兩桌，顧小六先埋頭苦吃一番，忽然想起什麼，抬頭問顧長安。「五姊，爹和小叔要去幾天？」

顧長安想了想，道：「最快七、八天，若是慢一些的話，怕是要一個月左右。」

顧小六頓時雙眼發光。「五姊，那我們能不能去縣城找爹和小叔？」

顧二姊給他挾了一塊排骨，淺淺一笑。「小六這是打算不去書院了？」

顧小六低頭看了看排骨，又抬眼看了顧二姊一眼，飛快地挪開視線，有些心虛地道：

「過幾日便是書院休沐，可以在那個時候去。」

顧長安道：「休沐只有一日的工夫，來回都不止一日，你還是安生一些，往後有的是機會去縣城。」

顧小六被顧二姊那般盯著時就有些打消念頭，又被顧長安這麼一說，當下不再糾結這問題。既然自家五姊都說往後有的是機會，那他就多等一等便是。

紀琮倒是覺得縣城沒什麼可玩的，建議道：「小六，等你長大些可以去京城玩啊！京城有很多好玩的地方，不過，吃的東西沒有長安做的好吃。」

顧小六得意洋洋地道：「我五姊做的東西自然不同！不過小琮哥你說得對，以後我要去京城，到時候五姊的生意就能做到京城去了，好讓京城的人知道什麼才是真正的美味！」

「……」弟弟這謎之自信，到底是誰給他的底氣？

陸堯和小柱子聞言立刻跟著大力點頭。陸堯膽子小，這時候居然鼓起勇氣，拚命為顧小六的謎之自信添磚加瓦。「對，五姑娘做的東西都特別好吃！」

作為腦殘粉的紀琮更是自信爆棚。「那時候整個京城的人都得去長安開的鋪子裡吃東西，我們還得篩選過，性子不好的、脾氣太大的、長得醜的，統統不讓他們進去。」

「對，就要這麼辦！」幾個小的拚命贊同，恨不得把自己看不過眼兒的全都拒於門外才好。

顧長安木著臉。她還能說什麼？

顧二姊輕笑一聲，給幾個小的一人挾了一塊肥瘦相間的紅燒肉。「所以你們該好生努力才是，不然等以後長安的生意蒸蒸日上，說不定就成了咱們大荊朝的首富。屆時你們若是跟不上長安的步伐，不說解憂，甚至都沒法子替她跑腿，那該多沒面子。」

紀琮聞言立刻有些擔憂起來。按說他的家世自是不錯，可架不住京城紀家的長輩對他都是淡淡的，如今都不曾請封世子，難保日後有變動。他是不是該更努力一些，免得日後當真不能替長安解憂啊？可是，再努力也架不住他不得長輩歡心啊！那他是不是該改一改想法，不如乾脆靠自己走出一條路來？

顧家兄弟出於某種暫時不可告人的心思，潛移默化地在教導紀琮。誠然，這種改變很細微，但不可否認，如今的紀琮跟以往已經有了翻天覆地的改變。

「用目前的身分，走出一條自己的路來」，要是放在從前，紀琮壓根兒就不會有這樣的想法，而這等想法的萌芽，也意味著大荊朝自立國以來，最為俊美、最是凶殘，文官之首兼帝師，已經開始蛻變。

顧長安可不知道紀琮在這短短的瞬間，心態已經有了巨大的變化，甚至對自己的未來也已經有了朦朧的概念。她自覺臉皮越來越厚，從一開始的不自然很快就變得坦然，被誇得誇張，她覺得還是可以接受的。

顧小六倒是信心十足。「日後我可是要入朝為官！到時候我們顧家滿門都是當官的，四哥不愛進學，能當個將軍，如此，我肯定能幫上五姊的忙！」

思。

陸堯和小柱子雖然沒說話，不過很顯然把這話給聽進去了，就是花兒，聞言也是若有所思。

林氏和鄒氏將一群小的反應看在眼裡，眼底泛起笑意，就連徐氏在最初的忐忑過後，臉上也露出一絲笑容。

有這幾個小的在一旁嘰嘰喳喳的，這頓飯倒是吃得很歡樂。收拾妥當，一家子坐在一起說了會兒話。尤其是林氏和鄒生，對顧錚禮兄弟兩人是千叮嚀、萬囑咐，生怕他們兩個漢子粗心大意，去了縣城會吃虧。

顧錚禮兄弟兩人親緣淺薄，如今得長輩這般關切，自然是一一應承，認真記在心上。顧長安幾人也紛紛將自己列好的單子交給顧錚禮。縣城有不少東西是鎮上買不著的，列出一個單子，就算不能都買回來，能買到一、兩樣也是好的。

夜色深重，各人才各自回房歇下。

第二日一大早，陸九便駕著牛車，將顧錚禮兄弟兩人送到鎮上。鎮上有馬車專門跑往縣城各地，他們準備租賃一輛馬車，直接前往縣城。

顧家人沒太多時間掛念，緊跟著家裡就開始蓋房子，村裡的作坊也開始動工了。梨花村的村民們都很熱情、興奮，不管男女，幾乎個個都去顧家和村裡幹活。幫村裡蓋作坊沒工錢，不過架不住村民們自己樂意，他們輪流到作坊幫忙，其餘的都在顧家做活。

顧家給的工錢不低，除了村人之外，還從外村雇了人。外村的人來回不方便，顧家也提供伙食。

「長安，妳有沒有打算蓋圍牆把房子都給圍起來？」紀琮問道。

顧長安牽著他的手往大涼山走。最近這段時日紀琮恨不得長住在顧家，京城那邊似乎又出問題了，紀忠也就沒太拘著他。讓京城的那些人知道紀琮成天往鄉下跑，或許對他來說還更加安全些。

「要蓋圍牆，免得日後再動工。」房子最好是一次都修葺妥當，顧長安可不願意隔三差五地再去修補。

紀琮滿意地點點頭，覺得自家長安做事當真是處處妥當，等以後長安嫁給他，肯定能幫他把家裡管理得妥妥當當，有長安幫他，他在外面做事絕對不會有後顧之憂啦！

「長安，我們什麼時候去縣城？」紀琮問道。空間裡還裝著一頭大野豬呢，送到縣城也能換上不少銀錢。

顧長安想了想，道：「就這幾日吧！去晚了，怕是買不到足夠的桃子和楊梅。」

紀琮頓時大喜。「妳確定了哪天去就提前告訴我，我好跟忠爺爺說一聲。」

顧長安本想說不需要告訴紀忠，她如今對紀忠有些不信任，不過轉念一想還是忍住了沒說。紀忠對紀琮來說不一樣，而且如果只是她多想了，瞞著紀忠去縣城反倒容易讓紀琮涉險。

下山前兩人還抓了一隻野雞，撿了幾個野雞蛋。紀琮如今有些野，甚至會爬樹去掏鳥蛋；顧長安也不拘著他，只要能保證自己的安全，紀琮再鬧騰她也不會攔著。

快下山的時候，顧長安將那特製的超大背簍拿出，輕鬆地揹了起來。紀琮雖然有點虛胖，不過在練武上還是很刻苦，他拿了兩背簍的桃子，揹一個，胸前掛一個。野雞讓顧長安拎著，她還順手打了一捆柴火，至於剩下的那些鳥蛋和野雞蛋，則是收了起來。

晚上，顧長安將自己和紀琮打算去縣城一趟的事情說了。林氏頓時吃了一驚，連忙勸阻。「小五啊，這可不行，你們兩個小孩子，哪能跑到縣城去？妳要真擔心妳爹和小叔，就讓妳外公和妳陸九叔跑一趟。」

鄒氏也是有些不贊同，只是她更清楚自家五丫頭性子有多倔，她既然開了口，怕是誰來說都不可能讓她改變主意。

倒是鄒生沈吟片刻後，問道：「小五啊，妳真敢去？縣城可不是鎮上，來回那麼點路，妳要是出去了，一、兩天可回不來。」

顧長安點點頭。「我知道。去看爹和小叔，正好也想看看縣城的行情。村裡的作坊快辦起來了，只在平安鎮怕是吃不下作坊生產出來的東西，也得讓作坊多一條路子走。」

聞言鄒生就明白了，頂著林氏不贊同的眼神，點頭應下。「好，那妳就去吧！」

顧長安並沒有急著離開，第二天先送紀琮回去紀家，又去了百膳樓。

鄧掌櫃又在後院喝茶，一看到顧長安便對她招招手，笑道：「我說妳好幾日都沒過來，還以為妳忘了要來我這裡一趟了！」

顧長安熟門熟路地坐下後，一口喝乾杯裡溫熱的茶水，又給自己倒滿一杯，這才道：「家裡開始動工蓋房子，有些脫不開身。」

鄧掌櫃哈哈一笑，話雖然這麼說，他也不是當真計較此事。都說好飯不怕晚，能為百膳樓增添利益之事，等一等也無妨；再者，顧長安早就讓人送了口信過來，說好會晚上幾天。

「家裡可還順利？若是有不妥當之處盡可來找我，旁的不說，我到底比妳年長一些，又是做生意的，認識的人也比妳多一些，能幫的，我絕對沒有二話。」

顧長安點頭道：「鄧掌櫃放心，若是有需要之處，無須鄧掌櫃開口，我也會厚著臉皮託鄧掌櫃幫忙的。」

鄧掌櫃對她這種不做作的坦蕩很是喜歡，笑著問道：「今天總算來了，想必也將新吃食帶來了？」

顧長安將小白瓷罈子拿了出來，早有夥計送了碟子和筷子過來，剛打開罈子，鄧掌櫃就聞到一股酸甜味，口水禁不住快流出。

「這是什麼？」鄧掌櫃看著顧長安挾出來的楊梅乾，有些偏黑，不過尚能看出本色。

顧長安道：「楊梅乾。」

「楊梅乾？」鄧掌櫃眼睛一亮，連忙挾起一顆送入口中。入口有淡淡的鹹味，不過很快就變成甜中透著些許酸意的滋味，果肉很緊實、有嚼勁，讓人口舌生津。鄧掌櫃吃完了果肉，連果核也帶著別樣的滋味，要不是他沒忘記顧長安還在面前，怕是連果核都捨不得吐出來了。

接連又吃了兩個，鄧掌櫃這才放下筷子，嘆息道：「五姑娘果然厲害，竟是連楊梅都能做出這等好滋味！」

顧長安被誇讚了也只是神情淡淡。「只是趕巧了。」

鄧掌櫃卻是不贊同她這說法。「楊梅是時令果子，只是在南方價格便宜，在京城，哪怕是達官貴人，想要吃到嘴裡也不是那般容易；要說無人將心思放在將楊梅製成果乾上是假的，可到目前為止，也只有五姑娘做到，只論這份本事，便實在難得。」

顧長安懶得多爭辯。「鄧掌櫃覺得這生意可做得？」

鄧掌櫃沈吟片刻。「五姑娘，楊梅快過季了，據我所知，你們村裡的作坊連房子都還沒蓋完吧？」

顧長安直接道：「所以，我打算將方子賣給百膳樓。周邊城鎮、縣城甚至是府城，想必能收到不少楊梅，在那些地方都有百膳樓，只需要在當地買了楊梅製成果乾，便無須擔心運送的途中會造成損壞。」

鄧掌櫃適才說那番話，便是想要買下方子，聽顧長安主動開口說要將方子賣給百膳樓，他自是高興，立刻道：「五姑娘肯賣方子那是再好不過！五姑娘放心，我們百膳樓和五姑娘也不是頭一回做生意，自不會讓五姑娘吃虧。」

大致算計了一番，他才繼續道：「我也不瞞著五姑娘，這楊梅乾放在南方利益不會差，不過等運送到京城等北地去，利潤絕對不會小，只不過這畢竟只是一樣小零嘴，百膳樓給的價格不會太高。」

顧長安問道：「百膳樓肯出多少銀子買我這方子？」

鄧掌櫃一咬牙。「兩百兩。」

也只有給顧長安的價格，才會這麼高！

當然，鄧掌櫃是寧可給高價，也不願意讓這一位再一次開口要求分成。

兩百兩已經是出乎意料的高價了，顧長安知道百膳樓在北方可以掙到更高的利潤，但是現在家裡正是用錢之際，而且楊梅也只在這個季節有，乾脆將方子給賣了，也省心。

「好，那就兩百兩！」顧長安一口答應下來。

鄧掌櫃心頭大喜，稍加考慮，將有財給叫了過來，讓他跟著顧長安學如何製作楊梅乾。有財人機靈，又因為徐二叔的緣故，在鄧掌櫃跟前也算是說得上話，確定做這楊梅乾不是多麻煩之事，鄧掌櫃便選中他。

顧長安將步驟都寫下來給鄧掌櫃，又仔細地跟有財說了做法。其實做楊梅乾還真不是什麼技術活，顧長安只有提醒了幾點。「清洗的時候務必要多費些心思，想必百膳樓打算將這小零嘴以高價賣出，楊梅上多塵土泥沙，若是清洗不乾淨，到時候難免會壞了口碑。」

鄧掌櫃沒說百膳樓的東家在這方面向來很注意，顧長安肯提醒是情分，他只需要記下這情分就夠了。

賣了方子，兩百兩銀票就到手了。

晚上的時候，顧長安先跟陸九去紀家接紀琮和顧四哥，接著才去明山書院接顧大哥三人。

「小五，明天我跟你們一起去吧？」顧四哥有些擔憂。這話昨天他就說過了，只可惜被顧長安給拒絕。

顧長安依然搖頭拒絕。「大哥、三哥白日裡要去學堂，陸九叔一人看顧不過來；外公年紀大了，有四哥在也能多照看一些。」

「可妳跟小琮兩個人行嗎？」顧四哥憂心不已。「那是縣城，你們兩個小孩子……」

顧大哥和顧三哥忍不住笑了起來，顧四哥這才想起自己才比顧長安和紀琮大了一歲，臉上多了一絲紅暈。

顧長安無意讓自家四哥太過害羞。「四哥忘了，爹和小叔在縣城呢，我們會先去跟爹和小叔碰面。」

一旁紀琮也連忙道：「紀家在縣城也有生意，若是遇上難事，我們可以去找那些人。」

顧三哥倒是不怎麼擔心，兄弟姊妹幾個當中，他最放心的便是顧長安了。

紀琮很有信心地安慰眾人。「長安那麼厲害，肯定會保護好我們兩個。」

顧大哥幾人面無表情地看著紀琮。這小子說的話是不是反了？

顧小六像小鴨子似地格格笑了起來。「小琮哥你都這麼大了，還想讓我五姊保護你啊？

那往後當家做主的肯定是我五姊了。」

紀琮聞言理所當然地點頭。「那是自然，我都聽長安的。」

顧長安。「……」

顧大哥幾人倒是還算滿意。從小就得讓紀琮這小子知道，當家做主的只能是小五。最後顧大哥和顧三哥開口幫忙說話；顧四哥雖然還有些擔心，卻不再堅持要陪同。一夜無話。

次日天邊才有亮光，顧長安就被顧二姊給叫醒了。她半瞇著眼漱洗完，又在鄒氏的關切下吃了一碗酒釀荷包蛋，拉著連眼睛都沒睜開的紀琮上了牛車。

陸九前一天已經預約好去縣城的馬車，兩人不用進鎮裡搭車。

顧長安拍著紀琮的背，原本沒睡醒的紀琮頓時秒睡，她則是靠在馬車上，感受著晃晃悠悠的感覺，半瞇著眼睛看著窗外的風景。

紀琮只睡了半個時辰就起來了。

「長安，妳睡一會兒，我來看著。」出門之前紀琮就被叮囑過，兩人得警醒點，哪怕是坐馬車的時候，也得有一個人醒著，必須輪流休息才行。

顧長安沒跟他爭辯，她早上的確沒睡飽。

「給你帶了包子，竹筒裡有酒釀圓子，還有我娘昨天晚上做的肉乾和鹹菜，愛吃哪個就拿哪個。」將準備好的吃食拿出來，早起她吃了一碗酒釀，紀琮可是餓著肚子出來的。

紀琮喜孜孜地應下，又催促顧長安去睡覺，還特意往旁邊挪了挪，好讓顧長安睡得舒服一些。

顧長安是被震醒的！馬車壓過一塊稍大的石子，落地的時候甚至跳了跳。顧長安只覺得自己被人扔上了半空後落下來，震得渾身骨頭都要散架了。

「小姑娘、小少爺，對不住了，這段路不好走，您兩位可得坐穩了。」趕車的漢子在外面聽到動靜，連忙提醒道。

顧長安和紀琮連忙坐穩。這段路的確很顛簸，哪怕兩人特意將空間裡的墊子拿出來鋪得厚厚的，屁股還是震得生疼。

等過了這一段路總算好了不少，將墊子收了兩個起來，顧長安才拿出吃食，掀開簾子鑽了出去。

「大叔，我家裡做的包子，你也嚐嚐？」

趕車的是個長得敦實的中年漢子，中等身材。或許是因為趕車風吹日曬，臉龐有些黑紅黑紅的，話有點多，好在顧長安本就想要在他這裡打聽消息，話多才好。

漢子笑著拿了一個包子，一口就咬掉一半。包子有兩種餡，青椒肉餡和筍衣素餡。紀琮喜歡吃甜的，鄒氏和林氏特意蒸了幾個豆沙餡的大餃子。不過這幾個餃子，顧長安可不會拿出來給別人吃，小胖子自己一頓就能吃光了。

漢子兩口吃完一個包子，他拿的是素餡的，顧長安便又挑了一個肉餡的給他。「大叔，再來一個。」

漢子也不跟她客氣，笑呵呵地又接了過去。「小姑娘，我姓劉。」

顧長安從善如流地改口。「劉大叔。」

劉大叔笑著應了，兩口吃下肉包子，咂了咂嘴。「小姑娘，您家這手藝不錯。」說完忽然想起什麼，拍了自己額頭一下。「瞧我這記性，小姑娘是小食肆的小東家，怪不得這包子葷素都做得好吃。」

或許是擔心顧長安誤會，劉大叔連忙解釋道：「忘了跟姑娘提，我經常替百膳樓來回跑，跟百膳樓的鄧掌櫃也認識。昨天晚上姑娘家人訂了我的馬車之後，趕巧鄧掌櫃也喚了我去，想要讓我跑一趟腿。我一說，鄧掌櫃就說讓我多照看一些。我也是擔心冒犯了姑娘，就多問了兩句，鄧掌櫃這才說了，應該是咱們平安鎮小食肆的小東家要去縣城，我腦子笨，記性差，竟是現在才想起這一件事。」

顧長安聞言，仗著自己年紀小，不動聲色地套了點話，確定這劉大叔說的是真話，她也是力氣大就跟著膽子大，還真不怕對方是壞人。

劉大叔拒絕她再次遞過來的包子。就算對方家裡是開食肆的，可他一個成年人，真沒那厚臉皮一直拿人家小姑娘的吃食。

「姑娘第一次去縣城吧？」

顧長安點點頭。「劉大叔經常往縣城跑，肯定對縣城很熟悉。劉大叔你跟我說說唄，縣城都有哪些好吃、好玩的？」

劉大叔一拍大腿，笑著道：「那妳可問對人了！要說這縣城啊，可是比咱們平安鎮大多了，吃的、喝的、玩的都多，不過要說最好的……」

這時候就展現出一個話癆的好處來了，劉大叔口沫橫飛地說起縣城種種事情。

中午就在路上解決了午飯，他們帶的吃食多，還分給劉大叔不少。

再次上路，劉大叔就徹底打開話匣子，不只說縣城裡的事情，就連跑車的事情也都說給兩人聽。等說到哪家的商戶半路被人搶了的事情時，他忽然壓低嗓門，一臉神秘地道：「你們猜這周邊鎮子、村子那麼多，哪條去縣城的路上絕不會遇上劫匪？」

紀琮聽了只覺得有趣，聞言很配合地問道：「哪條路？」

劉大叔一臉得意。「不就是咱們平安鎮去縣城的這條路嘛！那你們知不知道，為何只有平安鎮去縣城這條路最為安全？」

紀琮更加好奇了。「為何？」

有人配合，劉大叔自然更加樂意說了，笑哈哈地道：「那是因為平安鎮出了當大官的紀家！那可是皇親國戚，要是平安鎮這邊還有劫匪，紀家的臉面往哪兒擱？所以這些年不管是哪個縣太爺，都對平安鎮另眼相看，尤其是在安全這方面，更是萬萬不敢鬆懈。說起來，其他鎮的人，對咱們平安鎮可是很羨慕呢！」

紀琮愣了愣沒接話，倒是顧長安神色微動。

在這一方面，紀家的確給平安鎮帶來不少的好處，讓平安鎮比其他鎮，甚至是比縣城都要強一些；然而，她對紀家依然沒有任何的好感。

握了握紀琮的手，顧長安才不動聲色地轉開話題。「劉大叔，你這次到了縣城辦完事情就馬上回平安鎮，還是要多待幾天？」

劉大叔果然被轉移了注意力。「以往都是到了歇一晚上，第二天就回轉，不過這一回得多待幾天，百膳樓的鄧掌櫃讓我帶些東西回去，得等個兩、三日。」

「劉大叔都在哪裡歇腳？要是劉大叔車上回去的時候還能載人，我過幾日去看看，說不定還能跟著劉大叔一起回平安鎮。」

劉大叔笑道：「那敢情好！鄧掌櫃要我帶的東西是個小物件，再帶上你們兩個孩子空間也足夠。」

顧長安沒把話給說死。他們在縣城不知道要待上幾天，往後拖延兩天倒是可以，要是劉大叔的事情辦完了他們還沒完事，總不能提前結束就為了跟車吧！

晚上在一處莊戶人家落腳，次日清晨就出發。一路顛簸，晚霞漫天時，才趕到了縣城。

第十六章　縣城認親

跟劉大叔道別後，找了一家客棧住下。次日不急著找人，他們找了一家酒樓吃了頓飽飯，這才慢悠悠地在街上閒逛。

才出酒樓沒多遠，一個穿著樸素的小孩迎面走來，在錯身而過的瞬間，紀琮忽然伸手，精準無比地抓住對方幾乎要碰到顧長安的手。

顧長安反手抓住對方的另一隻手，稍稍一用力。「哥哥，我們終於找到你啦！快點跟我們走吧，爹還在等著你呢！」

有顧長安這隱晦卻極為暴力的手段，兩人輕易地便將這小孩給拖進一旁的小巷子裡。

那小子十三、四歲的年紀，已經稱得上是小少年。身上的衣服洗得發白，看起來也是乾乾淨淨，只不過小少年原本有些暗黃的臉色，此時更是增添了幾分蒼白，不過紀琮覺得他除了被嚇到，更多應該是疼的。

長安可是一手就可以捏碎大石頭的人呢！

顧長安沒有用多大的力氣，不然這小少年的胳膊肯定已經碎成渣了，饒是如此，小少年也疼得背心冒汗，看著顧長安的眼神就像是見了鬼似的。

「你、你們想要幹什麼？」少年嚥了嚥口水，憋回差點掉下來的眼淚，色厲內荏地道：

「我告訴你們，這裡可是縣城，到處都是官兵，你們要是敢對我不利，我只要大喊一聲，你們連跑都沒地方跑。」

顧長安木著臉，不客氣地道：「真有官兵你敢在這裡偷東西？」

少年虛張聲勢，卻是壓不住驚懼，嚷嚷道：「哪個偷妳東西了？妳休要胡言亂語，我告訴妳，我……」

「再敢對長安嚷嚷，我就打掉你的牙！」紀琮哪裡肯聽著別人這般指責顧長安，當下小胖臉就沈下來。別說，紀琮這樣的人，天生貴氣，哪怕年紀小，平時又蠢萌，可臉一沈下來，還真有幾分懾人的氣勢。

那少年本就是虛張聲勢，被這麼一嚇唬，頓時臉色一白。

顧長安見他終於知道怕了，沒繼續嚇唬他。「叫什麼名字？」

少年眼珠子一轉，正想要回答，卻被顧長安淡淡地斜睨了一眼，到了嘴邊的話硬是轉了個彎又嚥了回去，到底不敢糊弄。「我不知道自己姓什麼，大家都叫我大虎。」

這名字跟本人完全不搭！

不過顧長安不在意這些，問道：「看你這樣子，應該對縣城挺熟悉了？」能穿得體面地偷人錢袋，還能活蹦亂跳，這種人不是技藝高超，就是路子廣、吃得開，看這少年的模樣，應當是後者。

大虎滑稽地咧咧嘴。「我從小就在縣城長大，對大街小巷的確挺熟悉的。」

熟悉就好！

「如果我們讓你幫忙牽線，事成之後給你一筆跑腿費，你可願意做？」顧長安也不浪費時間，直奔主題。

大虎頓時眼睛一亮，不過很快又冷靜下來，慎重地問道：「你們想要我做什麼？我先說好了，犯法的事情我可不做，我還有幾張嘴要養呢！」

紀琮繃著小胖臉。「真要做犯法之事，也不會找你這種三腳貓。」

大虎被堵了一下，紀琮氣勢太強，偏偏年紀還比他小，他就算想要爭辯也沒那臉。

顧長安道：「不會讓你做什麼犯法之事，我們是從山裡過來的，來的時候打了一頭野豬，不過我們對縣城不熟，你幫忙把野豬賣出去，賣的價格越高，你能得到的就越多。」

大虎面露喜色。「野豬？多大的野豬？現在在哪裡？」

顧長安道：「足有五、六百斤，很新鮮，在城外只有我們知道的地方藏著。只要你能賣出去，現在就能帶人去運回來。」

大虎雖然想要一口答應下來，不過說出口的話還是帶著幾分謹慎。「我去問一問。你們要什麼價格？等我找到買家，去哪裡找你們？賣出去之後，你們會給我多少跑腿費？我先說好了，給得太低的話，我不會盡心去替你們跑。」

顧長安扔給他一兩銀子。「這是訂金，事成之後給你多少，就看你有多大本事了。」

大虎得了銀子，眼睛都瞪圓了，要不是還有點少年人的傲氣，他都差點放在嘴裡咬一口看看真假。

「成，你們等我消息吧！」等商定好見面的地方，大虎轉頭就跑。

大虎做事情果然很索利，只花了一刻鐘的工夫，他就匆匆忙忙地找了過來。

「你們運氣可真好，明天富貴酒樓的東家要宴客，正好想要買一些野味呢！聽說有整頭的野豬，他們願意出雙倍的價格買下來。」

然而，顧長安並未露出半點喜色，面色平淡地看著他。「對方是不是特意問了我們是不是要整頭出售？」

大虎不明所以，卻老實點頭。「是問了，不過這有什麼不對嗎？」

紀琮也有些糊塗，他不高興只是單純覺得這價格太低了，不過看長安的樣子，似乎對方是別有用意。

野豬肚是個好東西，當成藥材賣能賣出不低的價格，她打的這頭大野豬的豬肚，至少能賣到幾十兩銀子，而那什麼富貴酒樓的東家，居然欺負人不懂行，想要用幾十兩銀子連肉帶豬肚全給吃下嘴，也不怕撐死了！

「除了富貴酒樓的東家之外，還有沒有其他人？」顧長安沒解釋，只是又問了一句。

大虎還是不明白，不過他識趣地沒追問，道：「我先去百膳樓，百膳樓的掌櫃說天氣太熱，最多只能要一半；不過他說他有認識的朋友，倒是可以吃下另外一半。」

顧長安點了點頭。「你去跟百膳樓的掌櫃說一聲，就說我應了；另外，他們如果想要豬肚的話，可以用最優惠的價格賣給他們。」

「豬肚？」大虎隱約覺得自己可能知道了什麼，只是一時間又有些迷糊。

「你再去跑一跑，租一輛車來，要速度快一點，且能夠拉動五、六百斤重量的車才行。」顧長安吩咐道：「價格不是問題，你看著辦便是。」

大虎按照約定好的時間出去，在一處樹林裡接到人，還有那頭大野豬！

「這、這麼大！」大虎嚥了嚥口水，看著野豬嚇人的獠牙，壯著膽子伸出手指在野豬腿上戳了戳。

「居、居然還是熱的！」大虎驚呼一聲，簡直不敢相信。

紀琮不客氣地嗤笑一聲。「那是被太陽給曬熱的！」

大虎話說出口也知道自己說了傻話，不過他完全沒有被紀琮給打擊到。肉越新鮮就越能賣出好價格，被刺上兩句又如何？只要最後到手的銀子夠多，那就成了。

一整頭足有五、六百斤的野豬就是在縣城也不多見，為了避免富貴酒樓使壞，百膳樓的掌櫃親自在城門口等著。遠遠地瞧見車來了，趕忙笑盈盈迎了過去。「你們總算是來了。」

大虎連忙介紹道：「這位是百膳樓的孫掌櫃，這野豬由孫掌櫃買下了大半，另外一位買家也是孫掌櫃介紹的。」

至於顧長安和紀琮的事情，大虎之前已經跟孫掌櫃說了，就沒必要再介紹一回，而且城門口人多口雜，沒必要儘量不引起別人的注意。

顧長安和紀琮知道他這份心意，對此也覺得滿意。路上，孫掌櫃笑著，安了顧長安和紀琮的心。「先前聽大虎說富貴酒樓的東家對野豬也有興趣，不過孫某走運一些，趕巧先訂下了。富貴酒樓的東家雖然遺憾，卻也承諾等下次有機會再合作了。」

到了百膳樓就直接將野豬送進後廚。等收拾出來後，百膳樓留下大半的野豬肉，約莫有三百斤，剩下的兩百來斤則讓孫掌櫃介紹之人給拿走了，對方還買下了野豬肚。顧長安沒要高價，最後離開百膳樓的時候，荷包裡多了賣野豬的三十兩，還有賣野豬肚的一百兩。

大虎看得心頭火熱，一百多兩啊！要是他能有那麼多銀子，那、那……

然而在火熱過後，大虎很快又冷靜下來。「兩位，你們讓我做的事情我已經做了，你們……」

顧長安將他前後的神情變化都看在眼裡，對他這人的表現尚感滿意。

「你明天可還有時間？」顧長安沒先給他銀子，反而又問了一句。

大虎雖然不明白為何，卻也誠實回答。「沒有。」他除了替人跑腿、賣點消息，或是幹點苦力之外，偶爾才會出個手偷幾個荷包，只是這話不能說出來，哪怕這兩人已經知道他在做什麼事情。

顧長安分了二兩銀子給他。「這是你今天的跑腿費，你明天若是有空，就先替我們打聽打聽，哪些地方有賣各色果子？若是大量買進，可有買處？中午的時候，到石記麵館找我們。」

大虎接過銀子時眼底盡是歡喜，再聽到顧長安竟又給了他一個活，心下更是狂喜不已。

「你們放心，我這就去給你們打聽！」

能有正經掙錢的路子，大多數人還是願意奉公守法。大虎要養的不只自己這一張嘴，他平時儘量不去當偷兒，畢竟萬一被抓住了，他自己沒關係，一個偷兒最多只是被關上一段時日，可是其他幾個人就不行了，沒了他，他們怕是要活活餓死。

顧長安兩人走了大半天也累了，便回客棧早早歇下。

次日顧長安醒得稍早些，睜眼一看，有些尷尬地縮回胳膊和腿。她的睡姿不雅，這麼大一張床硬是占了大半，可憐的小胖子被她擠得可憐兮兮地縮在最裡面，睡著的時候，小胖臉還皺在一起。

顧長安摸摸鼻子。幸好不是在家裡，不然，顧二姊看到她這豪放的睡姿，說不定要念叨許久呢！

欺負了小胖子一把，顧長安就對小胖子更好一點，不但早飯出奇豐盛，甚至還許諾等回去之後，她親自下廚給他做好吃的，直把小胖子樂得都快找不著北。

吃飽喝足，兩人便先去打聽顧錚禮兄弟的下落。

顧長安原本以為得費些工夫，才能找到顧錚禮和顧錚維，卻沒想到，只出門打聽一下，就立刻找到兩人的下落。

當時兩人都憋著沒說話，等避開幾個好奇之人的視線，紀琮才忍不住激動地低呼。

「長、長安，伯父和小叔可真厲害！」才來縣城沒多久，居然已經拜得名師！

不愧是長安的親人呢！

顧長安也有些意外，她的確沒想到自家老爹和小叔居然能入得名士之眼，將他們兩人收為弟子。當下兩人不再浪費時間，打聽到顧錚禮兄弟兩人的落腳處，便直接找了過去。

同一時間，顧錚禮和顧錚維正在討論顧長安。顧錚維出門的時候，正好聽到有人在說有孩子在賣野豬之事，他並不知道那賣野豬之人便是自家小姪女，只是回頭跟顧錚禮說起來時，忍不住笑道：「要是放任小五滿山跑的話，來賣野豬之人怕就是她了。」

顧錚禮想起自家小五的性子和那一身駭人的力氣，不知是驕傲多一些，還是頭疼更多。

「原本跟家人說好就十天半個月，這一晃都過了半個月，沒想到在老師那裡一時忘了時間，家人怕是要等急了。」

顧錚維點頭道：「也不知何時能回去，還是先讓人給家裡送個信吧！」

想起鄒氏和顧二姊笑咪咪看著他們的樣子，兄弟兩人打了個哆嗦。原本還有些困乏，此時卻是立刻精神起來，研墨寫起家書。

顧長安和紀琮找過來時，兩人已經寫好家書，正要託人帶回去，還沒出門就見夥計來說有兩個娃娃要見他們，顧錚禮和顧錚維明顯一愣。

「兩個娃娃要見我們？誰家的？」顧錚禮疑惑地問道。

夥計知道這兩位如今在縣城算是熱門人物，有多少人想拜在那位門下，可最後反倒是從平安鎮來、長得有些粗獷的兩位秀才拔得頭籌，順利拜師。

作為一個跑堂的夥計，他只有羨慕，對這兩位是客客氣氣，不算諂媚，卻極為熱情。一聽顧錚禮的疑問，他立刻笑著應道：「小的眼拙，真沒見過那兩位，聽口音似乎是從北方來的。」

也是巧了，剛才在樓下問他話的正好就是紀琮。

「北方來的？」顧錚禮愣了愣。難道又是那些找碴的？

顧錚維冷下臉來。這些時日那些嫉妒他們兄弟之人不算少，明裡、暗裡找麻煩的來了一撥又一撥，不過讓兩個娃娃來找他們做什麼？哭給他們看嗎？

夥計最會看人眼色，見狀立刻道：「兩位秀才公既然不認識他們，那小的就……」把他們趕出去！

話沒說完，顧錚禮忽然像是想起什麼，立刻問道：「那兩個娃娃長得什麼樣？」

夥計愣了愣，這才道：「一男一女，小子長得白白胖胖的，不過樣貌精緻；小姑娘安安靜靜的，長得也不錯，尤其是那雙眼睛，說起來，那小姑娘的眉眼似乎跟秀才公您還有兩分相似呢！」

長得白白胖胖、樣貌又精緻，還是從北方來的；還有一個跟自己長得有兩分相似的小姑娘。

顧錚禮和顧錚維對視一眼，立刻站了起來。「帶我們去看看！」怎麼聽都像是他們家的孩子跑來了！

夥計有些摸不著頭腦，剛剛兩人還板著臉，怎麼忽然變了臉色，迫不及待地又想去見那兩個小娃娃了？難不成還真是兩位秀才公的孩子？

夥計這才想起還有話沒說完，當下重重地一拍額頭。「小的這破記性！兩位秀才公，那兩位說是從梨花村來……」話還沒說完，夥計就眼睜睜地看著兩位看起來很是穩重的秀才公衝了出去。

他這才後知後覺地想起來，兩位秀才公不就是從平安鎮梨花村來的嗎？都說平安鎮梨花村是刁民村，前兩日還有人在拿這事嘲笑他們。他這破腦子，居然忘了這事，萬一秀才家的孩子心眼小一點，那他可真要吃不完兜著走了！

顧長安和紀琮沒等多久，就聽見有人在樓上跑動的聲音。咚咚咚，連地板都在震動，更誇張的是還有不少塵土掉了下來。看著夥計和掌櫃一臉懵的樣子，顧長安忍不住想要摀臉。

不用猜就知道，肯定是她爹和小叔來了。

果然，顧錚禮兄弟從樓上衝了下來。顧錚維一把抱起自家小五，哈哈笑道：「臭丫頭什麼時候來的？」

顧錚禮看到一旁紀琮一臉羨慕，他還以為紀琮是在羨慕小五有大人抱，原本伸出想要去拍他肩膀的手改了方向，一把將人抱起來掂了掂。

正在羨慕顧小叔可以抱著長安的紀琮一臉懵。他已經七歲，是個男子漢了啊！還被人這麼抱著，他不要面子啊？

丟了面子的紀琮心裡委屈得要命，可偏偏他知道顧伯父是好心，擔心他會羨慕，所以就算是委屈，他也只能強忍著，僵硬地窩在顧錚禮懷裡當一個缺愛的孩子。

好在顧錚禮沒抱多久，主要是因為顧長安哪怕是作為一個七歲的孩子，她也是要面子的！

都是自家孩子，顧錚禮兄弟便將兩人帶去自己的房間。

那夥計之前差點好心辦壞事，這時候自是更熱情幾分，主動給他們換了新茶，又上了兩盤點心。

顧長安喝了一杯茶，這才問起顧錚禮他們拜師之事。

等聽完拜師的過程，顧長安有些詭異地盯著自家親爹和小叔看了半天。

她總算明白了，原來這就叫做老天疼憨人，她爹和她小叔就是憨的！

顧錚禮和顧錚維到了縣城之後，兩人先去拜訪同窗，還有兩位也在縣城的先生。

顧錚禮曾經拜師的兩位先生不錯，他們年紀大了，卻還記得當初那個驚才絕豔的顧錚禮。說起往事，兩人都是內疚不已。當初他們沒能幫一把，眼睜睜地看著自己看好的學生就這麼消失，真要說起來，他們這些年不是不後悔。

本以為這輩子都不會再有相見之日，沒想到居然在有生之年還能再見到他，再聽到他說要繼續求學之後，兩位先生甚至激動到老淚縱橫，殷殷叮囑許久，將人送出門的時候還再三叮囑，讓他有事情就來找他們。

拜師之事，顧錚禮和顧錚維卻是沒煩勞他人。

說起來也是他們兄弟兩人的運氣，既然拜師無門，兩人便決定去書院求學。就在他們準備去書院的那一日，趕巧遇見中年文士被一對潑辣的婆媳刁難，見那人臉都氣白了，兩人便起了惻隱之心。要說刁蠻之人，兄弟兩人還真見過不少，梨花村的婦人們基本上都不是善類，要應對這類人，顧錚禮兄弟頗有經驗；再加上他們兩人長得魁梧，又是幹慣農活的，體格很好，往那兒一站，就夠能震住場面了。

將人打發走後，顧錚禮兩人不打算多留，那文士卻是不肯放人；也是他們兄弟心善，見他臉色不太好，怕他氣出個好歹來，便陪著他去茶樓小坐片刻。本想著喝一杯茶就走，沒想到那文士知識淵博，在得知他們是秀才，正要去書院時，拉著他們考校了一番學問。

「後來老師就直接拉著我們去他家中，什麼都沒提，到了地方之後便讓人上了兩杯茶，讓我們奉了拜師茶。」顧錚維摸摸鼻子。自家老師是個不拘小節的，誰家拜師像這樣強買、強賣？

不過等知道老師的身分竟是當朝大儒林湛之後，他只能說一句「走運」了！

「這幾天我做些新吃食，爹跟小叔送過去給師公嚐嚐。」家裡帶來的都是些鹹菜，紀琮又喜歡吃，顧長安就不打算拿出去了。做點新吃食對她來說不難，點心做得漂亮一些，也能拿得出手。

顧錚禮摸摸腦袋，笑呵呵地應了，又問起家裡的情況，顧長安自是挑揀著好聽的說了。

瞧著時辰差不多，便尋了個藉口先跟紀琮去石記麵館。

他們到的時候，大虎已經在門口等著他們。

「你們總算來了！」遠遠地看到他們，大虎就立刻迎了上來，驚喜之餘也免不得鬆了口氣。

他始終在擔心他們不來！

顧長安對他微微點了點頭。「先進去吃東西，邊吃邊說。」

等吃完麵，該說的也都說了。大虎已經跟人約好，他們只需要直接去見人就成。隨後又去租了一間小院子，買了這麼多的果子總得有個地方儲放，當天晚上兩人就在小院子裡住下。

顧長安要先給自家師公準備吃食，便挑選了成熟的桃子熬成醬，又選了幾個口感跟黃桃接近的桃子；這一次挑選的是結實些的，同樣去皮、去核，做成糖水罐頭。想了想，又將空間裡的楊梅乾和肉鬆各拿了一罐出來。

將吃食送到顧錚禮那裡，兩人轉頭又去了市集。

來市集的多為周邊村子的村民，賣自家園子裡的蔬菜、瓜果的人最多；賣雞鴨的人不算多，顧長安買了一隻雞，因中午顧錚禮他們會過來吃飯，正好做一道醋溜雞。

他們還遇上一個賣菇的，顧長安認不全菇的種類，不過也都買了下來，打算回去百膳樓讓鄧掌櫃的人幫忙辨認。

「長安，那裡有賣果子的。」紀琮眼尖，遠遠地就看到有人在賣野果子。

「這種桃子怎麼賣？」顧長安拿起一個扁扁的桃子。也算是意外驚喜了，這桃子只看外形的話，跟她以前吃過的蟠桃幾乎是一模一樣，當然，眼前這一種桃子比她吃過的小了一圈。

賣桃子的是一個十來歲的小少年，黑黑瘦瘦的，手背上還有幾道剛剛癒合的傷口。黑小子一見有人來打聽價格，也有些激動地站了起來，立刻回答道：「原本是三文錢一斤，您別看這桃子小，可桃子夠甜，您要是都要了，我可以再算您便宜一些。」

他生怕顧長安會覺得桃子小又不要了，連忙拿了一顆遞給顧長安。「您可以先嚐一嚐，這些桃子我在家都已經洗乾淨了，可以直接吃。」

顧長安沒客氣，隨手將桃子掰成兩半，遞給紀琮一半。

一口咬掉剩下的一半，汁水不是很多，不過的確很甜，只有靠近桃核的地方，果肉稍稍帶著一點酸，而且這樣的大小，做成果脯的話應該也不錯。

「只有這些？如果我要得多，你還能再摘多少？」顧長安問道。

黑小子臉上頓現喜色。「今天就摘了這些，您要是還想要，我就去多摘一點。那裡有一片小桃林，這幾天都能摘了，都摘下來的話，至少有上百斤。」

顧長安想了想，道：「你全部都摘給我，再幫我都清洗乾淨。我要好的，那些有蟲眼的、被鳥啄過的，都不要放進來，我給你四文錢一斤。」

黑小子頓時脹紅了臉。「不、不用了，我都只賣三文錢。」

「你經常往山上跑，想必也能找到其他的野果子吧？」顧長安打斷他的話問道。

黑小子有些不安，不過還是點點頭，道：「不過現在不是好季節，有些要過季了，有些則是還沒成熟。對了，山上有些毛栗子已經可以摘了，我們村那邊山上產的毛栗子味道特別好，在縣城也比其他地方的毛栗子要受歡迎些。」

顧長安頓時一喜。毛栗子就是板栗，她最喜歡吃的零嘴便是糖炒栗子了，而且用板栗做菜、做點心味道特別好，讓人百吃不膩。

「我留在縣城的時間不長，你幫我盡可能多收一些，如果你做得好，我不會虧待你。」

跟黑小子約好時辰，讓他直接將桃子送去暫時租賃下來的院子裡，又將他今日的桃子全都給買下來。

等要離開的時候，居然還好運地發現有賣李子的攤位。李子有青、有紅，顧長安嚐了一顆青的，酸得眯起眼睛。不過吃多了甜口的，偶爾吃點酸的也不錯，而且李子醬的味道特別好，哪怕只配饅頭吃也好吃。

不差錢的紀琮一揮手，全都買下了。

長安喜歡吃，那就買買買！

回到暫時租住之處，顧長安便帶著紀琮在廚房忙了起來。

雞肉泡去血水，準備好調味料下鍋爆炒，炒到半熟之後起鍋再熬糖色，添酒、添醋、放水，起鍋之前再放一遍醋，便是可口的醋溜雞了。

雞雜加了米酒燉煮片刻，過涼水之後切成細碎的小塊，鍋底放油快炒後加水。她隨身帶著之前在家裡做的馬鈴薯粉，起鍋之前勾芡，又做了一個雞雜羹；再做了青椒炒雞蛋、酸辣馬鈴薯絲後，還特別為紀琮做了拔絲地瓜和油炸紅豆餡丸子。

大功告成，他們就去找顧錚禮兩人一起用餐。

「早上給妳師公送的吃食，妳師公很喜歡。」吃飽喝足說起早上送禮一事，顧錚禮忍不住笑了起來。「妳師公最喜歡那罈楊梅乾，讓妳多做一些，下回再送給他。」

顧錚維補充道：「但凡是甜的，妳師公都喜歡，肉鬆也得他心意。」

顧長安木著臉。這才剛送去，就已經預定好下一次的了？

「肉鬆沒有了。」紀琮連忙表明。那本就是他的存貨呢！

四人稍事休息，出了院子，一起去街上給家人買東西。

顧錚禮打算給鄒氏買個首飾，他們成婚這麼多年卻是阮囊羞澀，至今只給鄒氏做過木釵而已。如今借著家裡孩子的光，他分得的工錢都攢了下來，倒是可以給鄒氏買點東西了。

顧長安不喜歡這些東西，不過就算她不喜歡，有些東西該置辦也得置辦。

顧錚禮給鄒氏選首飾，顧長安便為自家姊妹兩人挑選禮物。她各買了一對金丁香，兩對銀的，還有兩對金銀鐲子，連戒指也買了；又給顧二姊買了梅花釵；至於她自己，則是買了幾朵絹花，也給花兒選了兩朵。

她也為鄒氏買了禮物，顧錚禮買的是他作為夫君送的禮物，而她買的則是子女給的孝敬，來之前顧大哥他們都給了銀子，讓她幫忙挑選。

等看到幾對樣式較為老氣的手鐲時，她停頓了一下，最後挑選了一對祥雲鐲子，又買了一根髮釵。這些都是送給林氏的，這些年外家沒少幫襯他們家，聽說當年外婆還曾將自己的嫁妝——一根髮釵給典當了來填補他們家。一家人就算不說兩家話，也不能只接受、不回禮，如今是他們這些小輩盡一分心意的時候了。

買完了東西，正好看到紀琮小胖臉微微泛紅地小跑過來。

「去做什麼了？」

紀琮眼珠子轉了轉。「隨便看看。長安，我們去看看伯父都買了什麼？」

顧長安沒追問，顧錚禮不肯讓他們看自己買了什麼，她只好帶著紀琮去找顧錚維。

顧錚維作為小叔，給嫂子買首飾其實不太恰當，只不過顧家情況特殊，顧錚維幾乎算是顧錚禮夫婦養大的，說是弟弟，實則跟兒子差不多。顧錚維選了一根髮釵送給鄒氏，給顧二姊和顧長安也買了幾樣，樣式都是時興的。

他們買的多為銀飾，價格雖不是很高，林林總總算下來，也花了二、三十兩。

臨出門前，顧長安朝放著玉飾的櫃檯看了一眼，心中有了思量。

第十七章 雇傭

次日，顧長安和紀琮早早便起身，今日是他們跟大虎、黑小子約好收貨的日子。

等他們抵達，大虎已經帶著人等著了。

大虎遠遠地就迎了過來，解釋道：「都是周邊村子的人，平時也常摘果子來縣城賣。不過摘的人多，而且野果子的味道比不上果園的，個頭又小，賣不出價來，所以一聽說有人要大量收購，他們都盡可能多帶了果子過來。」

說到這裡的時候，大虎露出些許忐忑的神色來。「怪我沒說清楚，帶來的果子有點多。」

顧長安此時才聽明白，他是一高興忘了說數量，發現來賣果子的人太多了，他才開始擔心他們會吃不下這些果子。

「先看了再說，只要果子夠好，我們都會收下。」

大虎聞言才鬆了口氣，露出大大的笑臉。「原本我有個朋友也常摘果子來賣，不過不趕巧，昨天我去找他的時候，他說已經有人在他那裡訂了全部的果子。他家裡原本是獵戶，對山裡很熟悉，摘的果子也比人家的要好，是我去得慢了。」

大虎有些惋惜。他那朋友摘的果子的確很不錯，只是他沒想到，居然有人大手筆訂下全部的野果子，當真是可惜了！

顧長安總覺得他說的人似乎有些熟悉，不過她也沒多想。

大虎只是這麼一說，他帶來的人年紀都不大，最大的不過才十五、六歲的模樣。大部分都是男孩，還有三、五個小姑娘，他們看到顧長安，臉上有驚奇之色，原本的膽怯倒是消退幾分。

「姑娘，我們這些果子都按照您的要求洗乾淨、晾乾了。」說話的是其中年紀最小的那個小姑娘。

顧長安點了點頭，伸手先接過她的背簍看了看。她摘的都是桃子，還有一個小背簍裡裝著毛栗子，個頭不大，顧長安直接咬開一個嚐了。應當是才摘下來的毛栗子，有點水分，不過不多，還不怎麼甜，這種毛栗子燒熟了，想必會很甜甜糯糯。

「桃子現在是兩文錢一斤，妳的桃子還不錯，我用兩文錢一斤收了。毛栗子現在還少，去年這裡毛栗子多少一斤？」最後一句話是問向一旁的大虎。

大虎立刻道：「基本上都是六文錢一斤，不過他們村的毛栗子味道好，去年最好的時候有用八文錢一斤收的。」

八文錢的確不算便宜，在平安鎮八文錢都快能買一斤肉了，不過顧長安倒是覺得物有所值。

「這些毛栗子我給妳十文錢一斤。」給這個價格，也是因為現在市面上並沒有賣毛栗子，占個新鮮。

那小姑娘頓時大喜。「十、十文錢？當真給我十文錢一斤？」

顧長安點點頭。「的確是十文錢一斤。」

小姑娘在狂喜之後，反倒有些害怕起來。「十文錢太多了，去年最好也只賣八文錢，要不給我八文錢就夠了。」

顧長安並不與她爭辯，倒是大虎拍了拍她的腦袋。「姑娘說了，給妳十文就是十文，哪來那麼多話？」

聽他都這麼說，那小姑娘才沒再說什麼。小姑娘的桃子賣了四十幾文，不過毛栗子卻是賣了一百來文，加起來快有一百五十文了。

起了個好頭，其他人看到小姑娘當真拿到了錢，頓時激動起來。

不過就算激動，他們也沒有爭先恐後，反倒是按照年紀大小排著隊伍，等著顧長安查看他們送來的果子。

他們送來的東西還真是五花八門，除了果子之外，還有一部分的堅果。最讓顧長安驚喜的是，她居然看到一小筐的瓜子！

「這東西……」

「是、是我從山上採來的，雖、雖然肉少了一點，不過烤熟了味道也很好。」說話的是一個少年，十來歲的年紀，比顧長安高了一個頭，可在顧長安跟前說話，卻是有些磕磕絆絆的。

顧長安問道：「這東西可是從一個大花朵裡摘的？」

少年連忙點頭。「老大的花，山上有不少。」他有一回無意中將這花給扔進火堆裡，發現這花種子烤熟了之後，味道特別好，比生吃要美味得多。

顧長安嚐了一顆，的確是葵花籽的味道。「你家裡還有嗎？有的話我都要了。」

少年搖頭。「今年的大部分都沒成熟，這些都是去年的，如果妳要的話，再一個月左右應當都能收了。」

紀琮在一旁道：「長安，妳若是想要這個，不如讓他問一問村人，說不定他們家裡也都有呢！」

大虎立刻點頭道：「家裡應該都還有一些，不過都是去年的，不一定都能保存得當。」

顧長安嚐了這生瓜子，味道不錯，並沒有變味。知道是去年的之後，她便不打算將這些當成種子，畢竟今年的種植期早就過了，要種也只能等明年；不過可以先將村子裡保存好的葵花籽都買回去吃，再預定新的，到時候再來拿回去當成種子，等來年便能種下，到時候她就有足夠的葵花籽。除了吃之外，說不定還能榨點油呢！

葵花籽的價格顧長安給得也不錯，還讓這少年幫忙去村裡收葵花籽，當然，她直言給的價格會比今天給這少年的低一些。實際上給出的低價格，是打算讓出一小部分的利潤給少年，她看得出來這少年是個膽大心細，且有些頭腦的。之前那黑小子算一個，這少年一個，再加上大虎，如果沒有意外的話，這三人就是她打算留著替她跑腿的人選了。

倒不是她看不起姑娘家，只是像她這樣喜歡到處跑還不怕被人在背後說三道四的姑娘，到底還是少數。

等把這些人送來的果子都買下，顧長安身邊已經堆積了不少背簍。野果子多，堅果的種類少，數量也不多。顧長安不打算自己搬回去，便讓大虎去租了一輛牛車，又讓大虎和那少年一起跟去她租住的院子。

「大力，你怎麼在這裡？」遠遠地，大虎就瞧見站在院子門口的那人有些眼熟，等走近了才驚訝地喊了一聲。

大力，就是得了顧長安的叮囑直接來這裡的黑小子，他也一臉詫異。「我來送果子，你怎麼也來了？」

顧長安這才想起大虎之前說的那個朋友，當時就覺得有些耳熟，看來緣分真的很巧。

「先把東西搬進去。」顧長安打斷兩人。果子都是清洗過的，放太久容易壞，她得趕早把東西全都收起來才行。

大虎、黑小子和大力立刻閉上嘴開始幫忙搬東西，很快就把東西全都給搬進後院，方便她把東西收起來。

讓紀琮帶著人去前院等她，顧長安先將東西都給收進空間，只留了點放在外面裝樣子，等都收拾妥當，才去前院，先將黑小子大力送來的東西過秤。

大力帶來的毛栗子數量不少，還有小半簍是嫩黃色的毛栗子，沒徹底成熟的毛栗子就算生吃，味道也好。顧長安特意留了些許，他們可以當成零嘴吃。

等處理完這些，顧長安才招呼幾人到院中坐下。紀琮主動端了茶水和點心出來，示意大虎三人吃喝。

顧長安也不說場面話，開門見山地道：「我們想要收購周邊村子裡的堅果，若是有味道好又少見的果子，我們也全都要了；只不過我們不住在縣城，所以需要有人替我們跑腿，你們三個，可有興趣替我們做事？」

紀琮接著道：「你們不用擔心酬勞，我們給的價格並不等同於你們收購的價格，我們唯一的要求，就是東西必須要好，以次充好這等事情，在我們這裡不能發生。」

驚喜來得太快，大虎三人對視幾眼，臉上滿是驚喜之色。

「當真？我們真的能替你們做事？」最後還是大虎開口。他跟顧長安和紀琮兩人合作過幾次，對他們兩人的大方很是清楚，饒是如此，他此時的狂喜也是作不得假。

畢竟替人跑腿賺了一回銀子，總比不過一直替人做事。

那可是能長期賺錢的活計！

顧長安點點頭。「若是肯吃苦、多跑幾個地方，賺得自然多，且也不是只有今年，東西若是好，我們每年都會收購。」

大虎想了想，道：「可否容我們三人商量一下？」

顧長安擺擺手，示意他們盡可去商。她不擔心這三人不肯替她做事，再說了，只要肯出銀子，她還真不擔心找不到可靠的人。

果然，紀琮才給她剝了兩顆生栗子，大虎三人就回來了。

大虎表示他們三人很樂意替他們做事，又道：「我們三個對縣城周邊村子都熟，哪個村裡有哪些好東西我們也都一清二楚，肯定會將小東家需要的東西全都給買回來。」

這話有誇張成分，顧長安自是立刻聽出來了。大虎在縣城裡算是個小地頭蛇，可若說對周邊村子都熟悉就太誇張了；至於大力和那少年，膽子都是大的，不過熟悉的最多只有周邊一、兩個村子罷了。

不過這三人都有那份膽氣，不熟悉也能跑熟悉了。

「成！不管哪種堅果都可以，不過像是這葵花籽，還有毛栗子之類的，盡可能多收回來。等會兒我帶你們去見劉大叔，他常跑縣城，等你們收得差不多能裝滿一輛馬車，便讓劉大叔替我捎回去便成。」一說起劉大叔，希望他還沒回平安鎮去，這兩天有點忙，倒是把他給忘了，實在不巧的話，就只能找別人了。

大虎點點頭，有些遲疑地道：「好！不過我們三個家裡都一窮二白，就算想要收購也沒有銀子。」

紀琮拿出三份文書，又拿了三個荷包。「簽了這文書。」

大力愣了愣。「我們不識字。」

所以，是什麼東西都不知道，怎能胡亂簽了！

紀琮微微繃著小胖臉。「只是雇傭文書罷了，免得你們拿了銀子不盡心做事；若是不相信，可拿出去詢問你們信得過之人。」

大力三人只是遲疑了一下，那少年率先接過文書，按了手印；緊跟著大力和大虎也都跟著按了，神色坦然，完全沒有半點畏縮。

紀琮這才有些滿意地點點頭。「這三個荷包裡都有五兩銀子，足夠你們收購第一批堅果。每次送東西過來，你們當中都得有一人跟著，一來算一算帳，再說一說這裡的情況；二來，你們該得的報酬也可以順便帶回來。」最重要的是她可以知道這邊的情況，便於挑選她想要的東西。

大虎三人應下。

接下來顧長安教他們如何簡單地記帳，又大致確定了每種堅果、野果子收購的價格。有些她沒見過的，或是價格尚不明確的，就讓他們三人看著辦，她給的價格不會低，能賺多少，就看他們自己的本事。她不擔心這三人會將價格壓得太低，這份工作可是長久的，若是價格壓得太低，他們就只能做這一次生意，為了日後著想，他們這三個有點小聰明之人，斷不會做殺雞取卵的事。

幸運的是，劉大叔因為多了點事情要處理還沒走。顧長安將三人介紹給劉大叔，又將他們要做的事情說了一遍。劉大叔只跑平安鎮和縣城這條路，三、五天就能走一個來回，大虎三人只要抓準時間，便能及時將東西送到平安鎮。

劉大叔次日就要回去，不過顧長安兩人決定在縣城再待上兩日。跟大虎他們分開之後，兩人又去街上買了不少縣城時興的布料，還買了各色點心，一併託劉大叔帶回平安鎮，送到小食肆就好。

接下來的兩日，顧長安跟紀琮便是在買買買和吃吃吃中度過。顧錚禮和顧錚維有心陪著兩人，卻是分身乏術。兩人的老師在縣城逗留的時間不長，想儘量在最短的時間內教他們足夠的東西，顧長安和紀琮便樂得自在。

回去的前一日，兩人打算臨走前再去掃一次貨。顧長安低頭挑選要給顧二姊的繡線，紀琮眼尖地看到一道熟悉的人影。「長安，那個人有些眼熟。」

顧長安一愣，抬頭順著他指著的方向看去，正好看到對方一閃而過的側臉。

紀琮摸摸下巴。「那個人，長得有點像顧二叔。」

顧長安心中微動。看起來的確像是顧二叔，只是顧二叔為何會來縣城？

「走。」

兩人不疾不徐地跟了上去，街上人多，他們兩個個子又小，跟上去也沒被前面的人發現。

跟著走了一段路，顧長安看得真切，前面那人還真是顧二叔。這讓她心裡面有些發沈，不是她太過多疑，而是顧二叔一家子就跟吸血蟲一樣，咬定了他們家就不肯鬆口，她總覺得，顧二叔會忽然來縣城，一定是跟他們家有關係。等親眼看到顧二叔進了富貴酒樓時，她就篤定自己的猜測。

顧長安的神色變得冷冽，卻是沒有跟進去。如果顧二叔跟富貴酒樓當真有聯繫，而且是因為他們大房的話，她一旦跟進去，反倒會壞事。

「去找大虎，讓他幫忙打聽他跟富貴酒樓的關係。」紀琮建議道：「看他的樣子，想必不是頭一回來縣城。」

大部分人第一次進縣城，都會畏畏縮縮，而顧二叔卻能夠準確地找到路，一路上沒停下來詢問路線，而是熟門熟路地進了酒樓，很顯然，顧二叔來縣城的次數很頻繁。

顧長安點了點頭，立刻去找了大虎，不到一個時辰，大虎就打聽到不少事情。

「兩位小東家在平安鎮，可是開了一家名為『小食肆』的吃食鋪子？」大虎再找到他們的時候，直接問道。

顧長安點點頭。「是。他去富貴酒樓，就是跟小食肆有關係？」

大虎道：「我讓人打聽了，那人姓顧，的確是從平安鎮來的，跟富貴酒樓的掌櫃關係好，兩人稱兄道弟，來往至少有五年以上了。那掌櫃的原本只是一個小管事，等新東家掌家之後，靠著溜鬚拍馬，頂替了之前老掌櫃的位置。前些時日開始，那姓顧的人不知為何，忽然就入了富貴酒樓東家的眼，來往雖然不是很頻繁，不過也進過那東家的宅院。」

顧長安微微頷首，示意他繼續說。

大虎便繼續道：「我有個朋友在富貴酒樓當跑堂的，有回給掌櫃的送吃食時，兩人都已經喝醉了，他親耳聽到對方拍胸脯保證，一定會將什麼方子給弄到手，到時候就送給富貴酒樓的東家。那掌櫃的還信誓旦旦地保證，只要他做到，定會說服東家，讓東家留下他在縣城做事。」

顧長安絲毫不意外，她家如今最讓人惦記的，也只有方子了。她相信顧二叔和富貴酒樓想要得到的，是做筍乾五香豆的調味料方子，而不是小食肆裡那些簡單吃食的方子。

顧長安的情緒並未有太大的波動。顧二叔一家子沒有一個好東西，此事她早已知曉，何況兩家如今徹底撕破臉，她也已經開始著手對付顧二叔家，知道他在算計自家，她也不會放在心上。

紀琮卻是面色微沈。「為了一個方子，那一家子都瘋了。長安，這一次可不能再輕饒了他們！」

顧長安尚未作答，大虎卻是神秘一笑。「若是想要報復，那再簡單不過了。」

紀琮立刻看向他。「他們有把柄落在你手裡？」

大虎嘿嘿一笑。「算不上是把柄！小東家怕是猜不到，富貴酒樓的掌櫃和一個從小村裡來的人為何會私交甚篤，而且一來往就是好幾年？」

紀琮瞇起眼，想起顧二叔在鎮上做的那些事情，立刻就有了猜測。「他們兩個都是賭坊老客？」

大虎一拍腿。「可不就是！富貴酒樓的東家也是個好賭的，只不過他在這方面能控制得住，相比起去賭坊，他更喜歡在家裡自娛自樂。為了討好他，那些擅長溜鬚拍馬的，在這方面都能來幾手，那掌櫃的能成功擠走老掌櫃，就是因為他玩了一手好色子。原本是為了討好自家主子，到最後當主子的沒陷進去，倒是那掌櫃的恨不得成天都窩在賭桌上才好。這事情，縣城稍微有點門路的人都知道。

「姓顧的那個，玩色子也是一把好手，而且，他還會點千術。他們兩個一來二去便認識了，關係好，時不時就一起泡在賭坊裡。不過兩人的運氣一般，這些年都是輸多贏少。姓顧的要好一點，只不過今年開始走了背運，聽說還欠了縣城好幾個賭坊的銀子。」

所以，富貴酒樓願意替他還債，甚至能額外給他點好處，而大房的方子，就成了投名狀。

顧長安暗自冷笑一聲。拿他們大房的東西來給自己鋪路，二房一家子，果然可以不停刷新下限！

出了顧二叔這麼一樁意外，顧長安便取消之前定好的歸家計劃，把打探消息的事情交給了大虎。

很快地，大虎就打聽到顧二叔果然又去了賭坊，而且又欠下一筆不小的賭債。

「聽說那顧老二不只是在縣城，就是在平安鎮的賭坊裡也欠下不少賭債，只不過對方都看在富貴酒樓的分上，到現在為止還沒找他麻煩。」說到這裡，大虎忍不住嗤笑一聲，不客氣地道：「不過也快了，賭坊可不是好說話的，這利滾利的，原本只欠一兩銀子，欠上十天、半個月就是翻倍地往上漲。聽我在賭坊做事的朋友說，顧老二欠債不是一、兩天了，似乎還有半年前的賭債尚未還清。」

以賭坊的習慣，半年前的賭債，就算只有一兩銀子，如今只要個十兩、二十兩就算是心善了，更何況顧二叔欠下的賭債，絕不可能只有一兩。可以說就算是顧二叔一家賣房、賣地，也不可能還清那筆堪稱巨額的賭債。

如此一來，他覬覦他們家的方子，想要用方子來換取富貴酒樓東家的幫忙，到時候沒了賭債，還能在縣城裡有份活計，這等無本生意，顧二叔自然恨不得立刻就做。

顧長安原本想讓大虎再幫個忙，卻被紀琮給攔下了。

「長安，這件事交給我行嗎？」顧二叔一家折騰長安他們家夠久了，而且他聽三哥和小六說了，顧二叔家一直都在欺負長安，要不是長安命大，她都差點被他們給害死了！

一想到長安被害死的場面，紀琮生平頭一次有一股噬人的慾望。他的長安，他連說都不捨得說一句的長安，那家人敢欺負長安，他絕不會讓他們好過！

顧長安直直地看著他片刻，最後敗在他的堅持之下。「好，不過你自己注意一些。」

紀琮顯然早有其他打算，接下來的兩日他早出晚歸，直到第三天早上，顧長安睜開眼，發現紀琮居然還在睡。

「長安。」聽到動靜，紀琮迷迷糊糊地睜開眼。

顧長安拍了拍他。「今日若是不再出去，那就再睡一會兒，我去給你做吃的。」

紀琮呻吟了幾聲，很快又睡了過去，他這兩日的確是奔波得有些累了。

顧長安起身燒水漱洗，廚房剩下的食材不多，好在紀琮的空間裡還有一些。她做了用大骨湯打底的肉沫蔬菜粥，以及幾個蔥花雞蛋餅。

縣城裡有賣個頭比較粗大的茄子，整個下油鍋裡煎，等茄子變得軟嫩，放入調味料加水起鍋之後對半劃開，接著再放蔥末、芫荽末和蒜末，再加上一點青紅辣椒末，最後將醬汁澆上去就完成了。

等紀琮起來後拿了幾個熱呼呼的包子和饅頭，廚房有剛熬好的桃子醬，泡水喝或是蘸著配饅頭吃都成。

紀琮把剩下的半杯桃子醬泡的水一口氣喝光，這才長出一口氣，癱倒在椅子上，整個人懶洋洋的。

顧長安不急著收拾碗筷，問起他這兩日的成果。

說起此事，紀琮臉上不免多了幾分氣憤之色。

「長安，那一家子都不是好東西，尤其是妳二叔！我都打聽清楚了，平時妳二嬸上竄下跳得凶，包括當初你們分家的時候，他們硬是讓伯父和小叔吃了大虧，這些事情看著都是妳二嬸鬧的，實際上根本就是妳二叔，不，是顧老二在背後唆使的！」

顧長安倒是絲毫沒動氣，畢竟這些事情她早就有所猜測。顧二叔凡事不出面，真等有長輩來指責，他只消將鍋直接甩到顧二嬸頭上就行了。

「你聽誰說的？」

紀琮氣得鼓起臉。「城裡有販賣消息的販子，從他們手裡買來的。顧老二來縣城的次數不少，除了進賭坊之外還常去喝花酒，一喝多難免嘴巴就鬆了，這些事情都是他自己說出來的。」

顧長安見他生氣捏了捏他的臉頰，寬慰道：「無須動氣。還打聽到什麼？」

紀琮不只沒躲開，還往她這邊蹭了蹭，好方便讓她捏。「顧老二在縣城有個相好，孩子都有一個了，是個小子，今年三歲。」說到這裡，紀琮忽然幸災樂禍地笑了起來。

顧長安一看便知這其中有故事，稍一思忖。「那孩子不是他的？」

紀琮終於忍不住，哈哈大笑起來。「還真不是他的！他在縣城的時間到底是少，而且他只有前些年手裡有些銀子，這兩年手頭就緊了。肯當外室被養著的女子，若是得不到銀子，如何會心甘情願地繼續跟著對方？不過顧老二但凡贏了錢，或是從家裡拿了銀子出來，大多數還是會花在那相好和那孩子身上，那女人才沒離開他，等他不在時，自然可自由地與其他人在一起。說起來知道此事的人不止一、兩個，卻是誰都沒說破，任由顧老二喜孜孜地養著別人的崽子。」

顧長安冷笑一聲。顧二嬸雖然蠢了一點，可對自己的家人卻是掏心掏肺，在顧二叔眼裡，她卻是替自己衝鋒陷陣、撈好處的傻子！他倒是有願意掏心掏肺的對象，只可惜到頭來還是給別人養了崽子！

這才叫天道好輪迴！

紀琮私下買通了人手，要在最關鍵的時候將這母子兩人推到明面上。之後兩人不再逗留，帶著這些時日的戰利品，滿滿當當地回了梨花村。

第十八章　漸入佳境

當天晚上早早歇下，再睜眼的時候，已經天亮。

「今天就別去鎮上了，在家裡歇一歇。」顧二姊幫她端來一早就溫著的早飯。溫熱的粥正好入口，顧長安一口氣喝掉半碗，這才應道：「嗯，不去，從縣城帶了不少東西回來，先收拾收拾。」

飯後，顧長安去關心了一下新房子和作坊的進度。作坊已經快蓋好了，差不多就這兩天的工夫；倒是顧家的宅子還需要再多些時日才能完成，畢竟是一家人要住上很長時間的房子，可不能馬虎。

「晚上村長伯伯怕是該過來了。」顧二姊提醒道：「村人都指望著能靠著作坊讓自家日子好過起來，爹和小叔不在家，村長伯伯擔心作坊不能立刻開工。」

等到晚上，村長果然上門，他掐的時間很剛好，正好是顧家人吃完飯的時候。

看到顧長安，村長臉上難得擠出一絲笑容。「五丫頭總算是回來了，妳爹和小叔可還好？何時能歸家？」

顧長安道：「勞村長伯伯掛心了，我爹和小叔都好，只是暫時要留在縣城跟著師公做學問，得過些時日才能回來。村長伯伯是為了作坊的事情來的吧？」

她主動說起這話題，倒是讓村長暗鬆一口氣。「就是啊，作坊趕一趕工，明天就能上梁，我已經讓妳伯娘帶著村裡的幾個婆娘，把上梁的東西都準備妥當；再將剩餘的東西收拾收拾，後天就能全部完工了。村人對這作坊都抱了很大的期望，五丫頭妳看，這作坊開工的事情……」

顧長安道：「我也正想要去找村長伯伯呢！方子我一早就準備好了，一種是醬菜，這些可就地取材，現在各家菜園裡東西多，清水河裡小魚、小蝦也不少，可以打回來做魚蝦醬；再不濟，到時候沒東西可做，肉醬也是可以的。另外一種便是用果子做吃食，這時節的野果子已經不多，不過山上還能摘到剩下的桃子等果子，不拘大小軟硬，村長伯伯後日安排人去山上摘了，等作坊徹底完工之後，就可立刻開始動工。」

村長有些猶豫。「這醬菜能賣得出去嗎？」

顧長安淡淡道：「目前作坊只需要按照我給的方子做就成了，村長伯伯不用擔心銷路。不過日後拓展銷路這些事情，村人也該慢慢接手，這作坊算是顧家幫村人多找的一條賺錢路子，總不能事事都替村人做了。」

村長立刻道：「這是當然！我會從村裡年輕一輩裡挑選幾個做事穩重又機靈的，五丫頭妳多費心一些，帶著他們一段時日，等他們熟練了，立刻就讓他們接手。」

顧長安點點頭。「村長伯伯放心，到時候給的工錢不會低，而且賺得越多，顧家也會拿出更多的利潤來替村裡做事。」

修路、辦學堂，請個正兒八經的大夫常駐。

當然，這都是為了安撫村長，好讓他做事更加盡心。

村長聞言果然心頭一喜。他放下身段跟一個小丫頭好聲好氣地說話，還不是想要為村裡多謀劃？好在這小丫頭是個識趣的人，自己先給出了承諾。

顧長安神色不動，木著小臉繼續道：「作坊需要管事的人，除了陸九叔之外，我覺得村長伯伯家的慶哥就不錯。」

這是早就準備好要給村長的甜頭！

饒是村長早有預感，聞言也忍不住心頭猛然一跳，臉上頓時忍不住地露出幾分喜色來。

村長的次子叫李慶，今年十六、七歲了。小時候也上過學堂，認識幾個字，只是跟村長的長袖善舞不同，李慶的性子有些悶，是以就算識字在鎮上也不好找活。村長和村長婆娘都擔心他在外面吃虧，只好任由他悶頭在地裡幹活。

顧長安知道李慶這人，他只是不善言詞，且本性有那麼點害羞。

一個身材粗壯的年輕漢子，他不愛說話是因為害羞，這一點還是顧小六說的。對於顧小六打探消息的本事，顧長安是真心佩服，他說的這些，她自然不會懷疑。

害羞不是什麼問題，性子不差，又是個有主意的，做一個作坊的小管事已經足夠；至於不善言詞這一點也不是什麼大問題，好好調教一番，很快就能成長起來。

至於調教的人選，顧長安也早就已經有了準備，另外一個管事陸九，可不正好替她分憂解勞！

好半晌，村長才冷靜下來，乾笑一聲，道：「瞧我，這麼大歲數了竟是還這般沈不住氣。五丫頭啊，這事伯伯承妳這份情了，妳慶哥那人性子太悶，出門做事伯伯擔心他吃虧，放在眼皮子底下吧，他也只能種種地；能去作坊當個小管事，伯伯就不用擔心他以後日子撐不起來，伯伯這一次，是真心謝謝妳了。」

顧長安微微低頭，再抬頭眼底又是一片寧靜。「村長伯伯客氣了，我爹和我哥他們都說過，慶哥人聰明，就是吃虧在不愛說話上。左右只是咱們村子裡的作坊，做事的都是村裡的人，鄉里鄉親的誰不知道誰？慶哥剛開始不愛說話，大家都能體諒，再者時間久了，慶哥肯定能變得能說會道。」

村長喜不自勝。「承妳吉言。對了，既然要做醬菜，可有偏重？若是有的話，我先讓人準備。」得知自家兒子可以去當管事，村長做事就越發積極起來。

顧長安想了想，道：「村人家家戶戶都種了青瓜和辣椒，我問過村裡的伯娘、嬸嬸們，都說青瓜和辣椒種得最多。還有番薯葉，也可以做醬菜。對了，今年的黃豆收成之後，煩勞村長伯伯跟村人都說一聲別往外賣，作坊全都收了。」

說到黃豆，她打算做豆腐乳。她問過紀琮和紀忠，又在縣城打聽過，確定了大荊朝只有豆腐，連豆皮、豆包和豆干都極少見，更別說是豆腐乳了。

說起豆腐乳，顧長安就有些饞了。香辣的豆腐乳只要一小塊，她就能吃一頓飯，簡直就是極品下飯菜。

決定了，明天先跟二姊一起做點豆腐乳出來！

村長有些遲疑。「青瓜和辣椒倒是可以做鹹菜，只是沒人愛吃啊；還有番薯葉，那東西也就我們莊戶人家湊一碗菜，做成鹹菜能吃嗎？」番薯葉基本上都是拿來餵豬的，他們鄉下人家能當碗菜，可是做成醬菜賣得出去嗎？

顧長安道：「方子是我從書上找到的，應當沒有問題。」

一直安靜傾聽的顧三哥道：「村長伯伯安心，書上的確有這方子。」

村長聞言也不好再多說。說到底這作坊是顧家的，村人現在只負責做事，賣東西還得靠顧家人自己來。他作為長輩和村長有疑問而多問幾句倒沒問題，可若是再說下去，難免會讓人懷疑他在插手作坊之事，說不定會惹人厭煩。要是放在之前他不會在意，可是現在他兒子可是要去作坊當管事的，無論如何，他都得跟顧家將關係處得更加融洽才好。

「你們別怪村長伯伯多嘴，這生意到底是你們的，我也是擔心到時候你們吃虧。」

顧長安努力擠出一絲笑容來。「村長伯伯是關心我們，我們懂。」

「這就好、這就好！」村長笑呵呵地道，完全看不出他曾經對顧長安一直很看不起。

「那我就不打擾你們了，明天作坊上梁，五丫頭妳帶著小柱子幾個去湊湊熱鬧。」

顧長安順口應了一聲，其實不太明白他話裡的意思。

將村長送到院門口，等人走遠了，顧三哥才輕輕一笑，道：「上梁的時候要準備饅頭、粽子和糖塊，家境殷實的人家還會準備銅板，到時候站在尚未上梁的房子上撒下來，多是孩子去爭搶，沾沾喜氣。作坊算是我們家的，村長讓人準備了，也算是表明看重這作坊。」同樣地，這舉動也說明村長隱晦地將作坊，當成是村人共有之物。

顧長安這才恍然，她以前沒經歷過這些事情，對這些習俗還真是不太清楚。

見顧小六拉著小柱子和陸堯嘰嘰喳喳地說著上梁的習俗，顧三哥示意顧長安私下說幾句話。

「三哥是想要問，我們在縣城多逗留幾日是因何緣故？」

顧三哥輕聲道：「你們兩人都不是貪玩的性子，何況妳才這麼點大，師公對爹和小叔又上心，豈會讓妳留在縣城只為給他做吃食？」

顧長安沒有瞞著顧三哥的意思，將顧二叔之事以及大虎打探來的消息，以及紀琮暗地裡做的那點事情，一股腦兒地全跟顧三哥說了。

顧三哥仔細聽著，等顧長安說完之後沈默了片刻，藉著夜色掩去眼底的厲色。

「這件事，你們做得對！」顧三哥從不是挨打還會繼續忍受的性子，當下仔細地將顧長安和紀琮計劃中不周全的地方給補充全了，甚至還給他們指明一個全新的方向。

「既然要報復，那就務必做到一擊必殺，斷不可給敵人留下喘息甚至是反撲的機會！」

顧三哥毫無負擔地教導自家妹妹要如何做到不出手則已，一出手心就要夠狠，下手就要夠黑、夠毒辣。

對這般腹黑的顧三哥，顧長安內心其實是滿意的。做人千萬不能太聖母，人善被人欺，這地方可沒有公平可言；指望別人來替自己要一個公道，還不如自己強硬起來。

他們其實最開始並沒有報復顧二叔一家的想法，可顧二叔一家卻是在作死的道路上策馬狂奔，拽都拽不住，既然如此，他們若是還忍氣吞聲，那就活該他們被顧二叔一家給算計死了。

「三哥，這事情不用你插手，我跟紀琮都準備好了。」說歸說，顧長安沒打算讓顧三哥插手，本就不是什麼大不了的事情，他們兩人足夠對付了。

顧三哥想了想點頭應下了。「也好，你們小心一些，別把自己給拖下水。」

正好讓他看看紀琮那小子的本事。作為他們兄弟幾個看好的自家小五童養夫，沒點本事的話，他們就要改變主意了。此事就此揭過不再說，顧三哥又問起方子之事。

「三哥莫要擔心，方子不會出岔子的。這回去縣城也嚐了幾樣醬菜，味道都很一般，若是再將大醬做出來，到時候能做的醬菜種類就更多了。」

顧三哥道：「只是等到冬天，地裡最多只剩下蘿蔔、青菜，再想要做醬菜也不容易。」

顧長安愣了愣才反應過來。這時候的北方冬天，基本上只有富貴人家才吃得到新鮮蔬菜，倒是南方地裡還會種一些蘿蔔、青菜。

「光是做豆製品也成，還能做一些好儲存的點心之類的，說起來，馬鈴薯和番薯量夠多的話，做粉條也可以。」

「要做粉條，等番薯和馬鈴薯都收了之後就先做出來吧，番薯容易凍壞了。」

顧長安點點頭，這也是個問題。

冬天其實可以做大棚菜，只可惜她對這些一無所知，要是在北方，冬天燒炕的屋子裡還能種上一些菜，可這裡是單純睡床。

「三哥，我這回去縣城時，遇上幾個北方的人，我便多嘴問了幾句，他們說在北方他們睡的不是床，而是暖炕，是那種燒火便能暖上一夜的炕，不如我們也打幾個？」南方冬天的濕冷似乎能直接穿透到骨頭裡，哪怕被褥再厚實都能讓人冷得瑟瑟發抖。

顧三哥沒反對。「做暖炕倒也行。爹說了，往後想要接外公、外婆來我們家長住，兩老年紀大了，年輕時又太過勞累，外公的腿腳也不好，到了冬天更加難受，有暖炕的話，說不定真能讓他們舒服一些。」

顧長安連忙點頭。「可不是？再說這炕也不費事，就是多耗費一點柴火。大涼山和小涼山上到處都可以打柴，我沒事的時候去山上多跑幾趟就夠燒一冬天了。」

顧三哥擔心的是這炕得找誰來打？不說平安鎮，整個縣城做暖炕的人也是極少，這東西只有北方才會做，想在這裡找人來做暖炕可不容易，萬一做得不好，不暖和就罷了，還容易冒煙，到時候連睡覺都遭罪。

顧長安想了想道：「明兒我去鎮上找鄧掌櫃，他認識的人多，請他幫忙打聽。」

顧三哥想了想。「中午學堂可以休息，我去一趟百膳樓，不用妳去了，明日作坊上梁，妳還是在村裡多看著點。」

顧長安想想也是這麼回事，不去就不去吧！

上梁對農家人來說不是小事，村人但凡能脫開身的都會過去湊個熱鬧，就是鄒生也被村長親自過來給請過去了。

「五姑娘，什麼時候上梁啊？」陸堯小聲地問道。他可是得將小少爺的分也給搶回去。

顧長安捏了捏他的臉頰，這段時日以來，袁家和陸家兩家人在顧家吃喝都不差，尤其是三個孩子，就是顧小六也總是惦記著，時不時將自己的吃食分給他們。在吃喝上，三個孩子跟顧長安幾個全無差別，陸堯和小柱子眼看胖了起來，臉頰上也是胖嘟嘟的。

「等我們到了就快了，時辰早就已經定好。堯兒，你跟小柱子搶東西時可要小心一些，莫要摔跤了。」

陸堯乖乖應下，小柱子則是拍著胸脯表示自己一定會保護好陸堯，最後還不忘老生常談地勸說：「堯兒你要多吃一些，小少爺說了，五姑娘就是吃得多，力氣才會那麼大。你每頓吃三碗飯，肯定能變得壯壯的。」

「……」猝不及防之下被捅了一刀。

不想跟這兩個糟心的孩子計較，顧長安索性閉上嘴不搭理他們。

等他們到的時候，一切事宜已經準備妥當。負責拋粽子、饅頭的人已經站在高處，村裡的孩子們三五成群，嘻嘻哈哈鬧個不停，時不時抬頭盯著那些人手裡拿著的簍子，那裡面可都是饅頭和粽子呢！這一次村長伯伯自己掏腰包買了不少糯米，用純白糯米做的粽子，一顆裡面至少也加了一半。

只加一點點糯米的粽子就很好吃，加了一半糯米的粽子，那該多好吃啊！

時辰一到，那些人抓起簍子裡的粽子和饅頭就朝著人群扔了下來。顧長安也跟著湊熱鬧，跟著一起哄搶起來。當然，為了確保自己不會無意中把人給撞飛了，她爭搶的時候還得特別注意，搶到的東西自然就少了。

陸堯和小柱子就沒這顧慮了，兩人跟著一群小孩子尖叫著去搶奪，頭髮、衣服擠得亂糟糟的，臉頰激動得泛紅，眼睛都比平常亮了幾分。

「五姑娘，我搶得多，這些都給妳。」陸堯喜孜孜地把自己搶到的粽子和糖塊，一股腦兒地都塞給顧長安，只將饅頭留下了。

「回家給你們烤著吃。」顧長安向人借了個小籃子，將粽子、饅頭都裝了進去，只留下一塊糖塊，剩下的都還給陸堯。「糖塊不能吃多了，一人一天只能吃一塊。」

陸堯還矜持些，小柱子則樂得合不攏嘴了，連忙點頭。「我們知道了。」

顧長安也理解，小孩子有糖吃自然高興，她還是孩子的時候，每次有糖吃也是喜孜孜的。

回家後先給兩個孩子烤了饅頭和粽子，隨後便開始烘瓜子。

鄒生回來的時候樂呵呵的，見顧長安幾個正在烘瓜子，也學著他們的樣子抓了幾顆嚐嚐味道。「總算是下雨了，我還在擔心今天天氣太好不下雨呢！」

顧長安不解。「下雨做什麼？」

鄒生解釋道：「上梁下雨是好兆頭，雨澆梁，好事！」

顧長安幾個不知道有這說法，不過既然鄒生說是好事，他們就默認為是好事了。

當天晚上一家人，人手一把五香瓜子吃個不停，要不是顧長安盯著，怕是一群人第二天都得上火。

將剩餘的葵花籽都拿給鄒氏和林氏，任由她們去將葵花籽製成吃食，顧長安和顧二姊將更多心思放在作坊那裡。

「作坊做的第一批果醬數量不夠多，怕是賣不出什麼好價格。」顧二姊算了算帳，微微皺起眉頭。

梨花村這裡的桃子已經過季，山上能找到的桃子數量太少。或許大涼山深處和老鷹山上有，可是顧長安不希望村人為了摘桃子以身犯險，萬一村裡有人出事，這些現在笑臉相迎之人，轉頭就能將刀尖對準他們。

姊妹兩人都知道這一點，對此也早有準備，只是一想到收入不高，顧二姊心裡難免有些堵。

就算桃子的成本低，可顧家還是得掏工錢。

顧長安倒是要淡定一些。「數量不多就送到百膳樓去，鄧掌櫃那裡能吃得下。」

說起果醬，她就想起果醬麵包和果醬卷餅。做成果醬麵包在小食肆出售，賣的價格不會太高；不過桃子醬的售價本就不高，真計算起來，或許還是做成果醬麵包出售利潤更加高一些。

說幹就幹，顧二姊繼續留在作坊，顧長安則是回家開始和麵，晚上先做一批果醬麵包嚐嚐。

桃子醬熬得濃稠，而且味道不是特別甜，顧長安將餡料放得十足。等蒸好了，一口咬下去，入口滿滿都是酸甜的果醬，光是想一想就覺得滿足無比。

陸九去接顧大哥幾個時，顧長安便叮囑他把紀琮一同接來，晚上飯菜不少，紀琮最為偏愛的卻是果醬麵包。

果醬麵包一上市，在小食肆裡果真賣得不錯，還有不少人追問能不能賣果醬給他們？

在家裡房子落成之前，顧錚禮兄弟兩人剛好提前歸家。

「老師忽然有急事要離開，我跟妳小叔便不必留在縣城，直接回來了。」顧錚禮解釋道。

顧三哥想了想，問道：「爹，師公可說了何時讓你跟小叔下場？」

顧錚禮憨憨一笑，道：「你師公說我雖未放下書本，卻是眼界太淺；你小叔讀書上有天賦不假，到底年紀太輕，見識不夠多。作為秀才，我跟你小叔都名副其實，只是若是想要去考鄉試卻是有些難度，正好今年的鄉試已過，你師公讓我們三年之後再下場。」

顧三哥算了算。爹和小叔三年後再下場的話，他們兄弟三人就要儘量在三年的時間內考中秀才。聽爹的意思，在師公的教導下，三年之後他們兩人必定能中舉，屆時入京趕考，他們兄弟或許也能跟著入京進學。

顧錚禮和顧錚維回來，家裡立刻便有了主心骨，尤其是鄒氏，就算是幹活的時候，臉上都能看出那種由內散發的愉悅。

「二姊，東西都搬完了。」顧長安將最後一個箱子放在新打好的木架子上，長吐一口氣。

今天是他們搬新家的日子，她們姊妹兩人還是一個房間。他們家蓋的是宅院，光是姊妹兩人住的地方，就幾乎有之前他們整個家那般大。門口留了空地，好讓她們閒著無事時種種花。不過顧長安已經打算好了，除了蘭花和茶花之外，她打算去山上挖點果樹來種。

屋子隔成裡、外兩間，外間放著桌椅，靠牆放著三個一排的書櫃。如今書本的價格雖然貴了些，不過她們姊妹的零花也買得起。書架旁邊放著一張大書桌，足夠姊妹兩人一同坐著看書、寫字了。

裡屋的東西自然也不少，梳妝檯和衣櫃自是有的。顧長安不愛裝扮，可不代表她不愛給自家二姊添置東西，讓她好生裝扮自己。不過胭脂、水粉這些她卻是沒有備著，若是顧二姊喜歡，等去鎮上讓她自己挑選便是；除此之外，還有顧二姊的繡架之類的什物。

要說屋裡最讓村裡的姑娘們好奇的，還是那張村裡從來都沒有見過的暖炕。搭炕的人是顧三哥去找了鄧掌櫃，請鄧掌櫃幫忙找的人，南方做炕的人少，卻不代表沒有。

鄧掌櫃介紹來的人在府城很有名氣，不少富貴人家都願意找他們去做活。顧長安試過，他們搭建的炕很好燒，而且熱得不快，溫度卻能持久，半點都不會冒煙。燒炕的地方是她們姊妹的小廚房，平時燒水或是做點小吃食也方便。

左右有地方，又隔出一間房來當做洗浴間，唯一可惜的是，只能用木桶泡澡。

「被褥也都搬進來了？」

顧長安點頭。「都搬進來了，放在暖炕上的炕櫃裡。」這炕櫃也是專門打的，就是為了放被褥等東西。

「花兒不肯住到其他地方，說是要睡在外間。」顧二姊說道。

他們家並沒有虧待袁家和陸家兩家人，給他們都安排了住處。只是花兒卻是不肯住過去，說自己是當丫鬟的，自該在房中伺候，這端茶、送水，總不能讓當主子的去做。

顧長安想了想，道：「那就讓她留在外間住吧！」

顧長安又去搬了一張小床給花兒放在外間，用屏風擋了擋，就看不到這小床了。

屋裡原本就已打掃乾淨，將她們姊妹倆的東西都放置好，便算是搬家完成。

顧長安很快就將心思都放在作坊裡。用番薯葉做的醬菜，其實用的是掐掉葉子的莖，不需要撕掉外皮，曬過之後用鹽醃製，再將蒜末、薑絲，以及辣椒一起放入罈中。

等成品完成，顧長安拿了一小罐回家。沒有去皮的番薯葉，吃起來很有嚼勁，青紅辣椒的辣味不是很重，不過酸中帶著絲絲辣意，味道還不錯。

今天正好殺了一隻雞，顧長安便用番薯葉醬菜炒了一碗雞雜，不出意外受到全家人的好評，不一會兒就吃了個精光。

第十九章　燒餅與腐乳

因為和百膳樓的合作關係，梨花村作坊的生意開始步入正軌，做出的椒鹽豆、醬青瓜、酸番薯葉、魚蝦醬、酸甜辣椒等醬菜，尤其是椒鹽豆和剁椒，基本上都被鎮上的百膳樓給吃下了。

另一廂，大虎很快就送來第一批的堅果和果子，這一次送來的堅果最多，她最在意的葵花盤型花序就有好幾個！

說起這個，大虎來勁了。「前兩日我們三個上山一趟，運氣不差，找到一小片小東家說的葵花籽。有幾個盤型花序已經成熟，這一次就帶過來了。」

大虎帶來的向日葵盤型花序其實不多，大概五、六個，而且比起她以前看過的盤型花序，這種野生的盤型花序小得多，不過已經讓顧長安很滿足。品質不夠好就用數量來湊，等她開始大量地種植，收穫應該不會少。

「小東家，這是這一次的帳目。」大虎見她滿意，這才暗鬆一口氣，將他們三人記下的帳目給拿了出來，好跟顧長安過一遍。

因為他們是去村裡收東西，收的價格比在縣城收便宜不少；加上他們三個都是孩子，除了大虎之外都是村裡的孩子，村人便用稍微便宜些的價格賣給他們。

畢竟那都是白得的銀錢不是？

故此顧長安上回留給他們的銀錢，竟還剩下一半。

「你們三人每個人暫時領一兩銀子的月錢，再多辛苦一段時日，盡可能多買一些果子送過來；毛栗子和葵花籽也要，尤其是葵花籽，有多少、收多少，最好不要讓人拿到其他地方去賣了。」

大虎聞言大喜。一兩銀子不算少，果然他們跟對人了！

高興過後，大虎遲疑了一下，道：「小東家，我跟大力和小寶商量過了，打算把生意擴大；周邊村子裡的東西其實有不少，只是我們三個有些時候來不及過去，難免會錯過。所以我們想問問您，可不可以雇傭一些人，不需要給太多工錢，就是從本村的孩子裡面選幾個能辦事的，讓他們代為收購。」

顧長安饒有興致地道：「這是哪個想的？」

大虎摸摸額頭，老老實實地道：「是小寶。」

或許是覺得直接這麼說不太好，似乎有出賣同伴的嫌疑，他又立刻解釋道：「小寶沒其他意思，只是他去外家村子收東西的時候，去得晚了些，別人便將東西賣出去了，跑得不夠及時，小寶很是自責。正好他外家村裡有個孩子家裡沒大人，只有兄弟兩人相依為命，大著膽子問小寶何時會再去？小寶也不能確定，我們三個一碰頭，小寶便如此問了。」

顧長安摸摸下巴。「縣城那裡的事情本就是交給你們三人管理，如何處理是你們自己的事情，這一兩月錢只是底薪，你們越是勤快，一個月的收入也就越多。」

大虎眼珠子一轉，立刻明白過來。「小東家的意思是，我們三個可以雇人替我們跑腿做事，給的工錢我們自己出，因為雇人做事，所以我們能夠收購到的東西越多，到時候小東家給的工錢也就越多？」

看起來好像是他們三個自己掏了銀錢，實際上他們只拿出一小部分，可每個月可以得到的銀錢卻是更多了。如此算起來，最後賺的人，還是他們三個！

顧長安點點頭。「你能想明白最好。」

大虎心裡喜孜孜。如此算來，他再多努力努力，說不定今年冬天就有暖和的屋子住了。

「你在這裡休息一晚，明天再跟車回縣城吧！」顧長安道：「你們三個輪流來平安鎮，出行的一應花費都記下來，到時候來我這裡報帳，吃喝上無須太過拘束，住的地方也儘量找安全之處。」

大虎聞言更是喜上加喜。「那我就替我們三個謝謝小東家了。」又小心翼翼地保證道：「我們肯定不會亂花。」

顧長安擺擺手。「無妨，吃喝上你們無須太過節省，再者，你們若是不吃飽喝足養好身子，病了反而耽誤事情；若是跑遠了去收購，也可以記帳來我這裡報銷。每到一個地方，你們盡可去嚐一嚐當地的美食，若是吃到好吃的或是很特別的料理，若能攜帶，可以帶一些給我送過來。」

大虎連忙點頭。「小東家放心，我們肯定會記在心上。」能出遠門長長見識，一切花費都能報帳，他們自己還有銀錢可拿，這天底下所有的好事，怕是都讓他們三個給碰上了。

這樣的小東家，絕對值得他們死心塌地跟隨！

讓人將一車的東西全都送回梨花村，剩下的果子不多，而且也不新鮮了，得趕早送去作坊做成果脯、果醬才行。

顧長安問過大虎，知道他不累，便帶著他去鐵匠鋪。她那靈魂畫手級別的設計圖讓鐵匠有些霧裡看花，不過等聽她仔細解釋過大致的模樣和用途，鐵匠便接下了這活計，不過說好了他會看著做些調整。顧長安給了一兩銀子的定錢，約定好五日之後來拿成品。

「小東家，這東西是要做什麼的？」大虎很是好奇，他在縣城也沒見過這種東西。

顧長安嘴角勾了勾。「秘密！」

這可是她哄她家小胖子的東西，光是想到小胖子驚喜的模樣，她的一顆心就忍不住軟成一灘水。

顧長安並未給大虎安排住處，這些小事想必他自己可以解決。

跟大虎分開之後，顧長安去了一趟紀家。上回紀琮被人糊弄上山，緊跟著顧二叔、顧二嬸被人買通差點害了顧二姐之事，紀忠的調查總算有個結果了。

「此事是二姑娘被我們給連累了。」紀忠面露歉疚。

顧長安眉頭微皺。「是紀家的那位繼夫人？」

紀忠點點頭。「繼夫人知曉顧家之事，刻意讓人透了點口風。祖宅這邊有紀家分支的人為了討好她，便買通了人矇騙小少爺，又選了顧家二房的人對二姑娘出手。」

出手的分支之人他已經暗中處理掉了，只是這件事追根究柢，都怪他一直沒將分支的人放在心上；然而這話他卻不會說給顧長安聽，說到底，習慣了紀家的高高在上，在某些方面他始終將顧家當成紀家的附庸罷了。

對紀忠的疏忽，顧長安的內心是不滿的，只不過紀忠是紀家人，她哪怕是將紀琮當成自家人，可事實她就是個外人。有些事情自己心中有數，卻是不能說出口。

於是話頭一轉，放到兩家生意上。

「這次是來把之前的利潤跟紀管家算一算，紀管家先前允了我們可以暫時先留下花銷，多謝了。」

之前顧家的確有些手頭不便，紀忠便提起可以先不用分利潤，顧長安一番考慮之後也承了這份情。

如今小食肆每月的利潤很穩定，收入也極為可觀，要知道顧長安剛來的時候，他們家裡全部的銀錢加起來還不足一兩。

「如今已經十月，小食肆的利潤和筍乾豆的分成全都在這裡。」顧長安將早就準備好的銀票和碎銀都推到紀忠跟前。「還有跟百膳樓說好的半年利潤分成……」

「說起此事，我正好也有話要跟五姑娘說。」紀忠笑著打斷她的話。「之前怪我沒說清楚，這筍乾豆的利潤紀家拿了便拿了，不過百膳樓的利潤分成，五姑娘卻是不用再拿出來。這方子是五姑娘提供的，哪怕沒有小食肆，這五香筍乾豆也可以賣出去，若是連這個都占了，倒是顯得我們兩家關係太過疏遠了。」

顧長安聞言略一沈吟，也點頭同意下來。

「村裡作坊的生意聽說不錯？」說完了正事，兩人開始閒聊。

顧長安道：「有百膳樓幫襯，尚可。」

「醬菜這東西，在鎮上不一定能賣得出好價格，不過去縣城應當可以賣得好一些，再等天冷一些，想必能賣得更好。」停頓了一下，紀忠有些惋惜地道：「真要說的話，這醬菜等天冷拿到京城，甚至是北方賣，怕是可以狠狠賺上一筆。」

顧長安並未說起自己的打算，等成品出來了再說也不遲。

跟紀忠小聊了一會兒，顧長安就起身告辭。紀忠早讓人準備了幾樣精緻、好消化的點心，明言是給家中兩老帶的。顧長安不便推辭，帶著點心離去。

回村之後在村裡買了豆腐，豆腐乳說了好幾次都沒做上，這回總算沒再往後拖延。雖說顧二姊覺得這要等長毛了之後才能吃的東西不可靠，不過到底沒攔著她，再等把訂製的烤爐帶回家，顧家人都很好奇。

「小五，妳買的是什麼東西？」顧二姊忍不住有些驚訝地問道。

顧長安神秘地一笑。「二姊，妳先別問，幫我升點炭火，我有用途。對了，還得揉點麵。」

顧二姊卻是不回答，只盯著她淺淺笑著。顧長安心頭哆嗦了一下，連忙解釋道：「這是做吃食的，二姊我就是想要給妳一個驚喜，可不是故弄玄虛。」

顧二姊似笑非笑地斜睨了她一眼，那種眼神讓顧長安心驚肉跳的。

「忘記泡梅乾菜了，二姊，我先烤一個蔥花燒餅給妳嚐嚐，不用瘦肉，放些白肉就成。」顧長安自己去菜園裡拔了一把小蔥回來，剁了點白肉，加鹽和一小撮碾碎的糖，又放了一點點花椒和胡椒粉。

第一次訂製的爐子對顧長安來說還是有點大，她拿了一個凳子，踩上去才夠高。她不知道以前看過的那些燒餅爐子裡面是不是鐵，她這爐子裡面是鐵，切下肉皮趁著爐內升溫在上面抹了一遍，又用濕布擦了幾遍，等溫度升高，便將圓餅一面沾水後，牢牢地貼在爐內壁上。

「這爐子倒是有趣，明明是鐵打的，外面竟是不燙人。」鄒氏和林氏也來看熱鬧，小心地摸了摸外皮竟然只覺得溫熱，兩人忍不住都有些驚奇。

事實上顧長安也不知那鐵匠是如何處理的，她只是給了一個大概的形容，最終這圓筒爐子是那鐵匠更改後的成品，所以，她絲毫沒壓力地將功勞算在鐵匠的頭上。

餅擀得很薄，熟得也很快。第一批的三個餅很快就烤熟了，顧長安連忙用鐵匠打造出來的火鉗把餅給挾出來。原本頭個說好了要給顧二姊，不過林氏和鄒氏在，顧長安便大著膽子先給她們兩人，第三個則是立刻送到顧二姊跟前，生怕送慢了讓顧二姊不高興。

顧二姊輕笑一聲，卻是將餅撕成兩半，給了顧長安一半。

入口酥脆帶著綿軟，蔥香淡淡，白肉被內壁烤過，沁出一層層的肥油，滋潤了餅皮和蔥花，也減少了油膩感，一口咬下去，清香的蔥花和肉香混合在一起，加上餅皮的酥香軟嫩。

「這餅可真好吃！」林氏滿是驚喜。

鄒氏也跟著點頭表示贊同，這餅的確很好吃。

「小五打算在食肆裡賣這個餅？」

顧長安點點頭。「弄一個爐子就成了，裡面放炭火的話，一整天都能賣。」

顧二姊問道：「妳打算賣什麼價格？這餅的特別靠的是這爐子，只是吃個新鮮，一旦別人也打了這爐子，食肆裡的生意就會受到影響。」

顧長安對此倒是無所謂。「這爐子的造價不低，不是所有有心想要做這生意的人都負擔得起；而且就算別人學會了也無妨，我本來就不打算做獨門生意。」

聽她這麼說，鄒氏幾個就知道她早有計劃，便不再過問。看著這爐子幾人也來了興致，輪流學著做燒餅，顧長安蹲在一邊一個接著一個吃著，一口氣吃了十個蔥香燒餅。

等晚上一群小的回來，都圍在爐子旁邊不肯走。

「長安，這就是妳說的燒餅嗎？」紀琮第一時間黏到顧長安身邊，滿心委屈。

長安明明說過這燒餅是為他做的，可是現在別人都吃到了，他還沒嚐過呢！

「那一批剛出爐，是二姊烤的，你先嚐一嚐，看看喜歡哪一種，我給你烤。」顧長安拿了一個梅乾菜燒餅給他。燒餅中還是這種最好吃。

紀琮卻是不肯。「給大哥他們吃吧，我等妳給我烤就行了。」

顧長安聞言，便知他肯定不會吃了，順手把燒餅塞給陸堯，開始給紀琮烤燒餅。

晚上去買了一板豆腐，做了一鍋五香滷豆腐，再加上燒餅夾豆腐，眾人吃得停不了嘴，最後一板豆腐和一盆燒餅，一樣都沒剩下。

既然燒餅得到大家的喜愛，翌日顧長安讓陸九去鐵匠鋪再訂製一個爐子，這個爐子是要放在小食肆裡的，除了做燒餅之外，還能烤點番薯賣。

別說，這兩樣東西都賣得不錯。

就像是顧二姊幾人說得那樣，很快就有人開始跟風賣起燒餅和番薯了，甚至還有人推著車只賣烤番薯，在鎮上來回走動，生意居然還不錯。

顧長安不知道，自己這一放任的舉動，居然促成第一批流動攤販的誕生！

估算時間，豆腐乳也該做成了。油布剛剛掀起一條細縫，顧長安就聞到一股稍稍有些刺鼻的氣味，不過很快就轉變成一種特殊的香味。

顧長安心頭一喜。成了！

用筷子輕輕地挾了一塊出來，豆腐塊上還能看到辣椒粉，紅裡透著豆腐原本的白，辛香料的味道微微刺鼻，卻勾著人忍不住就想吃上一口。

「小五，這真能吃？可別吃壞肚子了，不如先給雞鴨試一試吧！」

顧長安自信滿滿。「二姊妳放心，肯定能吃。」

見她如此，顧二姊就要求讓自己先嚐一嚐。「那就讓我先嚐嚐看，我倒是要看看能讓妳這般惦記的吃食是否當真那樣美味？」

顧長安沒有跟姊姊爭辯，主動挾了小半塊放進嘴裡，鹹鮮麻辣，只消輕輕一抿，也算得上是入口即化！

味道沒有她以前買的那麼醇厚，口感豐富，不過也算不錯了，喝粥的時候配點豆腐乳，她的飯量說不定還得往上增加，一口氣喝掉一鍋粥，也不是不可能。

如果說一開始抱著懷疑的態度，在嚐過腐乳的味道又確定沒有毒之後，豆腐乳就憑藉自身的魅力，迅速征服家裡所有人。

「小五，這豆腐乳妳打算放在作坊裡製作？」早上家人配著豆腐乳吃完了兩鍋粥，顧錚禮一抹嘴，摸了摸有些撐的肚子問道。

顧長安點點頭。「天氣開始變冷，菜園裡的菜快要過季了，再冷些，除了蘿蔔之外，沒有其他東西可做醬菜。作坊總不能停工，就算天氣漸冷，一個月豆腐乳也能做出成品，趕在年節之前將東西賣出去，也好讓大家過個好年。」

鄒生點頭讚許道：「小五想得周全，作坊如今算是村人的一個指望，若是停工，怕是會讓他們多想。對了，這豆腐乳若是製作的溫度高一些，可能縮短製作時間？」

顧長安點點頭。「可以。這腐乳我打算跟紀家合作，讓他們送一部分到北方去賣。」

陸堯坐在一旁，聞言小聲地道：「豆腐乳放到罐子裡密封好之後就可以出貨，五姑娘這麼厲害，做的豆腐乳肯定都是好的，在路上就可以吃啦！」

顧長安先是一愣，這才反應過來自己犯蠢了，摸了摸陸堯的腦袋，誇讚道：「堯兒真聰明！」

陸堯露出一個羞澀的笑容。

「我們這兩個老的在家，跟妳爹和小叔把辛香料都給研磨好了，豆腐乳的做法可以教給作坊，不過這調味料只能掌握在你們自己手裡。」鄒生開口道。

顧錚禮也跟著點頭。「做法不難，調味料是關鍵。萬一有人被買通來偷方子，到時候只要我們掌握著調味料的方子，對方就算知道了做法，也不可能做出跟我們一樣的東西。」

顧長安點點頭。這也是她要說的。

事情就這麼說定，顧長安帶了兩小罐豆腐乳去鎮上，顧錚維去村裡訂豆腐，顧錚禮則是將鄒氏和顧二姊以及花兒送去作坊，轉頭回家開始研磨調味料。

顧長安先去百膳樓，嚐到豆腐乳味道的鄧掌櫃自然是想要將這東西買斷，最好是直接將方子買到手，只可惜顧長安不是那麼好說服的！

最後鄧掌櫃無奈，只能同意顧長安的建議，心中暗道這小姑娘可真不好對付！

接著去紀家，紀忠半信半疑地嚐了之後，眼睛頓時一亮。「這東西下飯！五姑娘，這東西做起來可容易？可方便儲存？價格如何？」

顧長安道：「做起來倒也不難，只是調味料特別一些罷了。用的是豆腐，黃豆便宜，本錢自是不高，售價也不會高；儲存也方便，若是存放得宜，放個半年應當沒問題。」

紀忠聞言頓時心頭一喜。「五姑娘可打算往北方銷售？」

顧長安直言道：「我來找紀管家，為的便是此事。聽說北方那邊到了冬天只能吃些鹹菜，尤其是兵營，連鹹菜也不一定能吃得到。紀管家在北方那邊可有門路，若是有，我們不若合作一把……」

「五姑娘打算如何合作？」紀忠笑咪咪地打斷她的話，眼神微微閃爍了一下。

顧長安看得清楚，頓時了明白紀忠這一次是打算要甩開她，自己將這門生意接下來了，只可惜，她卻不能如他所願。

「除卻費用之外，利潤四、六分成。」

「五姑娘，我倒是覺得紀家在作坊購買一批豆腐乳，自行往北方送更加合適一些，畢竟路途遙遠，不知道什麼時候就會遇上什麼危險，到時候萬一不能順利送達，或是沒有賺到多少銀子，對作坊來說可不算好事。不如直接買賣，作坊自然就不用承擔風險了。」紀忠笑著建議道。

顧長安抬頭淡淡地看著他。「紀管家的好意我心領了，不過做生意嘛，總是有風險的，村裡的作坊雖然才剛起步，不過這點風險還是承擔得起。」

紀忠笑容不改。「五姑娘不再考慮、考慮？」

顧長安卻是不跟他爭辯這個，只是目光冷淡地看著他，忽然問道：「紀管家忽然改變主意，可曾跟紀琮商量過？」

紀忠的臉色微微變了變，笑容變淡了兩分，看著顧長安的眼神多了幾分銳利。「五姑娘，小少爺親近五姑娘，五姑娘也關心小少爺不是？這些瑣事就無須小少爺掛念了，五姑娘覺得呢？」

顧長安目光平靜地回視著他，沒有半點閃躲。「紀琮年紀不小了，紀管家太過溺愛他可不成，在寵溺之下長大的紀琮，怕是鬥不過京城紀家的那些人。」

紀忠的臉色頓時沈了下來，眼底也多了幾分陰冷之色。

然而，顧長安卻是沒有半點退讓，甚至她的氣勢半點都不輸給紀忠。這些話她原本就一直憋在心裡，不說只不過是時機不成熟，既然這一次是紀忠先提及此事，她不妨表明自己的態度；至於說了這些話會不會得罪紀忠，導致雙方的合作瓦解，她卻是絲毫不擔心。

兩人靜靜地對視片刻，最後紀忠扯了扯嘴角。「五姑娘想得深遠。」

語氣中不帶絲毫感情，卻讓人一聽便知他心中有諸多不滿。

顧長安卻是神色極為平靜。「是否合作，還煩勞紀管家能夠儘早回個話。對了，我還讓人準備了一些醬菜。聽紀琮說，他舅舅在北方邊關駐守，正好給紀琮舅舅送些過去，也好嚐嚐味道。」

紀忠並未作答，顧長安也沒放在心上，起身告辭離開。

跟紀忠之間的那點事情，顧長安並未跟家人說起，晚上坐在門口看著顧大哥他們幾個跟著顧四哥練武，不免又想起紀琮，心裡稍稍有點堵。

哪怕紀忠現在依然是忠心不二，可是紀琮年紀到底太小，又沒有真正的長輩教導。即使她戴著厚厚的濾鏡，卻也不得不承認紀琮在很多方面，應該是比不過京城那些跟他年紀相仿、地位相等甚至是不如他的人；而紀忠的出發點或許是好的，可實際上卻是對他有害無利，而且長此以往，很有可能會養大紀忠的野心。

等到那時候，對紀忠極為信任的紀琮當何去何從？

「在想什麼？」不知琢磨了多久，等顧三哥在她身邊坐下的時候，顧長安才反應過來。從顧三哥手裡抓了一把瓜子慢慢嗑著，她忽然沒頭沒腦地說了一句。「三哥，你有空閒的時候，多教一教紀琮如何能多長兩個心眼吧！」

顧三哥危險地瞇起眸子。「多長兩個心眼？」

顧長安心裡有事，沒聽出顧三哥的威脅。「紀琮身邊沒有長輩教導，唯有一個紀忠在，而且他事事不讓紀琮沾手，時間長了，怕是有奴大欺主的可能。」

這一點顧三哥倒是贊同，人不為己，天誅地滅。

奴才的身分，如何能比得過當一個自己能做主的自由人好？

「妳想讓三哥怎麼做？」顧三哥輕聲問道。

顧長安想了想，道：「教他如何借助自己的身分，讓自己變得強大起來；如何在談笑間，輕易殺敵。」

作為一個切開來都是黑的芝麻餡的心機狗，顧長安覺得自家三哥完全可以擔得起這任務。

顧三哥略一沈吟，竟是應下她這要求。「也好！」

他跟小五一樣，既然已經把紀琮當成自家人，早些將人調教得出色一些，到時候他們也能省點力氣；只是，要如何調教，這就得從長計議了。

沒過兩日，紀忠便讓陸九帶話，說是讓顧長安去鎮上紀家商議合作事宜。

最終，雙方依然維持合作關係，豆腐乳在北方的銷售就全部交給了紀家，扣除所有的費用之後，利潤四、六分成。

不同的是，紀家得四成！

轉頭，顧長安叫上顧二姊，由顧錚維陪著，一同去了村長家。

村長聽顧長安說完，先是一驚，隨即又有些驚喜。「五丫頭，妳是說紀家的商隊會帶著我們村的人，一同去北方做生意？」

顧長安點點頭，道：「這一次只是試水溫，收穫如何暫且不知，且跑得遠，年節怕是趕不回來；而且邊關這幾年雖然算是平靜，不過到年節的時候，容易起磨擦，總體來說，還是有一定的危險性。」

見村長神色變得凝重，顧長安又道：「不過跟著紀家的商隊一同出發，路上的安全也算有保障。等到了邊關之後，只要不是自己脫離紀家商隊的庇護，或是隨意去得罪人，應該不至於出大問題；而且作坊往後生意會越做越大，到時候就需要自行跑商，等到那時候總也需要幾個能領隊之人。」

村長又忍不住高興起來。這話分明是在說，這一次跟著紀家商隊跑商過的人，往後說不定就能當作坊商隊的領隊之人！這活計不只是有油水，也算是體面。

「五丫頭可有人選了？」村長壓下心中的激盪，連忙問道。

顧長安想了想，道：「我這裡出一人，另外一人便在村裡面選。」

顧錚維接下話，道：「村裡的話，村頭的吳家二小子如何？」

村長一愣。「老吳家的二小子，吳南？」

顧錚維點點頭。「這小子得空了就會去作坊打下手，他眼裡有活，學什麼都快，除了山哥你家小子之外，村裡面這小子也是個人才。」

村長對顧錚維的說法頗為看重，仔細考慮過後，沈吟道：「吳家二小子的確是個可造之材，那小子嘴巴索利，也不怕生，膽子也夠大，若是跟著人跑商，說不定還真能擔起這重擔來。」最後乾脆拍板。「那就他了！」

從村長家出來，叔姪三人慢悠悠地往家裡走。

顧二姊問顧長安。「妳讓村長去說，這是打算讓吳家人記村長伯伯的一分人情？」

顧長安毫無笑意地勾了勾唇角。「作坊是我們顧家的，村長去說項，只是給他們一個這件事有村長出力的錯覺。不說吳家人，吳二哥心裡面卻是清楚，最後感激的也只會是我們家。」

結果左右都是一樣，她為何不成全了村長？到頭來還能讓村長多念他們家的好，以後有事情時，村長才會更積極辦事。

說起吳家二小子，顧錚維又誇了兩句。「你們外公前些時候也在誇他，說是眼裡有活，做事又麻利，是個不錯的苗子。」

這件事就這麼定下了！

第一批由作坊出品的豆腐乳，等到成品做好並做足數量之後，商隊也準備妥當了。袁大和吳南分別作為顧家和村裡的代表，都將跟著商隊出發。

顧長安提前將先前允諾的東西準備妥當，事先送到紀家。

「長安，謝謝妳給舅舅準備了那麼多的年禮。」紀琮有些不好意思。長安給舅舅準備的東西實在是太多啦！有好幾輛馬車呢！

顧長安捏了捏他的胖手，有些不滿地發現他手心居然有些繭子，都不嫩了。

「無妨，都是家裡有的東西，最多算是送舅舅一點土產罷了，不值錢。」

聽她說自己的舅舅也是她舅舅時，紀琮莫名地有點高興，連忙點頭。「對，我舅舅就是長安妳的舅舅！」

顧長安沒跟他爭辯這個，問起紀琮準備的年禮。

紀琮憨憨一笑。「舅舅好些年沒回京城了，往年也沒人往北方送東西，我就算想要送年禮都不行，所以這次送的東西就有些多了。對了，長安，我把肉鬆也拿了兩罐出來送給舅舅，可以嗎？」

顧長安隨口應道：「自然可以。」

她接過紀琮的禮單看了一眼，吃喝穿用的東西全都齊全了；尤其是喝的，他居然還準備了好幾罈的楊梅酒！

「這酒泡的時間還不夠，你記得讓送禮之人跟舅舅說一句，免得開封太早了，反倒讓人失望。」

紀琮應道：「我寫了家書，裡面都寫上了。我還讓舅舅給我多準備南方少見之物，我聽忠爺爺說，北方邊關那兒有的時候能弄到關外的東西，到時候讓舅舅託人送過來，全都給妳啊！」

顧長安點點頭。「那我就等著小琮送我禮物了。」

紀琮連忙跟著點頭。本就全都是給長安準備的啊！

紀忠看到顧長安時，一如既往的熱情，似乎之前他們之間的那點矛盾不曾發生過一般。

第二十章　再相見

說來也是顧長安的運氣好，剛到小食肆就遇見一個熟人。

「小東家，近日安好？」那人遠遠看到顧長安，便笑著打了一聲招呼。

顧長安臉上多了一絲笑，眼底的驚喜也是實打實的。「託羅老闆的福，一切安好！」

來人正是小食肆剛開張時，為了吃一碗螺螄粉就特意把行程挪後的行商羅貴。

顧長安打量了羅貴幾眼，道：「看羅老闆紅光滿面，想必生意興隆，諸事皆順了。」

羅貴哈哈大笑，拱拱手。「借小東家吉言。」

顧長安先請人進食肆裡，問了羅貴知道又是為了螺螄粉而來，便讓安氏做了一大碗螺螄粉。

羅貴剛到平安鎮都還來不及安頓，這會兒的確是餓得狠了，顧不上說話就埋頭一通苦吃。

「舒坦！」羅貴放下碗，連螺螄粉的湯都喝得乾乾淨淨，酸辣的感覺讓整個人都暖和起來，趕路的疲憊，似乎在這一刻都消除了。

「我還以為羅老闆得到來年才來平安鎮。」

羅貴笑道：「說起來小東家怕是不信，不過老羅我這人最信自個兒的直覺，我相信多跑這一趟吃了小東家食肆的食物，說不定我老羅運氣就能變好。」

顧長安眉頭輕挑。「羅老闆這句話倒是讓我受寵若驚。」

羅貴笑了笑，換了話題。「小東家知道我是個行商，此番也帶了不少東西過來，不知小東家可有興趣？」

顧長安點點頭。「羅老闆不提，我也要厚著臉皮問一問了。不知羅老闆此番去了何處？所到之處，可有奇特之物？」

羅貴道：「這幾日若是小東家有空，不如帶家人來看看？」

顧長安立刻道：「羅老闆若是沒有其他事情，不如現在就去一趟？」

羅貴自然沒有其他事情，正好陸九也在食肆裡。顧長安帶著紀琮，坐著陸九駕的牛車，一同慢悠悠地跟著羅貴去他住的地方。

羅貴放貨物的地方，便是他在平安鎮買下的小宅院。

羅貴笑呵呵地道：「有些亂，請小東家見諒。」

顧長安客氣了兩句，視線已經落在放在院子裡的那些箱子上。羅貴當下不再多言，將自己特意帶回來的東西展示給顧長安看。

「我路過海邊時，買了一些方便攜帶的海物。小東家可先看一看，若是有合心意的，盡可先留下。」

顧長安對海鮮還真有些興趣！

蚶子乾、蝦皮、紫菜，還有江瑤柱和各種魚乾，居然還帶了數量不多的乾鮑魚、海參，以及大對蝦乾。

顧長安毫不遲疑地將各類海鮮乾幾乎都包下了，尤其是紀琮多看了幾眼的大對蝦乾和魷魚乾，更是一點都沒剩下。

羅貴笑呵呵地道：「我原本便估算這些東西能入得了小東家的眼，除了海物之外，還在路上買了一些山珍。各地的山珍多有不同，這種蕈菇味道很鮮美，據說對身子也極好，小東家先看一看？」

顧長安的視線落在他拿出來的東西上，心頭又是一喜。

羅貴拿出來的是猴頭菇，顧長安還沒在這裡看到過。蕈菇種類不少，除了猴頭菇之外，還有榛蘑、松蘑，還有一大包木耳和銀耳。

買完了蕈菇類，又買了不少肉乾。羅貴接著打開的箱子裡裝著各種種子，其中還有她最需要的檸檬種子！

相較於這些，其他東西就顯得有些尋常，她又零零碎碎地買了點東西，這才開始結帳，這麼一堆東西，最後花了不到三十兩銀子。

「這是一點小玩意兒，算是送給小東家的禮物，還望小東家賞個臉收下。」羅貴又拿出一個小箱子，言明這是送的禮物。

顧長安聞言不好再推辭。

見她不推辭立刻收下，羅貴臉上多了幾分笑意。他最喜小東家這等爽直的人！

顧長安問了羅貴何時離開？更讓他明日若是得空可去小食肆一趟，她會讓陸九給他帶點東西。

結了帳，三人便直接回去梨花村。

路上，紀琮想起顧長安跟羅貴說的話，有些疑惑地問道：「長安，妳打算送豆腐乳給羅老闆嗎？打算跟他做生意？」

顧長安點點頭，道：「做不做生意也得明天看了再說。」

紀琮若有所思。「他是行商，去的地方多，與他做生意，長安是想要在最短的時間內，讓更多人知道豆腐乳？」

顧長安讚許地多看他一眼。「紀家打算往北方和京城走，而百膳樓的生意目前只在府城範圍之內，若是想要將生意盡可能做起來，羅貴這行商反倒有優勢。」

對這說法，紀琮也表示贊同。行商去的地方多，消息也靈通，有他們在，生意很快就能做起來。

晚上，顧長安用剛買來的食材，做了一大桌美食，有炸鹹魚、蛤子和韭菜雞蛋三鮮餃；又去拔了幾個蘿蔔，將泡發的鮑魚切塊，與蘿蔔一起燉湯；再將泡發的木耳過水之後，用芫荽、糖、醋和鹽拌勻，最後加入蒜末和乾辣椒，燒了滾油直接淋上去，頓時香氣四溢。

一桌子菜讓眾人吃得眉開眼笑，直呼好吃。

次日，商隊趕在天亮之前就出發了，北方天冷，趕路也不方便，他們從南方出發時就要加快速度，免得到時候過了年節都到不了地方。

羅貴嚐過豆腐乳立刻拍板要做這生意，他走的時候整整帶了三輛馬車的豆腐乳。

日子一晃而過，眼看進了臘月。這段時間，大虎三人還是輪流往平安鎮送東西，只不過時間間隔漸漸拉長了，從最開始的三、五天來一次，慢慢變成七、八天一次。除了辛香料之外，又送了好幾馬車的葵花籽過來，都是特意按照品級揀選過的。

顧長安將最好的一批留下來當作種子，剩下的則作為零嘴吃了。

歲月如梭，轉眼到了臘八。顧長安才剛準備帶一群小的給村人送臘八粥，就見葉鋒衝了過來，臉上帶著幾分無措和憤怒。

不一會兒，顧錚禮和顧錚維帶著顧長安幾人匆匆忙忙地去了祠堂。

開祠堂，為的是顧二叔的事情。

他積欠賭坊一大筆賭債的事情終於爆發了！鎮上賭坊的管事親自帶人綁著顧二叔找上門來，逼著顧二嬸還債。若只是這樣，顧二嬸雖會恨得要死，卻也會拚命地想法子救顧二叔；然而，緊跟著賭坊管事找上門來的，還有顧二叔養在縣城的那個外室，以及那個孩子。

顧二嬸當時就氣瘋了，衝去廚房拿菜刀就要把那外室和小子給砍死。但是顧二叔真是心疼那孩子，為了保護那孩子不受傷，硬是徒手把顧二嬸手裡的菜刀給搶了過去。等村人叫上村長趕到的時候，兩口子正打得不可開交。賭坊的管事在一旁看熱鬧，而那從縣城來的外室則是抱著孩子哭得哀戚。

哪怕到了現在，村長也氣得心口直疼。不過看到顧錚禮和顧錚維的時候，到底勉強按捺下滿腔的怒火。「你們來得正好，這件事還真只能跟你們兄弟兩個商量。

「事情就是這樣，那女子說跟了顧老二好幾年，孩子也是她替顧老二生的。之前願意無名無分地跟著顧老二，只是現在眼看孩子大了，她想讓孩子正兒八經地記到顧老二的名下，這才找上門來的。」村長嘆了口氣。在外面養了女子、還生了孩子，顧老二也算是頭一份了。

顧錚禮黑著臉。「那賭坊……」

「賭坊的事情才更要命。」村長長出一口氣。對他來說，顧老二在外面養人，還比不上賭坊欠債的事情大。「賭坊的管事還沒走，我先請他去家裡坐。他拿出來的借據，顧老二至少借了上百兩的銀子，要是再加上賭坊要拿走的利息，沒有兩百兩怕是沒辦法善了。」

顧錚維冷眼看了被幾個漢子牢牢壓著跪在地上的顧老二一眼。「欠債還錢，天經地義。村長，既然是他自己欠下的賭債，讓他自己去還，村長叫我們來若只是為了問一問我們兄弟的意見，那麼我們只能說，任由村長決定吧！」

村長眼底掠過一抹尷尬之色，很快又遮掩過去。

顧長安在門外聽得清楚，心中嗤笑一聲。村長到這時候還把他們家當成冤大頭呢！

顧二叔終於將嘴裡的破布給吐出來，用力喘了口氣，掙扎著想要撲向顧錚禮。「大哥，大哥你救救我！大哥我知道錯了，我們是親兄弟啊，你救救我，大哥！」

他的手被顧二嬸砍了一刀，只有草草上了藥，要是換成尋常時候，他死的心都有了，可他這時候已經顧不上傷口，欠賭坊的銀子才是大事！

縣城富貴酒樓的東家說了，不管是筍乾豆還是豆腐乳的方子，他們都可以高價收購；尤其是豆腐乳方子，只要大哥肯給他，不只是他的賭債可以一筆勾銷，他還可以去縣城謀一份生計！

如此一想，顧二叔掙扎得更加厲害。「大哥，我們可是親兄弟啊！你、你一定要幫我。」

「大哥為什麼要幫你？」顧錚維上前一步，十七歲的少年站在那裡就像是一棵挺拔的青松。他冷眼看著顧二叔，這個本該是他最親近的親人，眼底卻沒有半分感情。「這時候知道是親兄弟了？當初你逼得大哥連飯都吃不上，逼得大哥彎腰去借錢給娘辦喪事，自己卻是一分不出，最後還將禮錢全都私吞的時候，你怎麼不說大哥跟你是親兄弟？」

顧二叔的視線落在他身上，忽然眼睛一亮，指著他大喊大叫。「大哥、大哥，你不能那麼偏心！老三是你親弟弟，我也是你親弟弟，你不能只照顧老三，卻不管我死活！」

顧錚禮攔住顧錚維，冷眼看著他。「那你想我如何幫你？給你拿銀子還賭債？」

顧二叔眼珠子一轉，立刻道：「大哥，我真的知道錯了，我以後不會再去賭了。你是秀才，還認識鎮上紀家的小少爺，如果由你出面的話，賭坊肯定不會趕盡殺絕。我、我只欠了一百兩，可他們卻要向我多拿一百多兩的利息，只要大哥你幫我說情，他們肯定不會多要我銀子的。」

「然後呢？」顧錚禮目光很平靜。「就算不要利息，剩下的一百兩賭債，你當如何？」

顧二叔目光閃爍，避開了他的視線，道：「我的家底大哥你是知道的，當初我們家就沒多少銀子，我只是占了一個祖宅和幾畝好地，剩下幾錢碎銀子。家裡孩子大了，那婆娘又是個懶懶的，家裡日子過得也不好，一百兩，我是真拿不出來。大哥，你看你都把老三養那麼大了，蓋房子都記得給老三一處，我不求大哥你像疼老三那樣疼我，房子和地什麼的我都不要，你就幫我把這賭債還了吧！」

不管是祠堂裡的漢子們，還是門外看熱鬧的婦人們，都被顧老二這無恥的說法給震住了！

顧長安幾人的眼神極其冷漠，他們早就料到顧二叔會要求他們家幫忙還賭債。不過，憑什麼？憑他臉皮厚，特別不要臉嗎？

在村長家等不及的賭坊管事正好過來聽見了，站在門口，笑呵呵地對著顧錚禮和顧錚維拱拱手。「兩位顧秀才，我是鎮上賭坊的小管事，姓沈，兩位秀才若是不嫌棄，就叫沈某一聲沈三就成。」

顧錚禮淡淡地點了點頭。「沈三爺。」

沈三笑著擺手。「沈某只是替人跑腿、幹點小事，哪裡當得起顧秀才叫這一聲『爺』，您就叫沈某沈三吧！」

顧錚禮卻是沒應下，只問道：「沈三爺，賭坊是怎麼個章程？我聽聞鎮上賭坊的東家是個講理的，顧老二欠下的賭債，想必不會牽累我們梨花村吧？」

沈三掩去眼底的一絲精明，臉上還是笑咪咪的。「顧秀才放心，一碼歸一碼，這賭債是顧老二欠下的，只會向顧老二家人要，斷不會牽連梨花村的人。」

顧長安眼神微閃。這沈三的話倒是說得有些技巧，說只向顧老二的家人要，卻沒有言明這「家人」的範圍，這是等著他們家出錢呢！

血濃於水，說不定看在顧二叔小命的分上，他們家就願意掏錢了呢？

不只是沈三這麼想，就是顧二叔也是這麼想。他一臉期盼地看著顧錚禮，等著他開口，將所有的債務都扛下來。

顧錚禮聽了沈三的話，這才點點頭，道：「那就好！沈三爺，既然貴賭坊的規矩擺在那兒，那就按照規矩行事吧！只有一點，賭坊來梨花村要債沒問題，不過我不希望沈三爺的人打擾到我們村裡的人。」

沈三頓時一愣。顧秀才這是不打算替顧老二還債？可只憑顧老二，怎麼可能還得起！

最受打擊的人，是顧二叔。他萬萬沒有想到，自己的親大哥竟是真不肯替自己還債，居然還讓賭坊的人按照規矩行事！顧老大真是好狠毒的心，他這是想要自己死啊！

顧錚維搶在顧二叔破口大罵之前，直接堵住他的嘴，他現在是半點都不想聽這人不要臉的話！

見他們兄弟如此，村長也無話可說，總不能為了避免給村裡帶來的麻煩，就逼著顧秀才一家來替造孽的顧老二還債。

見顧錚禮真的沒有幫顧老二還債的意思，沈三也明白了，再看向顧老二時，眼底多了兩分戾氣。「既然如此，那沈某只好按規矩行事了。李村長，煩勞將人給送出來，沈某要帶人上門討債了。」

村長見他和和氣氣地等在門外，並未直闖祠堂，心裡鬆了口氣。

看來這鎮上賭坊背後的東家的確不是不講理之人。

村人沒有為顧老二出面的意思，直接把人給抬著送了出去。沈三示意身邊的人將顧二叔接過來，又對著顧錚禮和顧錚維點了點頭，拖著人再次往顧二叔家裡去了。

村長有心再說些什麼，想要為自己說些好話，免得讓顧錚禮心裡存根刺。

顧長安卻是忽然揚聲道：「爹，沒事的話我們回家去吧，外公、外婆和娘都提著心呢！」

顧錚禮聞言立刻應下，看向村長道：「村長，如果沒其他事情的話，我們就先回去了，家裡長輩還在等著，不敢讓他們太掛心。」

村長不好再挽留，只能笑著送他們離開。

「爹，這件事還沒完，二叔欠了那麼多銀子，若是沒有那個從縣城來的外室和孩子的話，二嬸說不定還會拚命救他，現在可不成，二叔一定會巴著我們家不肯放。」一路寧靜，出了村子、快到村尾的時候，顧長安才出言提醒。

顧錚禮嘆了口氣，語氣卻是極為堅定。「你們放心，爹不可能為了你們二叔，破壞了我們家的安寧。」

事到如今，他們兄弟之間的感情早已消滅殆盡，他怎會為了沒感情且早已交惡的兄弟，不管自己最為在意的妻兒、弟弟呢？

顧三哥跟顧長安交換了一個眼神，顧三哥忽然道：「爹，外公、外婆昨天說過了臘八要回家，不如您帶著娘陪他們回家一趟，住上幾日之後再將他們勸回來？」

顧錚禮沈默了片刻，在踏進院門之前，點頭道：「也好，這些年你外公、外婆沒少被他們村人笑話，正好陪著兩老回去住上幾日，也讓他們瞧瞧兩老當初沒選錯女婿。」

鄒生正好在院子裡，意外聽到自家女婿竟是在自賣自誇，一時都有些震驚了。他不知道是贊同自家女婿的說法好，還是要替自家女婿感到臉紅好？

幾個小的卻是一本正經地點頭。「可不是？我爹什麼都好，長得好、做學問好，孝順長輩，還疼妻子！天底下再也找不到比我爹更好、更出色的女婿了。」

顧錚維在一旁嘿嘿笑著，顧長安看了他一眼。「小叔也跟著去吧！」

鄒生聞言樂呵呵的。「正好，小維也很長時間沒去了，這回跟著去住上幾日。」

顧錚維沒拒絕，他知道這是為了避免顧老二把主意打到他頭上來。「成！我就跟著去叨擾幾日。」

「你這孩子，說這話可就生分了。」

顧長安特意落後兩步，跟著她一起留下的還有顧三哥和紀琮，等鄒生等人邊說邊進了屋子之後，三人悄悄地出了院門。

「二叔、二嬸不會輕易放棄的，尤其是二嬸，她捨不得自家東西，又恨二叔在外面養人，尤其是還多了一個小子；只有逼著我們家拿出銀錢給他們，她才能消停點。」顧三哥神色淡淡地道，對顧二叔一家子早已看透了。

顧長安眼底滿是譏諷之色。「這一、兩天不會找上門來，正好讓爹娘他們去外公家避一避，剩餘的事情交給我就好。」

顧三哥輕笑一聲，卻是沒有半點笑意，這兩天怕是要先解決那外室和小子的事情。

「那婦人也不是善類。」

顧二叔一家往後熱鬧了！

事實上，顧二叔家裡現在就很熱鬧。

顧二嬸一屁股坐在地上，一邊哭一邊大罵。「你個殺千刀的，喪天良，沒良心。我給你生兒育女，家裡、家外地忙活，捨不得吃、捨不得喝，到頭來你居然在外面養小娼婦，還生了這麼一個小雜種。」

顧二叔恨不得撕了她的嘴。這沒腦子的婆娘也不看看現在都是什麼時候了，居然還為了那點小事鬧騰。

「家裡還有多少銀子？」顧二叔不耐煩地逼問。

顧二嬸這一回是真傷心了，哭得停不下來。她是懶了些，可是她做的哪樣不是為了他們父子？到頭來，這殺千刀的竟是拿她辛苦攢下來的銀子養人，居然還敢再來跟她要銀子！

顧二嬸一抹眼淚，心裡發狠。他休想！

顧二叔恨不得打死這蠢婆娘。「妳個蠢婆娘，還不快些把銀子拿出來，難道妳真想眼睜睜地看著我被砍掉手腳嗎？」

眼看兩人又要吵起來，在一旁看好戲的沈三笑呵呵地打斷兩人。「顧二爺，兩位不如先把銀子還了，然後再關起門來吵？」

顧二嬸只是個窩裡橫的，剛才是急火攻心，現在理智回來了，想起自家漢子欠下那麼多賭債，心頭頓時一寒。

兩百多兩的銀子，他們能從哪裡弄來？賣光房子和地，也不可能湊齊那麼多銀子。

「當、當家的。」顧二嬸有些慌亂地看向顧二叔。這可怎麼辦？

顧二叔不敢再當著沈三的面跟顧二嬸爭吵。今天要是不給一個交代，沈三怕是真會斷了他的手腳。

心中當下就有了決斷，顧二叔連忙道：「沈三爺，您再容我點時間，我肯定能將這賭債還上。」

沈三嗤笑一聲。「哦？敢問顧二爺這是打算如何還上賭債？賣房子？還是賣地？」

顧二叔咬咬牙，道：「有一樣東西，沈三爺和東家肯定會感興趣。」

沈三眉頭一挑，多了兩分興趣。「說來聽聽。」

「方子！」顧二叔語速飛快。「豆腐乳的方子是我大哥家的，聽說百膳樓和紀家爭搶著要這豆腐乳方子，前些時候還來了不少外地的商販，買走了不少。」

見沈三興趣越發濃厚的樣子，顧二叔暗鬆一口氣的同時，也忍不住露出一抹戾色。「我還打聽到，百膳樓一直想要買我大哥家筍乾豆的調味料方子，聽說那方子可以用來做不少其他吃食，不管是調味料方子，還是豆腐乳方子，都有人捧著大把銀子來求賣的。」

沈三若有所思地道：「這兩個方子的確值錢，哪怕只弄到一個，你這賭債也能夠抵消了；不過顧二爺，我記得顧秀才剛才在祠堂裡說了，你的事情他可是半點都不會插手，你這般信誓旦旦，別是耍著我玩的。」

顧二叔連忙道：「我有再大的膽子也不敢耍著三爺玩不是？我大哥的確說了那樣的話，可那是因為我們兄弟兩個之間有點誤會。我大哥是對我太失望了，所以才說出那樣的話來；不過三爺您放心，我再去求一求我大哥，我大哥那人最是心軟不過，他肯定會幫我的。」

「是嗎？」沈三似笑非笑地盯著他看了半晌，直將人看得額頭冒汗，這才輕笑一聲。「既然顧二爺開口，那我沈三就大著膽子做個主，再給顧二爺三天的時間。三天之後，顧二爺要麼痛痛快快給方子或是還錢，要麼我就按照規矩，收了顧二爺的雙手和雙腿。」說罷，乾脆地起身，對著顧二叔一拱手。「那沈某就不打擾顧二爺解決家務事了，告辭。」

他不給顧二叔再說話的機會，帶著人揚長而去。

送走了沈三，顧二叔和顧二嬸對視一眼，齊齊鬆了口氣。

然而，還沒等兩人露出慶幸的表情，顧二嬸立刻想起這屋子裡還有其他人在，她也不哭了，忽然跳了起來就衝向一直站在角落裡的婦人。

「打死妳個不要臉的小娼婦，讓妳搶我男人！」顧二嬸狠狠一巴掌摑在婦人的臉上，頓時將婦人打得摔倒在地，細嫩的臉上頓時浮起幾道指印。

那婦人美眸含淚，刻意將被打的臉側了過去，只讓顧二叔看到她完好的那一面。只見她輕輕眨眼，淚珠瞬間滑落下來，順著白皙嬌嫩的臉頰滴落，那嬌弱的模樣，立即牢牢地將顧二叔的視線給吸引住，原本就偏的心徹底偏得沒邊。

「妳個不講理的婆娘，妳打麗娘做什麼？」顧二叔毫不留情地一把將顧二嬸推開，心疼不已地將地上的心肝肉扶起來，等看清楚她臉上的指印，越發心疼起來。

「麗娘，疼不疼？」顧二叔的心都快碎了，恨不得將人捧在手心好好安撫一番。

張麗娘柔順地搖搖頭，明明眼中泛著淚光，卻還要寬慰他。「一點也不疼。顧郎，你別怪姊姊，是我不該來找你的，要不是因為……總之是我給你添麻煩了。」

美人在懷，還溫婉地道歉，將所有的責任攬在自己身上，顧二叔立刻心軟了。「麗娘，妳乖乖回縣城去等我，我忙完了這頭，立刻回去看妳跟孩子。」

張麗娘卻是搖搖頭。「顧郎，孩子的事情日後再說。賭坊那裡你還缺多少銀子？我那裡有一些首飾，我娘當初還給我留了點東西，去典當也能湊一點。」

顧二叔聞言有些感動，沒想到在這種時候，向著他的居然會是張麗娘！

看著眼前這性子柔順的美麗女子，再看看旁邊那個長得胖乎乎、皮膚發黑發黃、嗓門比他還大，說不了兩句話就喜歡動手的婆娘，顧二叔的心徹底偏了。

「哪裡用得著妳典當首飾，那些都是妳跟兒子的，我沒讓你們過好日子就罷了，怎能拿走你們的東西？」顧二叔滿心柔情，恨不得把自己的心都掏出來給他們母子。

一旁的顧二嬸卻是氣得幾乎發狂，理智瞬間燃燒殆盡，猛然撲上去拉扯顧二叔，嚎啕大哭起來。「顧老二你這個不是人的東西，你被這小娼婦迷了眼，這是要逼死我們母子啊！我不活了啊！」

顧二叔拚命掙扎。「放手！妳個蠢婆娘。」

張麗娘嬌弱地撲了過去，做出一副要擋在顧二叔跟前的姿態，嘴裡不停地哭喊著。「姊姊、姊姊，請妳不要這樣，妳不能這樣對顧郎啊姊姊。」

三人在家裡鬧得不可開交，顧二嬸家的孩子跟張麗娘帶來的那孩子也打成一團，一時間，顧二叔家裡鬧出的動靜幾乎吸引了周邊所有人的注意，紛紛圍在門外看熱鬧。

隔日天還沒亮，陸九就將顧錚禮幾人送走了。

等顧大哥他們一出門，顧二叔、顧二嬸便帶著張麗娘上門來要銀子和方子了。顧長安怎會同意？顧二嬸原本還強忍著討好他們，等知道大房無論如何也不可能拿出銀子之後，立刻就翻臉大罵起來，要不是有顧長安在，怕是連顧二姊都得挨打。

顧長安沈著臉將人趕了出去，轉頭便去找村長，跟他商量辦學堂的事情。

這是顧家之前就商量好的，想要讓整個村子的人都真心地向著自家，辦學堂無疑是最為簡單的手段。

在她這小輩面前，村長還能勉強撐住，等顧長安離開之後，他就忍不住在家裡踱步，最後狠狠地抹了一把臉，老眼都有點發酸。

顧家大房對他們梨花村，也算是仁至義盡了！

想起因為顧老二家的事情他的那點小心思，村長頓感老臉發燙。一想至此，村長目光陡然一厲，轉身去找族老商量要如何為顧家大房、為梨花村掃除麻煩！

入夜，一道鬼鬼祟祟的人影遮遮掩掩地進了顧二叔家大門。

早就等得不耐煩的顧二嬸一把把人拉了進來。「別磨蹭了，這大晚上的誰會來？先去屋裡說話。」

來人聞言抱怨了幾句。「不得等那家人都睡了才行，萬一被人知道……」

「東西拿到了沒有？」一進屋，顧二嬸就迫不及待地追問。

屋裡只點著一盞油燈，豆大的燈光昏暗，只照亮桌邊一小塊地方。

昏暗的燈光搖晃，卻是能夠清楚地看清來人是林六嬸，聽顧二嬸這麼一說，她反倒不著急了。「顧老二家的，當真只有兩百兩？顧老二，我記得你在賭坊就欠了兩百多兩，我們可說好了一人一半，你們只能拿到一百兩，連還債都不夠，你們甘心？」

顧二嬸啐了她一口。「就妳心眼小，難不成我們還能騙妳了？不然妳自己去聯繫買家，我倒是要看看沒有我家當家的，妳哪來的本事把東西賣出去？」

林六嬸聞言頓時拉長了臉。「妳這話什麼意思？」

顧二叔連忙打斷兩人的對話，笑著道：「六嫂子，我家這婆娘妳也知道，就是嘴不好。這方子的賣價的確只有兩百兩，畢竟只是小吃食，又能貴到哪裡去。」

林六嬸有些懷疑。「不對吧？聽說連紀家都對這吃食很是在意，怎麼就上不了大檯面了？」

顧二叔耐心地解釋。「先前說給北方送過去，其實是給紀家小少爺的舅舅送年禮，而且就算不知道方子，慢慢研究也能琢磨出七、八成；也就是我聯繫上的那位老爺想要趕在別人研製出來之前先賺上一筆，不然，他怕是連這兩百兩都不肯出。」

林六嬸本就是沒見過什麼世面之人，聞言原本的那點懷疑便消散幾分。「你就不能跟他再商量、商量？一人一百兩可不算多。」

顧二叔在心中大罵這蠢婦，一人一百兩還不算多，也不看看這蠢婆娘自個兒家中有多少家底！貪心不足的狗東西！

饒是如此，他面上還是沒露出什麼厭煩表情來，笑道：「六嫂子，對方只肯出兩百兩，這價格還是看在幫我說話的那兄弟面子上呢！」

林六嬸將油紙包拿出來，卻是壓在自己手底下。「我可是費了好大力氣才偷偷從作坊拿出來的，要是被村長和族老們知道，我便要吃不了兜著走。」

顧二叔深吸一口氣，非常上道地接話。「六嫂子的確是辛苦了。那這樣吧，從我們的這一百兩裡，再拿出五兩給六嫂子，就當是給六嫂子壓驚了。」

林六嬸眼睛一亮，貪念頓起。「才五兩？你這可是……」

「林老六家的！」顧二嬸雙眼噴火，恨不得上前撕了這蠢婦的嘴。「妳別得寸進尺！兩百兩銀子分給妳一百零五兩，妳別給臉不要臉！妳信不信我轉頭就能找到人，連一百兩都不用給，就能把方子拿到手？等到那時候，別說是一百零五兩，就是一文錢，妳也別想得到！」

林六嬸聞言立刻改變態度，笑呵呵地把油紙包推了過去。「瞧妳這人，我這不是跟你們夫妻兩個開個小玩笑，這就讓妳生氣了？我可都聽說了，這辛香料才是最為要緊的，一直都掌握在顧家五丫頭的手裡呢！對了，聽說就連那筍乾豆，跟這辛香料都有極大關係。」

顧二叔和顧二嬸對視一眼，眼底浮現狂喜之色。

這可真是意外之喜！

顧二嬸趁著顧二叔沒防備，一把將東西給搶了過去。「林老六家的，妳這回倒是機靈。行了，妳就等著吧，過兩天白花花的一百兩銀子就是妳的了。」

林六嬸樂得合不攏嘴，還不忘記提醒。「是一百零五兩，妳當家的說好了，要給我添補點的。我偷偷拿這點辛香料可是冒了大風險，妳不是不知道，葉獵戶家那高氏可不是個好說話的，眼睛又毒，每次拿這辛香料過來分量都是剛好的，少了一點她都能看出來，要不是我夠機靈，還壞了一件衣裳，可沒法子弄出來呢！」

顧二嬸不耐煩地擺手。「妳少扯這些沒用的，多給妳的那五兩銀子足夠妳做好幾件新衣裳了。」

話粗理不粗，想想五兩銀子的確不算少，林六嬸也就認了。

「好！東西給你們了，抓緊時間去換了銀子回來。」林六嬸起身要走，才拉開門又忍不住警告兩人一番。「你們可別想糊弄我，要是知道你們兩個想要昧下我的銀子，那就別怪我不客氣。到時候去村長跟前走一趟，到那時候我就……」

「妳就什麼？」陰沈沈的聲音響起，在這寒冷的夜晚，頓時讓幾人瞬間冒出一身冷汗。

第二天村裡給三人的懲罰下來之後，顧長安一家才被告知。村長和族老們發了狠，這一次出手的力道不小。

林六嬸被作坊趕了出去，不只如此，他們家人也不能進作坊。這對最是愛錢的林六嬸來說，比任何懲罰都讓她痛苦。

至於顧二叔一家，則是被除族，趕出村子！顧二叔將祖宅和家裡的地都賣了個乾淨，好換錢還賭債。為了避免其他村子裡的人藉機住進梨花村，村長與族老商議之後，以村子的名義給買了下來。

本以為此事就這麼了結，卻不想，顧二叔只帶走了張麗娘和她生的兒子，將顧二嬸和兩個兒子給留了下來，除此之外，他一文錢都沒留下！

顧二嬸大哭了一場，也不知道怎麼想的，竟是找上顧長安，求她幫忙遞和離書給顧二叔。顧長安考慮再三，最後到底還是答應下來。

不是因為心軟，而是覺得為了兒子變成鬥士的顧二嬸看起來好像稍微順眼了一些。顧二叔做出這等拋妻棄子的事情，自是巴不得和離。在他看來，顧二嬸那種人壓根兒就沒人要，卻不知在和離之後，顧二嬸便乾脆俐落地改嫁了，嫁的是一個山民，沒娶過妻。山民娶妻不易，只要對方是真心實意跟自己過日子，都會寵著自己的婆娘。

有顧二叔這等狼心狗肺的人在前，顧二嬸犯下的那些錯誤，村人反倒是給淡忘了。她再嫁是要帶著孩子的，對方表示自己願意多養兩張嘴。村人都送了賀禮，鄒氏還偷偷塞給她五兩銀子。

顧長安只當不知。自此，顧二嬸不再出現在他們的人生當中。

第二十一章 韶光荏苒

二月底的時候，去往北方的商隊終於回來了。

北方的生意很順利地展開，有紀琮舅舅在，跟軍營的生意也拿下了。豆腐乳在北方賣得好，顧長安不得不開始考慮，在北方也辦一個作坊的可能性。

轉眼進入三月，村裡的學堂終於落成。

顧錚禮和顧錚維的老師，則是送來一份「大禮」——為梨花村請來一位德高望重的教書先生。

茅先生是一個胖乎乎的小老頭，臉上帶著慈祥的笑意。「是林慎之新收的兩個小弟子吧？老夫是茅時。」

林湛，字慎之，顧錚禮和顧錚維的老師。

茅時是性子溫和之人，為人又特別健談，只不過舟車勞頓，到了梨花村便先安頓睡下，晚上才醒來，飯後便開始考校顧家幾人的學問。

其他人就罷了，茅先生對顧四哥卻很有意見。「你爹和小叔既然是慎之的弟子，你好歹也得叫他一聲師公。總而言之，習武可由著你，不過文這一方面也不能落下了，不求你與屠蘇幾人一模一樣，至少得有中舉的學問才行。」

顧四哥一張憨厚的臉頓時脹紅了。

「可、可是我午後還得去鎮上跟著習武。」

茅先生對此事卻極為堅持。「你可早些起身先習武鍛鍊，而後跟著去學堂；午後你盡可去鎮上習武，等晚上歸來之後，再跟著你兄弟練字、做學問。學堂若是有落下的，我會幫你補上。」

顧四哥一臉震驚。習武的時間不變，還得把其餘的時間全都放在學堂裡，最要命的，聽茅先生的意思，是打算讓他下場去考科舉。

他一點都不想去考啊！等爹和小叔中舉，再等他們有個一官半職之後，他就去從軍。這些事情他早就規劃好了，以他的水準要中舉的話，那他這輩子還能去從軍嗎？

一想到自己可能三、四十歲還在拚命地走科舉之路，就等著考中之後去從軍，好不容易考中了卻被拒絕入伍的淒慘模樣，顧四哥就覺得整個人都不好了。他嘴笨，想要解釋卻不知從何說起？

偏偏茅先生在說完之後，就考校起顧錚禮和顧錚維的學問。這是正事，顧四哥就算有心想要跟茅先生說個明白，卻也不敢打斷他的考校。這一等就到了晚飯時間，算是給茅先生接風洗塵，村長和族老也都到了，他就更沒機會說出口。

顧四哥恍惚起來。這、這可如何是好？

誰也沒為顧四哥說情，顧四哥到底年少，只一心想要從軍，卻是不知從軍也有諸多凶險，爾虞我詐不單單只存在文官之間，何況當一個有學問、有頭腦的士兵總是好的。

家裡長輩不反對，茅先生又是親自定下，顧四哥最後也只能老實聽從。白天練武、練字，晚上還得跟著茅先生單獨學習。別看茅先生成天笑咪咪的，教學的時候極為嚴格，顧四哥沒少挨戒尺！

三月中，村裡的學堂終於正式開學。茅先生只負責教導村裡的孩子識字，顧長安請了一個以前當過掌櫃的老者來教導孩子們算帳，除此之外，適齡的孩子每日早上都會來跟著顧四哥學習簡單的拳腳功夫。

顧長安並沒有挑戰規則的想法，女孩子也和其他地方一般不能入學。不過她在徵詢村長和族老們的同意之後，讓顧二姊和徐氏接手教導這些小姑娘，讓她們跟著顧二姊認字，再和徐氏學女紅。不求她們有多出色，好歹不當個睜眼瞎，嫁人之後也能有點手藝傍身。

作坊的生意和學堂都步入正軌，紀琮和顧長安開始往山裡跑，想要多抓點獵物攢著。去年年節的時候兩人太過高興，忘了把攢著的果子拿出來賣，這一次打算多攢一點，到時候狠狠大賺一筆。

兩人的計劃妥當，然而，計劃卻是趕不上變化。

四月底，京城來人，說紀琮的祖母病了，作為嫡長孫，紀琮必須盡快趕回京城。

「我不想回去！」得知消息的紀琮情緒相當低落，在看到顧長安的時候眼淚都快流下來了。

顧長安的臉色也不是很好，她知道紀琮終究要回京，只是萬萬沒有想到這一天居然會來得這麼快。滿打滿算，紀琮來平安鎮不過一年，原本以為紀家再過個一、兩年才會接他回京，等到那時候，他們家也該準備去京城了。

縱然不捨分別，顧長安還是收斂情緒，輕聲道：「如今紀家不是你當家做主，生病的是你祖母，來接你的是你父親的人，就算再不情願，你也要做出一副孝子賢孫的模樣，該著急的時候著急，該傷心的時候傷心。」

紀琮眼圈微微有些泛紅。「我、我知道的，我只是在妳跟前才這麼說。」

顧長安捏了捏他的肉手。「我知道，小琮很聰明，肯定不會讓人抓住把柄。接下來我要說的話，你一定要放在心上。」

見紀琮神色也跟著凝重起來，她才繼續道：「回京的路上要照顧好自己，不過就算是有些累，你也要忍著，尤其是等到了京城之後，在你父親派來的人跟前，一定要表現得急切一些，記住了嗎？」

紀家那一窩都不是好東西，尤其是紀琮的侯爺爹。作為一個才八歲的孩子，若很擔心祖母、孺慕父親，情緒必須要外露才行。

紀琮聞言立刻點頭。「三哥都跟我說過了，我現在還小，做事不能太過穩妥，該犯錯的時候要犯錯，該犯熊的時候要犯熊，千萬不能表現得跟大人一樣穩重。」

顧長安讚許地點點頭。「正是這麼一回事！還有你繼母那裡，她平時不會在明面上苛待你，不過，她會在其他方面算計你。比如，你家裡應當有名額入國子監，但這名額恐怕最後不會落到你頭上；你不能跟她正面對上，不過，可以利用你父親。」

紀琮再次重重地點頭。「大哥說了，我父親在府中其實一直都被祖母和繼夫人壓制，他看著跟她們親近，實際上心裡有些不滿。我要表現得跟父親最為親近，凡事要依賴父親，父親給的我就受著，父親不給我就不主動去要；還有，哪怕父親只給我一塊糖塊，我也要表現得像是從他手裡得到整個紀家一樣高興。」

顧長安噎了一下。她家大哥和三哥教的到底都是些什麼？不過轉念一想，大哥、三哥他們教得也沒錯，她想跟紀琮說的，無非也是這些。看來大哥和三哥平時沒事的時候，沒少傳授紀琮這些小心機。

「大哥和三哥還教你什麼了？」

紀琮掰著手指一一說明。「大哥說，父親雖然不是個好父親，不過他也是個男人，是男人就不喜歡被女人處處壓制，尤其是自己的枕邊人。繼夫人在父親跟前玩心眼，一次、兩次也就罷了，次數多了，父親只會覺得厭煩。而且，遠香近臭，平時沒事的時候不要總湊到父親跟前去，看到父親的時候要表現出我有多在意他，不過不能表現得太明顯。

「三哥說，別忤逆父親，哦，不是，是要假裝不忤逆父親。不要跟他玩忠言逆耳那種遊戲，父親說什麼都是對的，一定要表明自己的立場；偶爾無傷大雅的小事上可表現出不甘願，但是仍然要做出一切只聽父親做主的姿態，只有這樣，才會讓父親偶爾會想起他是我父親，在關鍵時候幫我一把。」

顧長安輕吐一口氣。她大哥和三哥還真是夠直接，就差直接當著紀琮的面說紀侯爺是個被女人拿捏的軟蛋，而這軟蛋其實一直想要自己當家做主。這軟蛋為人還剛愎自用，所以當面拍馬屁，背後捅刀子，才是跟軟蛋的正確相處方式。

不過，話粗理不粗，紀琮顯然對他父親已經沒有感情，哪怕是被這般教導，他也只覺得顧大哥和顧三哥說得都對，是他要好好記下來的良言。

「所以，有些東西你可以先放棄，可是更重要的東西，你就得想辦法得到。不要輕易動用你母親和你外家留下的那點人脈，那些必須留到關鍵的時候再用。你母親留下的東西，也別急著從繼夫人手裡拿回來，你現在還小，非得要拿回來的話，只會讓你跟你父親的關係更加惡劣。在你祖母和繼夫人跟前，不要表現得跟你弟弟、妹妹們太過親近，客氣有禮又帶著幾分疏離就行了；不過在你父親跟前，則是要表現得大度一些。」

顧長安簡直要操碎了心，又特意叮囑紀琮要善用空間，不可讓人發現。

紀琮乖乖地都答應下來，只是想起即將分離，眼圈又有些紅了。

「長安，妳什麼時候能去京城啊？」

顧長安只是捏了捏他那已經不算胖的手，卻是沒作答。

紀琮離開的時候，只有顧長安一個人去送行。她來這裡不久就認識了紀琮，經過一年的相處，這也算是她第一次經歷分別。他來的時候只帶了紀忠一人，走的時候也只帶上他一人，可心情卻是與來時截然不同。

無精打采了一陣子，顧長安很快就振作起來。五月底時，在北方辦作坊的事情終於敲定。

吳南被委以重任，前往北方當管事。最為重要的調味料則是在這裡配好之後，直接運送去北方，目前只能如此；袁大雖然有心過去，可小食肆離不開安氏，他只能兩邊跑。

村裡也有人眼熱，顧長安乾脆交給吳南，由他挑選幾個肯幹的年輕人跟著一起去北方。

梨花村的日子過得越來越好，不說周邊村子，就連鎮上甚至縣城的人都動了心；然而，村長先前就在顧長安的提醒下，不讓人有機會買走村裡的地和房子。

這條路走不通那就換一條。因為顧家有尚未成親的顧小秀才顧錚維，上門說親的冰人差點把門檻都給踩平了。

顧長安幾個雖然不大贊同顧錚維現在就說親，可若遇上可心的人，只要品性沒問題，他們不至於太反對。可偏偏來說親的人都抱著別樣的心思，而且姿態還出奇地高。說什麼不分家，可是小倆口的家卻是要女方來當，這明擺著就是朝他們家的銀錢來的，這種人若是進了門，他們家也別想過安生日子了。

鄒氏幾乎天天都要氣上一回，最後乾脆放出風聲，說明自家小叔暫且不說親。

「我家小叔的老師放話了，小叔暫時得把心思放在科舉上，不能分心。說親這事情，還是等到小叔中舉之後再說。」

這話都放出來了，就算有人心有不甘，也不好再上門。不過村裡其他未婚漢子就成了香餑餑，以前梨花村的漢子說不上親，如今但凡是沒成親的，都有冰人上門詢問。

村裡的漢子們看得多，學得也就多了，如今也認了不少字。別的不說，這些冰人上門，他們都沒立刻就點頭應下，而是先將各家說親的對象都跟村長和族老們提了，讓他們幫忙決定是否可以繼續下去？

顧長安對此很是滿意。她之前還擔心這些小子們會不管不顧地應下，雖說婚嫁都是各家自己的事情，但是能少點麻煩總是好的。

紀琮回京之後，只寫過一封信報平安，此後就再也沒聯繫。顧家人很是擔心，卻也明白紀琮是在保護他們。

顧長安是最為掛心的那一個，可正是因為紀琮的懂事，她也只能自己憋著。好在與紀家的交易一直都很順利，只能安慰自己，紀琮至少是安全的。

韶光荏苒，轉年過了兩年。

「小五，妳東西可都整理完了？我讓妳帶著的那件狐皮斗篷在哪裡？」門簾一掀，眉眼精緻、眼中帶笑的顧二姊走了進來，笑著問正蹲在箱子邊整理東西的顧長安。

顧長安抬起頭，兩人的眉眼有五分相似，只不過顧二姊的眉眼更加柔和，淺淺卻又溫和的笑容，總是讓人不自覺就放鬆下來，嘴角也會忍不住微微揚起。

顧長安卻是不同，明明是相似的眉眼，卻帶著幾分冷淡。她最漂亮的是那雙眼睛，明明是清澈見底，卻又帶著幾分能看穿虛妄的冷漠，如今不過十歲，可往那兒一站，卻會讓人心頭一顫，不自覺就想要避開她的視線。

「應該裝起來了……」顧長安摸摸鼻子，看著緊跟著走進來的花兒，手裡抱著的狐皮斗篷，她有些不好意思，顯然是自己記錯了。

顧二姊嘆了口氣。「罷了，我跟花兒幫妳收拾吧！不是說要給小琮多帶些吃食？妳去收拾那些就好。」

顧長安長出一口氣。「那就煩勞二姊和花兒姊姊了。」再收拾下去她都要暴躁了。出了房門，她直接去了儲藏間。

今年爹和小叔下場參加鄉試，順利地中舉。家裡早早就開始準備，這就要入京了。各種吃食就裝了整整四輛馬車，葡萄酒和各種醬菜各有好幾罐，顧長安進進出出地把罐子抱上馬車。顧錚禮幾個想要幫忙都被她嫌棄，他們的力氣可不如她大，還是別礙事了。

鄒氏快步走出來，見他們父子三個堵在門口，只有他們女兒一個人在搬東西，頓時眉頭一皺。「你們這是怎麼回事？顧錚禮，你就眼睜睜看著你女兒一個人搬東西？」

顧錚禮嚇了一跳，連忙道：「我、我這就去搬！」

看著他匆匆忙忙的樣子，就是顧長安也忍不住露出一個笑容來。

即使他已經成了舉人，依然是那個寵愛妻子、疼愛孩子的顧錚禮。

「娘，東西都收拾妥當了？」顧長安把最後一個罐子搬上車，這才轉頭問道。

鄒氏數了數放在馬車上的東西，見應該沒什麼東西落下，這才回道：「都差不多了，就是路上要帶著吃的東西沒還搬上來，妳不是說晚上再收拾？」

顧長安點點頭。「那就行了，吃食不能多帶，這時候天氣熱，米糧也可以在路上買，少帶一點就好。對了，陸九叔在哪兒？」

接話的是顧三哥。「剛才還看到陸九叔在後院。」

顧長安應了一聲，轉身去了後院。陸九的事情，在去京城之前得先解決了。

陸九在後院收拾東西，見她來了，便放下東西道：「五姑娘過來，是有話要跟我說？」

顧長安點點頭，開門見山地道：「陸九叔，當初買下你們的時候，我就知道你們的來歷不簡單。陸堯和徐嬸子是母子，你不是堯兒的親生父親吧？」

陸九承認得很爽快。「不是，我以前是堯兒他父親的手下，他父親戰死，我受他父親所託，帶著他們母子往南走。一路被人追殺，為了藏身無奈之下只能賣身為奴。」

顧長安只抓住一個字眼。「戰死？」

陸九直直地看著她，半晌之後，才開口道：「是。他父親曾跟在紀小少爺外祖身邊多年，官拜將軍。」

因為紀家的關係，被人陷害，最後死在戰場上，連屍體都沒能找回來！

顧長安本以為陸九會把所有的事情都說出來，然而他只透露了這些，就不肯再多說。顧長安見狀不好再多問，只好把這件事藏在心裡，等到了京城再找紀琮問一問便是。

「如果有解決不了的事情，可以找茅先生商量，也能找鄧掌櫃幫忙。我已經跟鄧掌櫃說過了，到時候你去找他便是。」

陸九點點頭。

顧長安不再多言，因為該說的都已經說了。「如果哪天你們要離開，提前告訴我一聲。」

陸九沈默地看著她片刻，最後輕輕地點了點頭。

袁大那邊就更容易解決了，他要時不時地兩邊跑，不過小食肆是要交給安氏的，所以只有花兒和小柱子跟著他們進京，袁大夫婦兩人則是留在平安鎮。調味料的方子，顧長安已經教給袁大，以後她是不打算再管了。

晚上村人都來到顧家，每家每戶都帶了點東西過來，大多都是乾貨，好方便他們路上吃。

「你們這一走，我這心裡就有點空落落的。」高氏拉著鄒氏，說著說著眼圈都泛著紅。兩家住得近，她跟鄒氏的關係一直都很不錯，如今驟然要分開，心中難免不捨。

葉銳偷偷跟顧小六說：「我娘還偷偷哭了，可傷心了。」

顧小六拍了拍他的肩膀，語重心長地道：「所以你得好好勸一勸嬸子！女人都是水做的，動不動就哭，我們當漢子的就得多勸一勸，免得哭壞了眼睛。」

一旁原本有些傷感的葉鋒嘴角抽了抽。這都是跟誰學的？還有，他們今年才八歲，兩個毛都沒長齊的小娃娃，湊在一起討論女人是不是水做的，好像有些過了吧？

顧大哥嘆了口氣，沒去管兩個小的，只盯著葉鋒。「我爹說你明年可以下場去試一試，先不說秀才，至少童生是沒問題的；不過你的字得再練一練，別怕浪費筆墨，字拿不出手也不成，到時候下場容易被刷下來。」

葉鋒略微有些羞澀。「我記住了，以後肯定每天寫大字。」

顧三哥則是送了他一本字帖。「每天照著練，就算不是次次都在紙上寫，也得用筆沾了水在木頭上寫。當然，每天至少十張大字，這個無論如何也不能少了。」

顧四哥也跟著叮囑。「你跟著我們一起練武的時間最長，往後學堂裡的那群傢伙就交給你了，等你覺得沒什麼可教了，就去找陸九叔。」

葉鋒一愣。「陸九叔？」

顧三哥點點頭。「陸九叔功夫很好，不過你別大張旗鼓地找他，他不想讓人知道他功夫好。」

葉鋒聞言按捺下震驚，一口答應下來。茅先生說得對，不管以後做什麼，習武強身，識字則是充實自己，讓自己變得更加聰明和強大，兩者缺一不可。

村長等漢子則是圍在顧錚禮和顧錚維身邊，一群漢子念念叨叨的，倒也挺有趣。

顧長安和顧二姊身邊的人最多，女孩子都多愁善感，說著說著居然都眼眶泛紅，眼看都要哭了。

顧長安快炸毛了，恨不得轉身就跑。

一個人哭她還能接受，這一群小姑娘一起哭起來，她汗毛都要豎起來了！

「小五，妳們去了京城，可別忘了我們啊！」村裡的姑娘戀戀不捨，顧家的二丫和小五都是好人。

尤其是小五。平時偶爾跟著她去鎮上，她們完全不用擔心自己的安全問題。有的時候想要去山裡摘野菜，她們都會叫上小五，只要叫上她，家裡長輩就會立刻放行，完全不會像尋常時候那樣攔著不讓去，多有安全感！

只可惜小五現在要去京城了，她們往後想要去山裡都不行了。

至於叫自家的兄弟陪著一起去？

姑娘們齊齊撇嘴。她們信不過那些魯莽的少年！一看他們都是不可靠的，哪有跟著小五安全？

顧長安不知道她們心裡在想什麼，然而她們的那種眼神，直讓她有些牙酸。

次日，天還沒亮，顧家人就早早出發了。故土難離，鄒生和林氏不肯一起去，不過最終被說服留在顧家宅子裡住著，也免得茅先生沒有伴。

依依惜別，等啟程的時候，林氏和鄒氏都快哭成淚人兒了。顧長安的腦袋被她們哭得大了一圈，等馬車出了平安鎮之後，鄒氏才收起眼淚。

「這天氣真熱，不過越是往北走，天氣就越是涼快。聽茅先生說，等我們到京城的時候，就不會覺得熱了。」鄒氏興致勃勃地道。

顧長安不太喜歡坐馬車，這才出發沒多久，她就有些難受。「跟我們這裡，約莫能相差一件衣裳的程度。」事實上，等他們慢悠悠地到京城的時候，跟現在的確是要相差一件衣裳了。

鄒氏聞言更加歡喜。「那好，妳們姊妹兩個都怕熱，天氣涼快點能讓妳們舒坦些。妳小叔也怕熱，我都擔心他去考舉人的時候會熱昏過去。」

顧二姊輕笑出聲。「哪有娘說得那麼誇張？小叔是怕熱，可他也最喜讀書，下場的時候自然是受得住的。」

鄒氏笑著道：「這話倒說得對，妳們小叔別看長得粗獷，可從小就聰明；不過也太愛唸書了，都二十了，也沒見他琢磨過要娶妻生子，真是打算等到了京城，找你們師公幫忙？」

顧長安見她說著說著又說到親事上，連忙岔開話題。「等到了京城，就能見到小琮了，也不知道他這兩年過得怎麼樣？」

一說到紀琮，鄒氏又開始發愁起來。

「妳說都這麼長時間了，這孩子卻很少捎封信來。」她長嘆一口氣。「不過有那麼一家子的家人在，他就算有心要跟我們聯繫怕也是不容易。小五啊，妳帶給小琮的那些東西可得放好了，別在半路上就吃光了。」

顧長安應了一聲，見鄒氏情緒還是有些低落，不再勸說，白家娘親別盯著親事這個話題不放就好！

趕路的日子一開始還有些新鮮，等勁頭過去之後，不但無趣，還渾身痠痛，饒是顧長安也有些受不了了，只好跟著顧大哥他們一起學騎馬。

路上買了不少好吃的，能久放的都給紀琮帶了一份。顧小六和小柱子都自己掏了私房錢，給他們的小夥伴買了不少吃的。

與此同時，京城同樣有人記掛著他們。

兩年的時間，讓原本帶著嬰兒肥的小胖子五官逐漸長開，有了幾分少年人的精緻。

紀琮一身白色錦袍，看完了才送到手的書信，原本緊繃著的臉上終於多了幾分喜色。

「紀琮，是你舅舅給你來的書信？」一旁一身紅色錦袍的小少年一臉好奇。

紀琮眼底的歡喜之色一時間壓不住。「不是。」停頓了一下，到底需要朋友來分享他的歡喜。「顧伯伯和小叔要來京城趕考，長安來信了，眼看他們該到京城了。」

「長安？」穿著紅色錦袍的小少年大呼小叫。「就是你那個童養媳？」

紀琮臉色一沈。「長安不是我的童養媳！」

小少年一愣。「怎麼不是？你不說以後要娶她嗎，所以她不就是你的童養媳？」

紀琮卻是輕哼一聲。「她不是我的童養媳，我才是她的童養夫！」是得了大舅哥、小舅子一致贊同，就等著他長大了好把長安娶回來的童養夫！

不只是穿著紅色錦袍的小少年，其他幾個小少年同樣被震住了，一臉驚恐地看著紀琮。

「什、什麼？童養夫？」小少年們都驚呆了。

小夥伴這麼坦蕩地說著要給一個鄉下來的小姑娘當童養夫，這、這叫什麼事啊？

紀琮一臉認真。「嗯，童養夫！」

小夥伴們表示，他們大概是太蠢了，已經無法理解他的思想高度。

「紀琮，我記得你說過，你家小媳婦家裡還有三個舅哥、一個小舅子？等他們到京城，我們作東，請他們一起出來吃頓飯。到時候你記得把你小媳婦帶上，我們這些當兄弟的，總得見一見未來嫂嫂不是？」

紀琮有些詭異地看著幾個「別有居心」的傢伙，心底冷笑一聲。

這是想看長安的笑話呢，也好，他們敢到長安跟前作死，那就讓他們嚐一嚐長安的鐵拳吧！

紀琮這般想著，對小夥伴可能被自家長安暴揍這件事情，完全沒有任何負疚感。

小心地將書信收起來，紀琮心裡甜滋滋。長安說了，她給他帶了很多的吃食，都是她親手做的，他最喜歡的果醬，她也都不辭辛勞地帶來了。

紀琮心裡暖呼呼的。長安對他真好！

再說顧家一行人，越是靠近京城，越是覺得南北差異大。

「這天可真冷。」鄒氏從馬車裡出來，舒展了一下筋骨，冷不防一陣寒風吹來，禁不住哆嗦了一下。

顧三哥接話道：「京城靠近北方，比梨花村要冷不少，聽說入冬之後，那些湖裡的冰，厚得可以讓人在上面跑。」

鄒氏驚嘆。「那可是真的冷。」

梨花村的冬天再冷，冰也只是結了薄薄一層。

顧二姊有些擔憂。「這才剛到十一月，等進了臘月，怕是要更冷了。」

顧長安往臨時搭建的灶頭裡塞了一把柴火，安撫道：「等到了京城安頓下來之後，跟家裡一樣都打上暖炕，堂屋裡還能做火牆，到了冬天就少出門，肯定不會冷的。」

顧二姊淺淺一笑。「也是。」

他們不趕時間，肚子餓了就在路邊做飯。簡單地做了一鍋湯，又做了燜飯，拿出幾樣醬菜就是一餐了。

他們落腳的地方是一處河邊，距離官道不遠，站在官道上能看到他們這幾輛馬車。

煮好了正要吃，就見官道上來了一列車隊。顧長安遠遠地瞥了一眼，對方的馬車外表看著尋常，不過馬車的晃動卻是極小，比他們的馬車要好上不少，只看一眼她也猜得到，對方是想低調行事。

本以為只是擦肩而過的緣分，卻不想，車隊忽然停了下來。顧家兄妹對視幾眼，心裡立刻警惕起來。

不一會兒，一個十三、四歲的小丫頭快步走了過來，未語先笑，聲音清脆。「諸位，春雨有禮了。」

顧長安按了按鄒氏，不讓她接話，上前一步，道：「不知春雨姑娘這是……」

春雨笑道：「春雨跟著我家姑娘回京，著急之間卻是錯過了上一個落腳之地。也是春雨疏忽，竟是忘了帶吃食，腹中饑餓難當，正好聞到姑娘這裡的吃食香味誘人，春雨是個好吃的，實在是挪不動腳了，便想著來問一問，若是有剩餘，不知可否勻一些給春雨？」

顧長安不相信是她自己想要吃，卻不說破。

「只是鄉間粗野吃食，春雨姑娘喜歡，盡可拿去便是。不過我的東西大多都只是半成品，還得煮熟了才能入口，春雨姑娘若是沒帶廚具，怕是一時半刻也吃不上。若是不嫌棄，我們這有剛做好的，不如先吃一些？」

春雨有些遲疑。她們的確是沒有帶廚具，拿了半成品想煮熟了也難，何況自家姑娘一早出來，到現在只吃了兩塊點心墊了墊肚子，哪裡還能再餓著？可是，若是拿了他們的吃食，這出門在外的……

顧長安只當沒看到她的遲疑，笑著稍稍介紹了自家人。

春雨的視線在眾人身上一掠而過，眼中帶笑。在聽聞他們是從鄉下過來入京趕考的，也沒有半點鄙夷、不屑，這倒是讓顧家人對她，以及馬車上的她家姑娘觀感好上不少，態度自是熱情了兩分。

春雨收回視線。這家人的態度，給她的印象極為不錯；尤其是顧長安，年紀雖然不大，膽子卻是不小，明知道她是京城人，卻沒有半點趨炎附勢或是戰戰兢兢的模樣。

想必會很合她家姑娘的心意！

春雨當下便露出感激的笑容來。「如此，那就多謝顧家姑娘了。還請稍候，春雨且去與我家姑娘報備一聲。」

顧長安微微一笑。「請！」

不一會兒，春雨就回來了，笑盈盈地邀請道：「顧家姑娘，我家姑娘請您兩位去馬車上一敘。」說罷又將早已準備好的名帖奉上。「我家姑娘乃是京城人士，並非歹人。」

顧長安笑了笑，接過名帖看了一眼，雖是面色不改，心中卻也微微一怔。

「爹、娘，我跟二姊過去見一見那位姑娘。」顧長安對著顧錚禮幾人微不可見地點了點頭，叫上顧二姊一同拿著吃食，跟著春雨去馬車上。

到了馬車旁邊，春雨快步上前，笑著道：「姑娘，奴婢將顧家兩位姑娘請過來了。」

馬車內，響起一道淡雅的聲音。「請兩位姑娘進來一敘。」

春雨應了一聲，掀開車簾笑道：「兩位姑娘請。」

顧長安翻身上了馬車，又拉了顧二姊一把，神態自若地進了馬車。

這馬車比他們坐的要寬敞得多，而且裡面的裝飾乍看普通，實際上無論是用料還是擺設，都極為貴重。

一個少女噙著一絲淡淡的笑意，目光柔和地看著兩人。少女約莫十五、六歲的年紀，眉若遠山，美眸漾著淡淡水色，嘴角的笑意更是讓人輕易放下心防。

「兩位妹妹坐下說話。」少女不露痕跡地收回打量的視線，淺笑著邀請兩人坐下。

顧長安和顧二姊也不客氣，謝過之後便坦然坐下。

少女淺淺笑著，道：「我姓謝，閨名明珠，正好今年及笄，比兩位妹妹要略長一些，若是兩位妹妹不嫌棄，不如叫我一聲明珠姊姊便是。」

顧長安和顧二姊叫了一聲「明珠姊姊」，倒是沒有推脫之意，神色之坦然，讓謝明珠心中歡喜。

謝明珠笑道：「今日倒是有些魯莽了，說來也巧，原本是春雨那丫頭聞著香味便走不動路了，卻不想，竟是遇上兩位妹妹。說起來，我對兩位妹妹也是神交已久。」

顧二姊微微一怔。「明珠姊姊此意……」

謝明珠道：「我姑母嫁給慶安侯，長子比我小上兩歲。他這兩年與紀家的大少爺關係甚好，我便從他口中聽了一些平安鎮之事，沒想到今日竟是這般好運道，在這裡遇上兩位妹妹。」

顧長安笑了笑，沒順勢追問，將東西擺了出來。「明珠姊姊，這些吃食都是自家做的，若是不嫌棄簡陋，可以嚐一嚐。」

謝明珠忙道：「自是不嫌棄的。」

顧二姊跟謝明珠脾性相投，年紀又相差不大，竟是很快就說到一起去了。顧長安依然話不多，只偶爾說上幾句，卻是句句都說在點子上。原本謝明珠恪守食不言、寢不語的規矩，今日到底破了例。三人湊在一起品嚐美食，有顧長安在，饒是謝明珠頗為自制，最後也忍不住吃了滿滿當當一大碗米飯。

謝明珠不禁被自己的食量嚇到了，要知道，因為她身分的緣故，平時一言一行都要特別注意，她早就習慣了按時辰吃飯，吃的東西都是定量的，今日這一大碗米飯，至少是她往常一整天的飯量。

謝明珠一邊震驚，一邊挾起一片豬肉脯往嘴裡送，眼睛還不自覺地看向一旁的泡菜。

嗯，真好吃！

「果然就跟紀琮那小子說得一樣，長安妳做的吃食樣樣都好吃得不得了！」謝明珠實在是吃撐了，有些惋惜地看著剩下的豬肉脯，打算歇會兒再吃。

顧長安笑了笑。「明珠姊姊若是喜歡，以後再做了吃食，我往妳府上送一些過去。」

謝明珠立刻笑了起來。「好！我最是喜歡吃……對了，你們入京之事可知會紀琮了？可有地方落腳？要是沒有，我倒是可以幫點忙。」

顧長安姊妹兩人嘴角微微揚起。這話題轉得也是夠生硬的了。

謝明珠並未久留，用過午飯之後，便依依不捨地與顧長安姊妹道別。臨行前再三約定，說好了等顧家姊妹入京之後要去謝家找她。

等人走後，鄒氏才有些擔憂地問道：「那姑娘是哪家的？我們還沒入京呢，會不會有麻煩？」

顧長安安撫道：「那位姑娘是謝家人，不妨事。」

「謝家？」顧錚禮眉頭微皺。「曾為帝師的謝老大人家？」

顧長安點點頭。「是。」

提起京城謝家，不就是帝師之家嗎？

對於京城的人與事他們知道一些，自是知道謝家以及謝明珠。

顧三哥道：「如果是她，相交倒也無妨。」

顧長安點點頭。她也是這麼想的，又將謝明珠提到關於紀琮的事情跟家人說了，鄒氏幾個聞言也安心不少。

偶遇謝明珠是個意外，接下來的路途平平安安，一行人慢悠悠地終於到了京城。

來接他們的是茅先生的弟子，他本是帶他們在自己的宅子暫時落腳，得知顧家已經先行入京租下宅子後只好作罷，將他們送到鶴鳴街。

鶴鳴街曾出過幾個極具天賦的讀書人，逐漸傳出了名聲。顧錚禮兄弟的老師林湛也曾住過鶴鳴街，這也使得鶴鳴街如今名聲更加響亮，但凡有點門路的讀書人，都要爭取到鶴鳴街住上一些時日。

他們雇傭的鏢局的人幫忙把行李一併送進宅子之後，這一趟鏢就算是走完了。

第二十二章　京城重逢

送走那些人，顧長安一家子馬不停蹄地把東西都歸置好，將房間各自打掃一番，才將自己的衣物都收拾妥當、一一放好，這時候有人匆匆忙忙地進了院子。

「這位想必是顧家老爺吧？」來人是個十七、八歲的少年，身材有些單薄，個子挺高。他小跑著進來，一手提著一個竹筐，顯然有些慌張。

顧錚禮點點頭。「你是？」

「小的叫大福，我家少爺讓小的來給顧家老爺您跑跑腿。小的估算您今兒就能到，想著要往廚房添置點東西，就出去了一趟，竟是錯過了，小的……」大福愧疚得要命，要不是當初自家少爺把鑰匙先給顧家送去一把，顧家人豈不是要被攔在外面了？

顧錚禮聞言對這少年倒是有些好感，能想著去給廚房添置東西，算他夠機靈，犯了錯不急著認錯，反倒是一五一十地道來，為人也算是誠實。

「無妨，鏢局的人幫忙一起搬了，沒累著。」

大福見顧家人好說話，心裡暗鬆一口氣。

顧長安出來的時候，正好聽到大福在解釋、道歉。她跟顧錚禮的看法相同，沒有為難對方的意思，淺淺一笑。「大福哥，我看你買菜了？」

大福被嚇了一跳，連忙擺手。「五姑娘，小的擔不起您這一聲稱呼，您叫小的大福就成了。」

顧長安略微挑眉。「你知道我？」

果然，大福聞言笑了起來。「是！少爺時常說起五姑娘，小的一看見您，就猜到您就是當初救了少爺的五姑娘。」

聽他如此形容，顧長安對他更加滿意了，這人老實，卻也是個機靈、巧嘴的人。

「大福哥，買菜的地方離這裡遠嗎？」

大福連忙道：「就在不遠的地方，有個小集市。平時也有人會用車送來這邊，都是周邊村子的人種的，很新鮮，就是價格比集市上要稍微貴一點。不過現在天冷，送來的只有馬鈴薯、白菜這類的蔬菜，不然就是豆腐和自家發的豆芽。」

送貨上門要收取點跑腿費，顧長安對此接受良好，她琢磨著再休息一、兩天，就跟家人一起去集市上看看，也好熟悉熟悉附近的路。

大福買的東西不算少，油鹽醬醋之前就已經準備好，他這回新買了半簍子馬鈴薯、兩棵白菜、一塊五花肉、半扇排骨、一隻已經殺好了的小公雞，最讓顧長安意外的是居然還買了兩塊灰色的、像涼粉一樣的東西。

「五姊，這是什麼？」顧小六好奇地伸手想要去戳一戳，被顧二姊給拉住了。

大福忙解釋道：「這叫燜子，是北方的吃食，用油湯做的，具體小的也不是很清楚。用來炒白菜，或是切成薄片，一層燜子、一層五花肉，蒸一蒸就能吃，味道特別好。小的尋思您幾位才到京城，想讓您先嚐嚐這邊的吃食。」

顧長安對這食物自然不陌生，將番薯粉放進燒開的肉湯裡面慢慢攪拌成團，等到變成半透明之後就可以出鍋，再放到合適的容器裡面，冷卻成形，就能拿來做各種吃食。

許久沒吃到，今天可以一飽口福了！

晚上飽餐一頓，一家人早早歇下。一路舟車勞頓，他們的確需要好好地休息一晚。

顧長安一碰到枕頭就徹底地昏睡過去，等第二天睡醒的時候已經日上三竿，一起睡的顧二姊早就起來了。

因睡多了，她整個人昏昏沈沈的，坐在床上好半天才清醒過來。她慢吞吞地穿戴好，看見屋裡放著一桶溫水，應該是顧二姊放著的，手腳不怎麼麻利地漱洗完，走到院中站了片刻。

「起來了？廚房裡熱著粥，去吃了。」顧二姊正好過來看她。

顧長安應了一聲，問：「二姊，妳怎麼不多睡會兒？」

顧二姊瞪了她一眼。「妳以為別人都跟妳一樣能睡那麼久？快些過去吧，小琮一早就過來了，等妳等到現在！」

顧長安頓時一喜。「紀琮來了？在哪兒？」

「妳先去廚房吃……得，我不管你們兩個了。」顧二姊話說了一半又收了回去，對著匆匆忙忙跑過來的錦衣小少年不雅地翻了個白眼。

不過是兩年多不見，著急得跟分開二十年一樣。

顧長安只當沒聽到，不錯眼地看著眼前的小少年。原本兩人的身高相差無幾，如今他卻已經要比她高半個頭；原本的嬰兒肥已經消失，眉眼卻是越發精緻。他一身錦袍，雖然年紀不大，卻極為沈穩，氣場也更加強大，已經是讓人無法忽視的存在。

「長、長安！」紀琮快步跑到顧長安身邊，習慣性地伸手拉著她，結結巴巴地喊道。一雙漂亮的眼睛認真地盯著她，眼中只有她一人。

顧長安內心有說不出的滿足感，任由他拉著自己不肯放，手心都是濕的，知道這小傻子緊張得不行。

不露痕跡地打量了紀琮一番，她不得不承認，這兩年的時間裡，她極為擔心紀琮的安危，如今看他安然站在自己跟前，心裡懸著的石頭終於安全落地。

「長安，妳都瘦了！」紀琮從興奮中回過神來，看著顧長安比兩年前要清減一些的臉頰，不免有些心疼。

顧長安收起自己的感動，木著臉瞪著他。

她從來都沒胖過！以前那叫嬰兒肥，不是胖！

有紀琮在，中午飯菜自然準備得更豐盛。

「小琮啊，你來這裡跟家裡知會過沒有？」顧錚禮忽然想起紀家的那些糟心事，連忙問了一聲。

紀琮應道：「出門之前跟他們說過了。」

他對紀家人的冷淡，顧家人自然看得出來，當下不再多問。

吃飽喝足，鄒氏和顧二姊把顧長安趕出廚房，讓她陪著紀琮去院子裡走走。

紀琮捧著肚子慢悠悠地走著，心裡委屈。都兩年了，吃飯居然又輸給長安。

他還得繼續努力，努力吃飯，努力賺錢，不然他以後怎麼娶長安？

「能在外面待多久？」顧長安問道。

紀琮面色微微沈了沈。「歇一會兒就該走了，紀家那邊還在等回信。」

將林湛的事情提了提。林湛和謝老大人與今上的私交極好，而且，也算得上是太子的啟蒙先生，加上林湛學識過人，天下讀書人幾乎都是以他為標杆。

顧家與林湛的關係，足以讓絕大部分勢力動心。他借由紀侯爺放出點風聲，反倒讓那些蠢蠢欲動之人一時間互相牽制，不會立刻找上門來打擾顧家人。

飯後兩人在小花園裡散步，兩年的分別實在讓他們有太多話想要問對方。

「紀家這兩年如何？她們有沒有為難你？」顧長安最擔心的還是這一點。

紀琮笑得又甜又乖。「她們當然是見不得我好，不過大哥和三哥教過我怎麼對付她們，我照著做就成啦！」

這兩年那對婆媳鬥得更加激烈，完全忘了侯府當家做主的還是紀侯爺。

那對婆媳說到底就是外姓人，他要做的不過是把自己渴望與「父親」親近的那一面表現給紀侯爺看，無論何時都只在意紀侯爺的想法和決定就夠了。跟那對婆媳的強烈對比之下，紀侯爺慢慢地開始主動把他想要的東西送到他手裡，多麼簡單的事情！

兩年前他匆匆回京，路上卻被人偷襲刺殺數回。眼看就要到京城的時候，卻不想，紀忠被人買通，曾經最為信任之人因為一己私慾突然出手。那次他受了重傷，可回京之後，紀侯爺明知道他的傷勢很重，卻是不肯給他請太醫。

從那次之後，紀琮就知道他跟紀侯爺之間不再有任何牽絆。

「不過受傷也有好處，老夫人生怕我一身血氣沖撞了她，在我痊癒之前不肯讓我踏進她院門一步。等她能下地的時候，我的傷口還未痊癒，等我回京三個多月之後，才第一次見到老夫人。」

紀琮神態輕鬆，說起那件事他現在反而覺得慶幸，不然天天看到老夫人那張拉得老長的老臉，怕是心情都愉快不起來。

顧長安聽著卻是心疼，只是事情都過去了，她現在再說什麼都沒用。

紀琮壓低了嗓門，道：「那時候我眼睜睜看著那把匕首朝著心口刺來，想要躲開卻發現自己手腳都僵硬了，腦海一片空白，也不知道怎麼想的，忽然就從玉珠子裡拿了東西出來，險險擋住那一刀！」

「你能從裡面拿東西出來了？不對，你都能拿東西出來了，怎麼還會受傷？」顧長安先是驚喜，隨即又忍不住皺起眉頭。

紀琮咧嘴，不好意思地道：「當時只是下意識拿的，誰知道拿出來的是妳放在裡面的一根筍。」

一根筍哪裡擋得住對方的匕首，不過幸運的是，這將那把對著他心口刺去的匕首給撞歪了，反而在他的腹部劃了一道口子。

顧長安。「……」

紀琮嘿嘿傻笑兩聲，自覺這件事已經解釋明白了，又說起其他事情。「長安，我給妳存了很多東西進去，妳要不要看看？對了，妳以前不是說想看看宮裡的那些東西嗎？年節的時候去宮裡，我也偷偷放了一些進去。妳放心，沒被人發現。」

對於紀忠的下場卻是一個字都沒再提。

藉著紀琮如今不算多強壯的身體遮掩，她看了看他偷偷從宮裡拿來的東西，都不是特別貴重的東西，不過倒是新奇。

紀琮不是個貪心的人，真要是那些貴重之物他也不可能拿。

紀琮能留的時間不長，顧三哥他們還有話要交代，顧長安就不霸著他不放，任由他們幾個少年湊到一起嘀嘀咕咕。她沒去聽，卻是猜得到他們說的不外乎就是紀家的那點事情，她不想摻和，有的事情的確是男人之間更容易溝通一些。

紀琮沒多逗留，來的時候帶來一車的東西，走的時候顧家也給他裝了滿滿一車，大多都是他喜歡的吃食。

晚上紀侯爺回府之後叫了紀琮去問話，得知顧家已經安頓下來，且對紀家很有好感之後，稍稍露出些許笑意。

「顧伯父說暫且不便來拜訪父親，他們新來乍到，怕給父親惹麻煩；不過父親所做之事他們會記在心上，待來日再議。」紀琮解釋道。

紀侯爺嘆了口氣。「琮兒，這是你做得不對了，顧家人來京城，人生地不熟的，你本該堅持邀請他們過來才是。」

紀琮垂首。「可是他們說得也沒錯，此時上門萬一給父親招惹麻煩……」

「罷了，你已經允下，為父也只能替你擔著了。」紀侯爺一副慈父姿態，又叮囑了幾句。「琮兒無事時可與顧家人常來往，畢竟有小時候的情義在，別人也挑不出錯處來。多帶顧家的孩子們去走走，跟史家、還有那幾個小子在一起的時候，也可帶他們一同出去見見世面。」

紀琮略有些遲疑。「父親，這樣好嗎？」

紀侯爺最是喜歡他這般處處都願意聽從他建議的模樣。「為父既然這般說了，自然是可行的。你儘管去做便是，若是手頭不寬裕，盡可來找為父。」

紀琮聞言才不再遲疑，點頭道：「父親教訓得是，孩兒記下了。先前父親給了孩兒不少銀錢，孩兒還有月例，足夠用了。」

紀侯爺擺擺手，示意他先退下。

等人走後，紀侯爺沈默了片刻，才跟管家紀全說道：「給大少爺的月例往上提一提。」

好歹是紀家的嫡長子，總該與其他孩子不一樣！

不說紀琮回家之後，輕而易舉就提高了自己的待遇，還在紀侯爺跟前賣了個乖，讓他對自己更看重兩分。

且說送走紀琮之後，顧家兄妹也湊在一起交換了情報。

「小琮好歹是紀家人，現在紀侯爺能看重他兩分，也能讓他日子輕鬆點。」顧大哥嘆了口氣。明明是一家子骨肉至親，卻不只要互相防備，甚至還要暗中加害，怎就那麼狠心！

顧四哥雖然憨厚，可也只是對著自家人才會少根筋，對待那些外人，他完全繼承了顧家人的敏銳。「得紀侯爺看重，日子是能好過點，不過小琮那後娘怕也要開始動作了。」

顧小六對此輕蔑地撇撇嘴。「除非小琮哥什麼都不做，而且還老老實實地跟條狗似地聽她的話，不然，那後娘該一定會動手。」

其他幾人紛紛點頭，這話還真不假，不過顧三哥還是拍了拍他的後腦勺。「怎麼說話的？把你小琮哥說成狗，你不怕他轉頭揍你？」

顧小六滿不在乎地道：「我五姊在呢，他才不會揍我。」

小舅子是能得罪的嗎？

顧長安捏了捏拳頭，顧小六立刻轉頭看顧三哥。「三哥，小琮哥說紀家有一個國子監的名額，不過那後娘想要把這名額給她娘家姪子，你說當後娘的，是不是都那麼毒？」

顧三哥輕笑一聲。「不過是個國子監的名額罷了，小琮真想要的話，又怎會拿不到手？」原本就不放在眼裡的東西，順手拿來挑撥親爹、後娘，何樂而不為？

紀琮那小子，如今可是奸詐呢！

顧長安贊同紀琮的選擇。能去國子監縱然不錯，可是明知道這名額不會落到自己頭上卻還要去爭搶，那就有些傻了。何況不能去國子監也無妨，京城也有極為出色的書院，像是他們師公林湛還有茅先生，就曾在京城柏舟書院當過先生。

顧四哥呵呵笑道：「這柏舟書院倒是跟三哥有緣分，所以大哥你們都要去柏舟書院嗎？」

顧大哥更正。「不只是我們，還有你！臨行前茅先生特意叮囑過，說是讓你也跟著進書院，就算日後不走這條路，該學的都得學。」

顧四哥憨厚的笑容頓時凝結。「不去不成嗎？」

顧三哥特別無情地搖頭。「茅先生再三叮囑，必須要去！」

技多不壓身，現在辛苦一點，總好過去戰場上流血、丟命！

見哥哥、妹妹和弟弟的態度都無比堅決，顧四哥有些喪氣，不敢再堅持。

顧二姊溫柔安撫。「正好你能在家多陪陪家人，等你從軍之後，怕是三年五載也回不來，就是逢年過節，怕也沒法子一家子團聚了。」

顧四哥原本的不甘願頓時消散，一想起要與家人分離，他也有些難過起來，這麼一想，不再抗拒去書院了。「二姊，那我就再等等吧。」

顧長安翻了個白眼，提醒道：「四哥，你如今才十一歲，就算想要從軍也太早了點。」

顧大哥幾人先是一愣，隨即才反應過來。

那他們之前到底在糾結什麼？

顧四哥憨憨一笑。「我問過紀家的武師傅，他說真要透過關係的話，十二、三歲去從軍也可以。」

話題又回到去書院上，顧小六興沖沖地道：「小琮哥說他也在柏舟書院，到時候我們就能經常見面了。」

顧家兄弟很是滿意，能把人放在眼皮子底下也不錯。

他們帶來的東西看著不少，不過零零碎碎的東西則是要添置。

顧長安看著單子皺眉。她自認對北方的氣候很熟悉，卻未料到這種冷跟她所認知的冷完全不在一個層次，不得不去多買了一些棉花，讓人按照尺寸給家人都添了兩身衣裳。

處理完家事，接下來要解決的便是學堂的事情。

「師公說了，要先去拜訪這位金先生，爹、小叔，我們先備好禮，明天就去一趟吧。」

金先生是林湛林大儒介紹的，於情於理他們都該先上門拜訪。

顧錚禮連忙點頭。「一定得去，不過妳師公說了，金先生是個雅人，性子又有些……奇特，這禮不好送。」

顧長安卻是信心滿滿。「早就準備好了，明天帶去就行。」

既然對方是個雅人，那就別往貴重的想，送點雅致的。

「民以食為天，我們只需要送些特別一點的吃食就行了。」

顧錚維聞言忍不住皺眉。「這能行嗎？要不，還是送點筆墨什麼的，好歹能看。」

顧長安嘴角抽了抽。「小叔，金先生也是大儒，旁的不說，這筆墨紙硯怕已有自己用得順手的，我們貿然送禮，有很大可能入不了他的眼。」

聽她這麼說，顧錚維摸摸鼻子，乾笑一聲。「我這不是個建議嗎？好了、好了，都聽小五的。」

顧長安在心裡翻個白眼，繼續道：「豆腐乳這東西現在也是送得出手的，算一份；家裡做了松花蛋，吃個新鮮，也要送一些；果醬要備上，還有筍乾豆；蕈類也準備一份，茶味瓜子和鹽酥花生也要算上。」

見三位長輩還有些遲疑，顧三哥輕笑道：「我們只是從村子出來的，家境普通，沒必要打腫臉充胖子，所以，送這些正合適。」

不貴，只能算是土特產，卻是樣樣都能拿得出手，最關鍵的是，不俗氣！

這些不俗氣的禮，果然被金先生給收了下來。原本他是看在老友的面子上，打算見一見老友口中「憨厚有餘，精明不足，勉強算是可造之材」的關門弟子。知道他們一家人一同過來拜訪，他的臉色就稍微好看了一些。

帶家人上門，這是把他當成長輩來拜訪；送禮只送些吃食，那是將他當成自家長輩看待，而不是只想要攀關係。

到了金家後，金夫人親自來接鄒氏和顧二姊一同去後院，顧長安卻是留了下來。不知從何時起，如果出門有正事，或者對事情有些無法拿捏的時候，顧家人總習慣性地帶上顧長安。

她眼尖，發現金先生狀似不經意的眼神，已經第三次落在他們帶來的禮上，心中一動，笑咪咪地道：「金先生，這些吃食都是我們自己做的，獨此一份，外面可是買都買不到。」

金先生眼底掠過一抹喜色，面上卻是不顯，一副不甚在意的姿態，話中帶著明顯的懷疑。「外面買不到？小丫頭，妳年紀不大，口氣倒是挺大。」

顧長安也不跟他爭辯，在得到金先生允許之後，將這些瓶瓶罐罐一一打開，好仔細介紹一番。

「這是梅子果醬，桃子果醬。」

「這些東西京城裡有人賣。」金先生不客氣地道。

顧長安繼續道：「這是豆腐乳，京城的確也有人賣，不過金先生或許不知，這豆腐乳的方子是我琢磨出來的，自家做的手藝，卻是與作坊裡做出來的不同。」

金先生微微有些吃驚，卻很快掩飾過去。「那也是能買到的。」

顧長安笑了笑，繼續道：「這些是我們去山上採的蕈菇，雞樅蕈和猴頭菇最好吃了；還有這筍乾豆，跟外面的不同，我們還做了甜辣口味；鹽酥花生用來下酒再好不過，我爹和小叔每回喝酒都要備上一份。」

金先生聽到鹽酥花生的時候眼睛頓時一亮，不過好歹忍住了。「小丫頭，我就說妳口氣大，妳說的這些算不上是獨此一份吧？」

顧長安自信一笑，將最後的兩樣東西拿了出來。

「這是松花蛋，可以拌著吃、蘸料吃，也可以做菜、熬粥。這松花蛋也是我們自己親手做的，只給家人換換口味，卻是不曾出售。金先生，這個可算得上是獨此一家？」

金先生沒注意她的詢問，反而好奇地問道：「松花蛋？為何會叫松花蛋？瞧著明明就是臭了的鴨蛋。」

顧長安二話不說，拿起一個在桌面上敲了敲，輕易地就把皮給剝下來一半，捏著另外一半的蛋殼，上面的花紋清晰可見。

「這樣就能吃了？」

顧長安點點頭，很有眼色地將松花蛋遞了過去。「正好請您嚐一嚐，品鑑一番。」

金先生暗自滿意地點頭。這小丫頭有眼色，比這幾個大、小爺們強多了。只可惜小丫頭不能下場，不然，這麼機靈的小丫頭，他肯定收來當關門小弟子。

最後一樣是茶味瓜子，家裡就是她最喜歡這種口味了。

金先生起先不知這是何物，等顧長安大致解釋一遍，他有些著惱地喝著，這豈是錚錚漢子該吃的東西！

這分明就是小娃娃和婦人們的零嘴！不吃，絕對不吃！

顧長安原本的笑臉頓時不見了，也不說話，就那麼面無表情地盯著他。

金先生忽然覺得有那麼點心虛。人家小娃娃興致勃勃地給他介紹吃食，他不吃就算了，居然還嫌棄，他做得是不是有些過了？

「咳，看著一般，不過聞著味道倒是不錯，有股茶香味。」金先生給自己加戲，擺出高姿態，改變了主意。「那我就嚐嚐看吧！」說著，拿起一顆茶味瓜子，根據顧長安先前的解說，嗑了一顆。

「嗯！」舌尖不可避免地碰到瓜子外殼，一開始有淡淡的茶香在鼻間縈繞，微微的苦澀過後，甘甜的回味讓人迷醉。

原本就打算給小丫頭一點面子的金先生，一顆接著一顆嗑得起勁。

「金先生，您覺得這茶味瓜子味道怎麼樣？」

金先生暗自滿意地點點頭。瓜子味道不錯，這小丫頭更不錯！

不過這「不錯」是針對顧長安，看向顧錚禮和顧錚維的時候，他眼神中還是帶著那麼一丁點的嫌棄。「罷了，總不能讓那傢伙丟臉，你們暫時跟著我吧！至於幾個小的，準備準備，明天我安排你們去柏舟書院。」停頓了一下，又補充了一句。「午膳留在家裡用，飯後我正好考校你們父子一番。」

金先生對著顧長安的時候態度明顯溫和許多。若實在太差勁的話，他轉頭就可以嘲笑林湛那老小子一回了。

「小丫頭，聽說妳也跟著家裡父兄一起唸書？正好，下午的考校，妳也一起參加吧！」

「……」

她就是來湊個數的，考校這種事情跟她有什麼關係？

金先生家只有他們老倆口，顧家人是第一次上門，自然不會不知好歹地隨口去問孩子的事情。金先生和金夫人是長輩，並未刻意分桌而食，這倒是讓顧家人看著金先生夫婦時更親近了些。

金先生和金夫人這把年紀了，一雙眼睛自是看得清明，哪裡看不出這家人先後的區別？一時間忍不住暗自感慨，這一家人倒是性情中人，怪不得能得林湛和茅時的看重。

林湛那傢伙，這回可是撿到寶了。

飯後金先生帶著顧錚禮幾人一起去書房，顧長安便是他特意點名要跟著一起去的。

一番考校之後，他忽然極為突兀地問道：「近兩年也算是風調雨順，不過北方戰亂苦寒，西邊乾旱，有些地方顆粒無收，以你們之見，朝廷當如何解決？」

顧錚禮和顧錚維沈默片刻，都未作答。

大荊朝並不禁止民間議論國家之事，他們兄弟也不是只會關在屋裡讀書之人，跟其他讀書人在一起時，自然也會討論各種大事。可是，顧家兄弟心中很明白，他們說的那些過於空泛，若真想要實行卻是沒有半分可能，說到底，不過就是紙上談兵罷了。

不過既然金先生開了口，就算是紙上談兵，他們也如實將自己的想法說出來。

金先生不甚滿意，勉強只能給一個「務實」的評論而已。

他又看向幾個小的，也同樣問了他們的看法。他們的年紀擺在那兒，見識本就不夠，他們不可能真能站到為官、為君者的角度去看待問題，給出的建議自然也是和顧錚禮兄弟兩人類似。

最後金先生的視線落在一旁試圖當鵪鶉的顧長安身上。「小丫頭，妳有什麼看法？」

顧長安那雙黑眸看著他。「金先生，您讓我搗鼓點吃食、做點小生意倒是可以，這朝廷大事，我卻是沒有想法。」

金先生聞言卻是沒有放過她，反而堅持地問道：「現在讓妳想，無論對錯，說一說便是。」

顧長安不明白他為何堅持要問自己的看法？事實上讀書人最是迂腐不過，在絕大部分男子看來，女子學好如何管家、如何伺候好自家漢子，就已經足夠了。

既然他堅持，顧長安語氣誠懇，實則敷衍地道：「朝廷這幾年一直將重心放在北方，其實西邊問題更大，再只顧著北方，西邊的人大概都要死得差不多了。」

她看得出來這問題，朝中那些老狐狸們怎可能看不出來？可是這幾年北方那邊有外患虎視眈眈，所以就算西邊連年災難，他們也只能先從北方著手。

金先生又問道：「依妳之見，北方之事該如何解決？」

顧長安一攤手，極度不負責任地道：「先把他們打殘不就成了？」

金先生被堵得說不出話來，想要訓斥吧，本就是他逼著小丫頭說的；可是不訓斥吧，又擔心這膽大包天的小丫頭萬一在外面也這麼說，容易給她招來禍事。憋了好半天，這才不痛不癢地提醒了一句。「往後在外面可別這麼說。」

顧長安胡亂點頭應下。要不是他一直追問，她壓根兒就不願意說什麼看法。朝廷到現在都沒解決的大事，她一個小小女子有看法又能如何？難道還能跟小說裡的那些穿越女一樣，揮揮手就讓帝王都聽她的嗎？

別開玩笑了！別說她連皇帝的面都見不到，就算見到了，她也不可能傻乎乎地去跟皇帝討論什麼治國良策，那不是獻計，那是「獻祭」！

見她老實答應下來，金先生立刻就滿意了，接著又問了一些問題，顧錚禮幾人的回答也只能算是勉強過得去。

顧家人並未久留，離開前金先生言明柏舟書院臘月才開始休假，可以先安排顧大哥幾人先去書院體驗。

顧家人一番感激，回家後自是索利地準備起來。

「長安！」

幾人本想去書肆買幾本書，剛找到一家書肆尚未進門就聽到熟悉的聲音。顧長安回頭，看到紀琮帶著一個與他年紀相仿的紅衣小少年走了過來。

紀琮快步走到她身邊，對她露出一個毫無陰霾的笑容之後，才轉頭看向顧大哥幾人。「大哥、三哥、四哥、小六、小柱子。」

紅衣少年興致勃勃地湊上來，居然也跟著紀琮這般叫人。「大哥、三哥、四哥、小六、小柱子。」

紀琮白了他一眼，也沒駁了他的面子，主動介紹道：「史清一，慶安侯府的。」

顧長安幾個立刻就想到謝明珠，那時候她曾說起過與紀琮交好的慶安侯府小世子，想來便是這史清一了。

史清一不等他們開口，搶先道：「我跟紀琮關係親近，就跟親兄弟一般，大家莫要跟我客氣，叫我名字便好。」

紀琮則道：「私下相處時，就叫名字。」

史清一年紀雖然不大，不過對這些彎彎曲曲一清二楚，當下不再堅持。

這裡不是說話的地方，先去書肆裡挑選要用的書冊，又訂了筆墨紙硯，讓書肆的人傍晚的時候送去鶴鳴街。

史清一顯然很高興，提出要去鶴鳴街看看。

「紀琮這小子經常在我跟前提到在平安鎮時吃的那些吃食，形容是天底下絕無僅有的，獨此一家。」史清一大剌剌地道：「所以我也想嚐嚐，不知我可否跟著去？」

他說得這麼直接，他們倒是不好拒絕。不過只看他與謝明珠的關係，顧家人就不可能將他拒於門外，與這等身分之人交好，對紀琮總是有好處。

不是她太過現實，而是現實如此。紀琮勢單力薄，幫手自然是能多就多，何況還是史清一這等助力，怎能輕易丟掉？自小培養起來的感情，在長大之後才彌足珍貴。

「世子是小琮的好友，我們隨時歡迎。」顧大哥身為長兄，代表了兄妹幾個的態度。

史清一很快就跟顧家人熟悉起來。說來也奇怪，他居然最喜歡黏著顧三哥。顧長安幾人只好默默地在心裡同情他片刻，希望他不要被自家三哥給玩壞。

京城有宵禁，紀琮和史清一飯後沒有多留，吃飽喝足一抹嘴，抬腿就走人，走前史清一還不忘嘴巴甜甜地哄著鄒氏，鄒氏對這種乖巧的孩子最是沒法子，給他塞了一大堆吃食。

等他們走後，顧家人在一起說了說日後要如何對待史清一，最後一致決定跟現在一般，只把他當成跟村裡一樣沒事來家裡玩的小孩子就成了。

第二十三章 小聚

翌日天光微亮，金先生家的馬車就已經到了門外。他只帶著顧大哥幾人一同去了書院，不讓顧錚禮兄弟跟著，卻要顧長安同行。

顧長安的笑容頓時一頓。「金先生，柏舟書院不收女學子。」

金先生吹鬍子瞪眼地說：「老夫難不成不知道柏舟書院不收女學子？讓妳上來就上來，哪來那麼多話？」

顧長安摸摸鼻子，到底拗不過金先生，只好跟顧錚禮說了一聲，也跟著跳上馬車。

顯然金先生對她這種有些粗魯的行為看不過眼，瞪了她一眼，鬍子都跟著翹了翹，忍住了沒訓斥她。

沒辦法，是心愛的小弟子，以後慢慢教吧！

鶴鳴街離柏舟書院並不近，不過進了書院之後，只有過節或是休沐才能出來，尋常時候只能留在書院裡。等進了書院之後，他們家只需要每個月接送一、兩回就好。

柏舟書院的規矩不少，金先生該提點的都提點了，剩下的便需要這些小子自己去感受了。

「老大最好帶著小六，老三多看著老四一些，他太老實了。」金先生替他們一一安排好，私下又是一番叮囑。

至於這幾個小子會不會吃虧？呵，茅時那老不死教出來的，個個都是黑心肝的狼崽子，用不著他擔心！

等離開書院的時候，只剩下金先生和顧長安。

金先生見顧長安不言不語，眉頭一皺。「小丫頭，說說妳有何看法？」

不知小丫頭對他先前在書院時，特意讓人知曉顧家小子們和紀家小子的關係，是不是有什麼看法？

饒是顧長安腦子一向轉得快，這時候也有點懵。

看法？她有什麼看法？現在不是送大哥他們去書院嗎？她只是來作陪的，能有什麼看法？

「我沒看法。」她很老實地回答。

金先生的眉頭頓時皺到一起。「怎麼沒看法？妳平時的機靈勁呢？」

顧長安一臉冤屈。她剛才不過就是走了點神罷了，不至於錯過什麼大事，大哥他們入學，她能有什麼看法？

她有些狐疑地看向金先生。難不成金先生是看不過眼她一個姑娘家還敢處處拿主意，所以故意針對她？

顧長安握了握手，覺得自己的猜測極有可能，看來，她往後得少在金先生跟前晃悠，免得他看著礙眼。

她低頭不語。金先生雖然不是太滿意小弟子不愛說話的性子，不過對她這份鎮定卻是極為讚賞；可他萬萬沒有想到，因為他想要讓小弟子多露臉，所以才特意拉著小弟子說話的行為，卻是被他看中的小弟子給誤會了。

原本妥妥的小弟子，這下子眨眼就要飛了。

中午的時候，請金先生去鶴鳴街吃了頓午膳，又客客氣氣地將人送走，顧長安親自下廚安排，卻是從頭到尾都沒怎麼在金先生面前露臉。

送走了金先生，顧長安母女三人商量著要給顧大哥他們再添兩件換洗的衣裳。左右都是閒著，鄒氏不想出門，顧長安便陪著顧二姊出門逛逛，買了布疋之後，還能去看看首飾。

兩人本是隨便找了一家看著還不錯的首飾鋪子，卻是意外遇到熟人。

春雨手中提著東西路過，一抬頭居然有意外之喜，驚喜道：「兩位姑娘怎麼在此？昨兒我家姑娘還在念叨，估算兩位姑娘應該到京城了，想過來探望呢！沒想到我今天就遇上兩位，我家姑娘可得羨慕我了。」

顧長安彎了彎唇角。「春雨姊姊說笑了。」

「五姑娘就叫我春雨吧，我家姑娘可是叫五姑娘一聲妹妹，我一個丫鬟，不敢擔五姑娘一聲姊姊。」春雨不等顧長安回答，又道：「二姑娘、五姑娘，若是東西買好了，不如換個地方說話？」

顧長安點點頭。「也好！」

因為春雨還有事情，三人並未去茶樓小坐，只是一起走走。

春雨笑著道：「我家姑娘這些時日一直惦記著兩位，今兒我出門前還聽她說起呢。」

顧二姊淺淺一笑。「我們新來乍到，花費了一些時日安頓，倒是讓明珠姊姊掛念了。」

春雨笑道：「我家姑娘也知道妳們需要些時日安頓，不然，我家姑娘一早就去拜訪了。」

她說得直率，這話卻是不好接。姊妹兩個都沒接話，只是微微一笑，笑容就像是一個模子裡刻出來的。

春雨心知肚明，何況她這麼說，說穿了多少也是帶著幾分試探。對方不接話才是好事，若是真接下了，她反倒要回頭去勸她家姑娘以後要離這家人遠著點。

春雨心中琢磨著，面上卻是半點不顯，只與兩人一路說笑，還時不時地在閒談中委婉地提點她們一些細節上的事情。她擔心自己一個丫鬟說這些會惹人厭煩，不過顧長安和顧二姊不是不知好歹之人，自是知曉她的好意，哪裡會嫌棄她？對於她的一番提點，她們聽得仔細，這讓春雨心裡高興，她家姑娘果然沒看錯人！

春雨並未跟她們一起聊多久，只是說了會兒話，就各自分開了。不過臨分開前，兩人跟春雨說了家中已經安置妥當，若是謝明珠得空，給她們送個消息，她們便在家中等著謝明珠過來小聚。這時候她們不適合去謝家，只能煩勞謝明珠親自跑一趟了。

等春雨走遠了後，顧二姊收回視線，輕嘆一聲。

顧長安知道她有些不適應，輕聲勸道：「往後這種事情多著呢，二姊妳可得習慣才好。」

顧二姊又嘆了一口氣。「在梨花村，作坊辦起來之後，別村的那些人就夠糟心的，說一句話得多往後琢磨兩句，不然那些人不知道什麼時候又會給妳扣上點惡名？雖說早就知道來京城以後，做事情得更加小心一些，有半點行差踏錯的，難免就會給家人招禍，只是事到臨頭，還是覺得有些鬧心。」

顧長安跟著嘆了口氣。「習慣了就好。」

顧二姊卻忽然笑了起來。「我就是這麼一說罷了，其實轉個念頭想一想，閒著無事時看著那些人勾心鬥角，也不錯。這一場場好戲，在梨花村可看不見。」

顧長安嘴角抽了抽。她家二姊這是打算當一個吃瓜群眾了嗎？

謝明珠的動作不慢，她們在臘八那天遇上春雨，次日就有人送來帖子，約好了臘月初十，謝明珠上門小聚。

謝明珠只乘坐一輛普通的小馬車過來，身邊除了春雨之外，還跟著一個姑子。那姑子看起來不苟言笑，半步不離謝明珠。顧長安的視線在那姑子手上一掠而過，若是她沒看錯的話，這姑子的功夫應當不錯。同樣地，駕車的車伕落地無聲，怕也是個練家子。

不過本應如此，畢竟是準太子妃，不能大張旗鼓地出門，自是要帶上人手保證安全，謝明珠能帶人手過來，她們反而能夠輕鬆一些。

「明珠姊姊！」顧長安和顧二姊連忙迎了上去，眼底帶著的笑意多了幾分真誠。她們兩個對謝明珠的確是真心喜歡。

謝明珠也快走了兩步，一手拉著一個，笑得眉眼彎彎。「妳們兩個真是沒良心，到京城這麼久，也不給我送個消息，要不是昨兒春雨遇上妳們兩個，怕是要等來年才能見到妳們了。」

春雨在一旁笑盈盈地接話。「姑娘您可得給奴婢記個頭功，回頭奴婢等著您厚賞奴婢呢！奴婢不要別的，顧家姑娘肯定會送親手做的吃食給您，到時候您可得賞給奴婢一些。」

謝明珠輕笑。「妳倒是乖覺！長安妹妹，姊姊今日可都指望妳了，不然，這死丫頭不知道要惦記多久呢！」

顧長安笑道：「明珠姊姊且放心，我跟二姊一早就開始準備了，就算沒碰上春雨，過幾日也打算給明珠姊姊送年禮過去，今天一併給了，這年禮也算是送上了。」

謝明珠忍俊不禁。「妳這丫頭！這虧的反倒是我了，早知道我就該晚些時候來，等收了妳的年禮，初次登門還能再收一回禮。」

她那副惋惜的模樣頗為有趣，三人頓時笑成一團。那姑子看著三人這般模樣，神情間倒是稍稍放鬆了一些。聰明又知情知趣，而且還不是那等貪得無厭、只想巴著他們家姑娘討要好處，顧家的兩位姑娘倒是真不錯。

謝明珠先去與鄒氏見禮後，便被顧長安姊妹兩人帶進自己的院子說話。花兒將一早起來準備好的點心送進去之後，便在外屋招待春雨和那姑子。

沒人約束，謝明珠學著她們姊妹的樣了，脫鞋子也上了炕。早起的時候又燒過炕，還是熱的，顧長安怕謝明珠冷著了，還替她拿了一條小被蓋著腿。

就算是坐在炕上，謝明珠的姿勢依然很標準，腰板挺直，坐姿優雅。不過感受到身下的溫暖，她也是舒服地輕呼一口氣。「真舒服！」

她在家中睡的是拔步床，就算屋裡點著炭盆，燒著地龍，也比不上這暖炕舒服。

顧長安笑道：「明珠姊姊若是喜歡，往後可常來我們家。」

謝明珠打趣道：「就算妳不說，我也是打算往後常來的。」

姑娘家湊在一起，只要是性情合得來，自有說不完的貼心話。謝明珠在人前向來都是光鮮亮麗，從不給人攻訐自己的機會，可實際上她不過就是個十五歲、剛及笄的姑娘家，小女兒心思跟尋常姑娘全無分別。有些話她從未跟別人說起，只在顧家姊妹跟前，她竟是能放下防備，說起一些斷不曾與旁人提過的事情。

話題從她們初遇之後說起，她小聲抱怨。「那時候回了京，那些眼紅我的人便在私下裡說三道四，恨不得往我身上潑點髒水，好讓我沒了親事。最可氣的是，居然有人特意在太子跟前嚼舌根，話裡、話外非得給我按上點不好之處，好讓太子厭惡我。」

顧長安對太子並未有敬畏之心，卻有好奇之意，笑咪咪地問道：「看明珠姊姊這模樣，怕是對太子殿下很是在意呢！」

謝明珠嘴角彎起一道甜蜜的弧度，面上也多了兩分羞澀。「太子人好，性子看著溫和，實際上極有主意，不過私下裡卻是有些孩子氣，這些年但凡他得了好東西，就會偷偷讓人送到我手裡。他還親手給我做了弓箭，那種特別小巧精緻的，尋常若是出遠門，我都會隨身帶著。原本還有幾把匕首，不過很可惜，不小心被我父親知道，便給扣下了，說是女兒家不好如此。」

這些事情除了她的貼身大丫鬟知道之外，謝明珠從未與任何人說起，不過一旦打開了話匣子，她就有些收不住，乾脆壓低嗓門說起她跟太子的那些事情。

看得出來，謝明珠跟太子之間除了被指婚、不得不成婚的關係之外，當真有幾分感情。

「先前貴妃還想著將自己娘家旁支的姑娘送到太子身邊，不說側妃，就是當個姨娘、通房也是好的。太子卻是不肯，說是身為太子，如今只想著替今上分憂，何況他還等著娶我過門，姨娘和通房要來何用？聽說貴妃氣得砸了不少東西，轉頭又心疼得要命。」

顧長安聞言暗自點頭。如果這是太子的真心之言，那麼他對謝明珠倒是有幾分真心。

到底事關太子，謝明珠說了一會兒小女兒心事後，就換了個話題。

八卦是天性，謝明珠嘴巴緊，可不代表她對京城的那些八卦知道得少。她一向都是奉行多聽少說的準則，不過顧長安覺得她「少說」是因為沒人可以一起分享。

她們姊妹是合了謝明珠的眼緣，讓她願意與她們一起分享，不過謝明珠說的那些人只論品性，卻是不論及個人的隱疾之類的私人問題。

沒人不喜歡聽八卦的，顧長安和顧二姊聽得有滋有味。

謝明珠和顧二姊的年紀相近，也更加合得來些。

顧長安不想打擾她們，跟花兒一起去做午飯，還特意找了春雨打下手，說穿了也是為了讓對方安心。不過她這舉動，倒是讓隨行而來的姑子安心不少。

做了粉蒸排骨、馬鈴薯泥、素炒筍衣、酸筍老鴨湯、鍋包肉和素炒松子玉米。

中午是放在炕桌上吃的，放了滿滿當當一桌子。

謝明珠在這裡有些放飛自我，坐在暖和的炕上吃得熱火朝天。

「這菜吃起來味道有些不同。」謝明珠第一口就嚐出特別來，有些驚訝地瞪大眼睛。

顧長安笑了笑。「這素油是家裡自己榨的，明珠姊姊走的時候可帶上兩罐。」這兩罐最後分給誰，那就是謝明珠自己的事情了。

謝明珠笑盈盈地應下。「那我就恭敬不如從命了！妳這油清清淡淡的，還帶著一股香氣，我祖父想必會喜歡。」

顧長安道：「能得謝老大人的喜愛，那我也心滿意足了。這便是之前明珠姊姊吃的那種葵花籽零嘴榨出來的油，不過出油量太少，所以沒有多榨，等來年的時候，我再買塊地種葵花籽，到時候多榨些油，就能多分明珠姊姊一些了。」

謝明珠眉頭一挑。「來年要種？南方的東西，京城這邊也能種？可找到地方了？」

顧長安道：「冬天太冷，打算明年開春的時候出去找地方。」

謝明珠心思微動。「若是妳們不嫌棄的話，不如讓我厚著臉皮占回便宜，我們一起合夥？」

顧長安和顧二姊對視一眼，齊齊點頭。

顧長安在這當口說起要種地卻還沒買地，說到底只是拋出橄欖枝。現在這個時代，好的東西通常都要進貢，如果只是零嘴或是豆腐乳那等吃食就罷了，這遠比以前製作得更出色的素油，卻不是他們隨隨便便就能自己留下的。

她說要分給謝明珠兩罐，謝明珠自是會給太子送去一份，太子得了好東西，又怎會忘了宮中？這一來一去，也算是在太子和今上跟前過個場，如此一來，但凡這東西讓那兩位覺得合心意了，往後大量種植就是難免。多的是人可以搶走這份功勞和利益，所以找一個合作者，而且還是別人無法輕易撼動的人選就在所難免。

謝明珠正是她覺得目前最好、最合適的合作者！

祖父是帝師，父親是尚書，未婚夫是太子，未來公爹是皇帝，來頭大得能嚇死人！

最關鍵的是，謝明珠不是那等貪心到無視感情之人。他們顧家不需要占太大的利益，還能藉此機會為自己找一個穩當的靠山，何樂而不為？

顧長安放下筷子，微微一笑。「明珠姊姊想如何合作？」

為了談這筆交易，謝明珠早就將「食不言」的規矩給忘得徹底，等換上甜湯的時候，雙方已經大致敲定合作的內容。

她在京郊有兩座田莊，有一個是皇后當初的嫁妝，在今上賜婚之後，皇后便賞給了謝明珠。

謝明珠將莊子提供給顧長安，而顧長安負責提供種子和種植方法。本該雙方五、五分成，不過往後要依仗謝明珠的身分，以及將成品推廣出去，於是最終是四、六分成，顧長安四，謝明珠六。

其實顧長安的心理預估是三、七分成，她留三成已經足夠了。不過謝明珠誠心相交，而且她看重的是其他的東西，這一成她便不放在心上，就當是先期投資。既然她願意給，顧長安自然也就心安理得地收下了。

若是合適，短時間內她不打算換合作夥伴，有她在，謝明珠的收入至少可以翻兩倍。顧長安如此想著，心中無比自信，不過面上卻是沒表現出來，只有慣有的淡然。

謝明珠看著她這模樣，對她反而更加滿意。在京城，讓人看不出自己心中想什麼，才是與人相交的首要條件之一。

「此事我還是得與祖父說一聲，或許還要跟太子殿下提一句。」謝明珠道。

顧長安點點頭。「本該如此。明珠姊姊也知道，我們家本就是耕讀之家，這東西是我瞎搗鼓出來的，也就沒按照規矩做；何況這入口的東西，我也不敢隨意往外送。不過現在既然明珠姊姊也知道了，跟家裡說一聲是應當的。」

顧二姊跟著點點頭，表示贊同。

見她也贊同，謝明珠才暗鬆一口氣。她看重顧長安姊妹，也就更加在意她們的想法，彼此可以達成共識，更是再好不過。

謝明珠並未久留，只跟兩人再三強調得閒的時候去謝家找她，她出行著實有些不便。顧長安琢磨著左右雙方以後是要常來往的，當下就鄭重應承，這一次並非是那等應付之言。

原本說好只給兩罐油，謝明珠卻是不依了。「得給三罐才成，這油味道好，又清淡，我祖父怕是要拿走一整罐，太子殿下那兒不能只送半罐不是？」還不忘靠在顧二姊身上撒嬌。「好妹妹，妳就多分我一罐吧！」

顧二姊哭笑不得。「長安說給妳兩罐，卻是多準備了一罐，妳瞧那放著的不是三罐嗎？」

謝明珠一看，果真有三罐，臉上的笑容頓時甜美幾分，又過去抱著顧長安的手臂，高興道：「長安妹妹果真是再好不過。」

顧二姊輕哼。「這會兒工夫，最好的那個就不是我了？明珠姊姊，今兒妳可得分個高低，不然我們姊妹轉頭就得打起來了。」

謝明珠配合地露出憂愁的表情。「這可如何是好？我瞧著哪個都挺好，真要分個高低，我這一時半刻的還真是分不出來，不如妳們兩個先打幾回，等我分清楚了再來告訴妳們？」

三人對視一眼，忽然齊齊笑了起來。

給謝明珠的回禮不少，除了素油之外，各種口味的瓜子必不可少。除此之外，還有果醬、筍乾、蜜餞，就連蜂蜜也分了一些給她。

除了給謝明珠的，春雨和那姑子也得了一小罐吃食。

謝明珠心滿意足又戀戀不捨地道別，臨走前再三叮囑她們要去謝家找她。

將人送走後，顧二姊和顧長安對視一眼，齊齊長出一口氣，隨即又微微瞇眼笑了起來。只是一個笑容滿是暖意，另一個則是多了幾分生硬和淡漠。

「這回跟明珠姊姊合作，一時間也能安穩一些了。」顧二姊收起了笑容，有些感慨。

顧長安點了點頭。的確如此，能與準太子妃合作，有得有失，不過對他們這些早就已經被隱形地綁在太子船上之人來說，總是得到的大過失去的。

「其實……」顧二姊以眼尾餘光掃了顧長安一眼。「妳若想跟小琮合作的話其實也……」

「不行！」顧長安一口回絕。「他現在能保全自身已很艱難，不能再讓他因為這些事情被紀家其他人給盯上。」

紀琮如今才十歲，翻年才十一歲，實在是太小了，更何況，她不是非得要依仗紀琮才能在京城立足。

紀琮一直想要當她的靠山，同樣地，她也想要為紀琮撐起一片天！

顧長安按下有些躁動的心思。很多事情一時半刻是解決不了的，她有些過於心急了。

尋了個日子，顧長安去柏舟書院給顧大哥幾人送吃食。她如今在柏舟書院也算是有些名聲，畢竟每回去都會送去不少美味食物，怎能不讓那些最是好吃的半大小子們惦記？

旁人不好意思湊上去，史清一卻是樂呵呵地找過去，到的時候，顧長安正好將吃食拿出來。

「長安，今天吃的是什麼？」史清一湊了過去，一臉好奇。

紀琮連忙把他擠開，有些嫌棄地道：「吃的是蛋糕。不過史清一，你不是說今天有事情嗎？怎麼又湊過來了？」

史清一試圖越過他再擠到顧長安身邊未果，只好用眼神試圖殺出一條路來。「這不是知道長安來了嗎？再大的事情在長安跟前都不算事。欸，我說紀琮，我是來找長安的，跟你有什麼關係？」

紀琮的眼神倏然變得危險。「你說什麼？」

史清一心頭一跳，立刻改口。「我說，你該早點去門口幫長安提東西的。長安啊，這就是蛋糕嗎？上面還放了水果，那層白色的是什麼？」

史世子有些憂傷。真是交友不慎！偏偏好友年紀比他小，可打起架來卻是比他厲害，他這細皮嫩肉，才不想為了在口頭上占點便宜就去打一架。

當然，他絕對不會承認他是因為打不過紀琮！

「咦？長安，這是新的蛋糕嗎？加了什麼？」紀琮看著她拿出最後一個、上面撒了碎末的蛋糕，他以前沒吃過這個。「怎麼聞起來有番薯的味道？」

顧長安滿意地看了他一眼。「就是加了番薯。」

這款蛋糕是她以前吃過的，蒸熟的小紅薯去皮、去掉纖維，按壓成碎末加上調配好的奶油，抹在蛋糕體上。抹完奶油後，再將從蛋糕體上切下來的邊角料切碎，撒在奶油上，其他的東西什麼都不用加，黃澄澄的蛋糕特別好吃，甜而不膩，一口咬下去還有番薯淡淡的甜。

她早上的時候忽然想到，順手便做了。

顧小六切了一小塊水果蛋糕，一邊吃、一邊含糊地問顧長安。「五姊，中午在書院吃好不好？書院的魚做得特別好吃。」

顧長安想了想就應下了，正好看看書院飯堂的伙食如何？

書院飯堂的燉魚做得的確不錯，很符合顧長安偏北方人的口味。燉的是海魚，將魚切成段，先用肥豬肉下鍋熬出油脂，再加點素油，將瀝乾水分的魚塊放下去，用小火把表皮煎成金黃色，加入調味料也添了水之後，最後放入馬鈴薯塊。等馬鈴薯燉得軟爛，再撒一把蔥花便可起鍋。

這一鍋魚燉得湯汁濃稠，主食有米飯，也有饅頭，顧長安選了米飯，用湯汁拌米飯，那味道極好。

除了燉魚之外，還有清炒的白菜、酸菜炒肉和紅燒豆腐。顧長安嚐了一些，味道都不錯，比起酒樓的味道也不差了。

除了這些之外，她發現飯堂裡居然有賣豆腐乳！最關鍵的是，賣的價格不低，而且買的人還不少。

顧長安收回視線，將注意力放在燉魚上，卻不知道，此時的她已經成了飯堂裡的一道風景。

她雖然翻年才十一，可眉眼長得俊俏，書院裡基本上都是男孩，忽然多了個看起來嬌滴滴的小姑娘，難免讓這群半大的少年們側目。

紀琮和顧三哥將眾人的反應看在眼裡，眼底都有幾分懊惱之色。是他們疏忽了，想著長安如今才這點年紀，也想讓她看看書院各處是何模樣，這才帶她來飯堂，居然忘了這裡有群半大小子，他們家長安可是個漂亮的姑娘啊！

顧長安完全沒體會到自家三哥和「童養夫」的擔心，在她看來，這群半大少年跟她非親非故，他們願意看便看，她本就不在意。

吃飽喝足，紀琮立刻起身帶著顧長安離開。

絕對不能再讓這群混帳們繼續盯著他的長安看！

走到人少之處，顧長安將陸堯生父之事跟紀琮說了。

紀琮微微一愣。「我外祖父一手提拔起來、前些年戰死沙場的將軍？」

他外祖父在世的時候提拔的人不少，而且戰死沙場的也有幾個。外祖父是在他出生之後才戰死的，按照陸堯的年紀來算，應該是在這六、七年之內發生的事情，將這幾個條件湊到一起，紀琮的眉頭緩緩皺起。

「我外祖父戰死之後，他提拔起來的人一部分投靠了其他勢力，另一部分保持中立，因為手握軍權且抱團的緣故，這幾年還算是安穩。可同樣有一部分人卻是死腦筋，一心想要報答我外祖父的知遇之恩，寧折不彎。這一部分人這幾年陸陸續續死在了戰場上，運氣好的還能落個好名聲，運氣差的最後還得被扣上一個惡名，可憐征戰多年，馬革裹屍，卻在死後連個好名聲都沒落下。」

可憐、可悲又可嘆！

說實在地，紀琮對這一部分人有讚賞，可更多的卻是不認可他們的行為。想要報答，那就好好活著，謀定而後動，等時機成熟之後再為外祖父報仇，這才是他們該做之事；可事實上他們不過是白白犧牲了，說不定還會帶累自己的家人。

「依陸堯的年紀來推測，我倒是有個人選。」紀琮嘆了口氣。「正三品，姓陸，乃京城陸家旁支出身，娶妻徐氏，其父曾官拜禮部侍郎。後來陸將軍戰死，被扣上了惡名，徐家第一時間與徐氏撇清關係。一個婦道人家帶著一個小娃娃，本以為他們母子早就死了，原來是陸九叔帶著他們去了南方。」

誰能想到陸九居然這麼大膽，壓根兒沒隱姓埋名，依舊以本名示人。他雖然正面遇上了，而且當初還覺得陸堯有那麼點眼熟，還是沒認出來。說起來他曾經見過陸將軍，只是那時候年紀小，自是沒放在心上，所以就算是遇上了陸九和陸堯，他也完全沒察覺。

顧長安若有所思。「陸九叔說他是陸將軍身邊親信，看他氣度和行事又不像是普通親兵，怕也是有官職在身。」

紀琮搖頭道：「我也不知，外祖父走得早，我印象中只有舅舅的模樣，聽說我舅舅跟我外祖父肖似，這些事情還是我這兩年查出來的，更多的卻是不知。我不記得陸九叔，所以也不知他是否有官職？」

顧長安本就無深究之意。「陸九叔只說了陸堯的身世，沒有說得很完整，關於他自己的事情，也只說了是陸堯生父身邊之人，他沒詳細說，我也就沒問。」

紀琮嘆了口氣。「陸將軍之事至今尚未有個定論，不過還是偏向是因為他好大喜功，才導致了他的戰敗，最後丟了自己的性命。但陸將軍是個性豪爽之人，也有好友為他辯駁，只是人已經戰死，就算爭贏了又能如何？」

顧長安深以為然。人活著才有希望，人都死了，死後的名聲如何，她真不覺得有什麼用處。這般想的同時，也就順口這麼跟紀琮說了。

紀琮乖巧地點頭。「長安說得對，人活著才有希望，若真死了，那就什麼都沒有了。」

他自是要活著，哪怕是暫時活得憋屈一些，或有個萬一需要活得卑賤一些，也是要拚命活著。只有活著才有機會往上爬，才有機會為他的長安撐起一片天，才能陪在他的長安身邊，護她一世平安！

顧長安不知道小少年早就將他自己當成是她的童養夫，拚命想要強大起來好保護她，一問完陸堯的事情，這樁心事也就放下了。

顧家人入京之後，有林湛那麼一位師公在，又有紀琮的關係擺在這兒，如今還得再加上一個謝明珠，有的是人會去梨花村調查。為了安全起見，陸九絕不會在梨花村久留，恐怕他們現在就已經離開了。

紀琮的看法相同。「離開也是好事，雖說這幾年陸將軍的事情已經不像前幾年那般惹人注意，不過還是有人在追查陸堯母子的下落，他們離開反而安全。」而且，長安和顧家人也能安全一些。

陸九他們離開的確是好事，對彼此都好。這三年他們家沒虧待陸九三人，而且她在離開前還給外公留下了一筆銀錢，說明是給陸九他們的。

因為這個話題有些沈重，兩人便刻意地忽略過去。

第二十四章 過年

過了臘八，顧長安母女三人開始忙碌起來，這可是他們入京之後的第一個年，總是要慎重些。

要送年禮之人倒是不多，只有金先生、謝明珠、紀琮，還有史清一；除了金先生之外，其餘三人都是以給對方個人年禮的名義送過去的。

臘月二十三是小年，書院已經開始休假。顧家人早早起身，打理好自己就開始忙碌。

「五姊，我們多買幾板豆腐吧，上回用酸菜燉的凍豆腐特別好吃。」顧小六一想起那酸溜溜的味道，就忍不住嚥口水。

顧四哥也跟著附和。「我也覺得好吃，再加點番薯粉，味道很好。我看買個五、六板，多凍一點，京城這邊特別冷，放在外面凍著可以吃到來年開春呢！」

顧長安點點頭。「那就多買一些。四哥，等吃完早飯後，你帶小六和小柱子去買吧！」

「再買點豆干。小五，妳不是說今天訂了一個豬頭？做個滷味，豆干也放進去，小琮說不定會過來，上回他一直惦記著呢！」顧三哥連忙提醒，對家裡孩子一心想著的東西，他向來記得清楚。

說到豬頭，顧大哥也忍不住建議。「不如再訂兩個豬頭，最好豬尾巴和豬腳也訂上幾個，前兩年家裡做的臘豬頭、臘豬腳，滷起來的味道極好。」

包括顧長安在內，眾人都忍不住吞了吞口水，連忙道：「買！多買幾個，我們留著慢慢吃！」

臘肉，正是得在臘月做才好吃！

鄒氏倒是有些擔心。「這邊太冷，怕是會結凍。」

「廚房一直都燒著火，不會太冷。」顧長安道。

既然都商量好了，眾人立刻分工合作。豬頭買回來之後，顧長安立刻清洗乾淨做成滷味，就等紀琮晚上過來的時候吃。

卻不想，中午顧家人開飯的時候，紀琮就到了。

「可吃過了？」顧長安起身幫他解開斗篷。「就算吃了也再喝一碗湯，袪袪寒。」

紀琮有些無精打采，乖乖地點頭。「還沒吃，不過可以先喝一碗湯，外面有點冷。」

顧錚禮幾個人臉色有些難看，小年這天，孩子不在紀家吃飯，卻餓著肚子跑來這裡，紀家那一家子真不是東西！

顧長安什麼都沒問，顧小六乖巧地跑去盛飯，顧二姊則是起身給紀琮盛了一碗排骨蘿蔔湯。熱呼呼的蘿蔔湯帶著絲絲甘甜，再加上一小撮芫荽味道更好。

紀琮一口氣就喝完一碗湯，長出一口氣，動作優雅，可速度卻是不慢地開始吃了起來。

顧長安在一旁陪著慢慢吃，時不時給他挾一筷子菜，可眼底興起卻又迅速壓下的風暴，唯獨她自己知曉。

等吃飽喝足，鄒氏笑著道：「小五啊，妳不是說有事情想要跟小琮商量？」

顧長安心領神會，拉著紀琮起身。「那我們先去討論事情了。」

紀琮乖巧地任由她牽著自己走，其實他心知肚明哪裡有什麼事情要商量，不過是顧家人擔心他心裡不舒服，想讓長安私下裡安慰、安慰他罷了。

顧長安帶著紀琮去顧小六的房間，拉著他到炕上坐下，又拿小被子幫他蓋著腿之後，才問道：「紀家那幾個又出問題了？」

紀琮雙眼微垂，沈默片刻，道：「紀侯爺想要把我母親留給我的一處鋪子，送給他的長女。」

顧長安對紀家那一家子骯髒貨自是不會有什麼好感，聞言有些心疼紀琮，忽然心中一動，道：「此事你不用著急，紀侯爺就算想要轉送，也得有人敢收。」

紀琮並未多說，很快就把這事給揭過去。他不在乎紀家人，說穿了就是想在顧長安這裡賣可憐罷了，不過他知道事情不能做得太過，適可而止就行了。

「今天買了豬頭，三哥說你想吃滷豬頭，還加了豆干、大腸和豬心。晚上你就在這裡住，讓大福去跑腿，跟紀家說一聲。」顧長安提醒道。

紀琮乖乖應下，興致勃勃地道：「長安，我這裡還有蘿蔔，晚上我們用蘿蔔燉大腸吃好嗎？」

顧長安道：「不用你拿出來，史清一送來的年禮當中就有蘿蔔，個頭不大，不過燉菜味道還不錯，家裡還剩下一點，正好一起燉了。」

紀琮連連點頭，喜孜孜地道：「豬舌給伯父和小叔下酒，豬耳朵就這麼吃也行，豬心切片就好。長安，妳要多吃一些啊！」

顧長安應了一聲，跟他說起今天開始要準備哪些。紀琮在平安鎮時也跟著他們一起過過年，自是知道要準備的東西不少，別的不說，他幫忙想幾道菜色還是可行的。

一路上嘀嘀咕咕，等到廚房的時候，臉上已經滿是歡喜的笑容。一直暗中觀察他的鄒氏和顧二姊見狀齊齊鬆了口氣。

人都到齊，大家一起動手準備年貨。外面夠冷，有些東西先做好了放在外面凍上就可以。

顧三哥看了跟小尾巴一樣、一直跟在顧長安身後的紀琮一眼，到底選擇了視而不見。

顧家這裡其樂融融，紀家的氣氛卻是不怎麼融洽。

紀侯爺面色鐵青地看著自己的夫人，眼神沒有半點愛意，更像是在看著仇人。

小賈氏心裡憋氣，不過到底沒忘記眼前這人是她的男人、是紀家當家人。她用力地掐了掐手心，到底將一腔怒火都壓了回去，眉眼間帶上幾分討好的笑意。「侯爺，我這不是想要試探他一番嗎？誰知道那孩子氣性竟是那麼大，連小年都不在家裡過。侯爺，您別生氣，回頭我跟他說，這都是我的主意，您招架不住我歪纏，這才勉強同意跟他提一句罷了。」

紀侯爺聽她把所有責任都攬在自己身上，面色稍微緩和了一些，只是在想起跑出門的長子臨走前的眼神，他心裡又有些堵得慌。

「就算妳都攬在自己身上，他能信？」紀侯爺不是不後悔自己說出口的話，可是，在他看來這件事錯的本就不是他，是小賈氏在背後攛掇，他才會一時失了心智，跟自己的長子說出那樣的話來。「妳不是一直標榜賈家乃是鐘鼎高門，不靠著外嫁的女兒幫襯也能在京城立足嗎？呵，不善待元配所出，卻是惦記著元配的嫁妝，妳也不怕沒臉見人？」

紀侯爺這番著實戳人心，分明就是將所有責任都怪在她頭上。小賈氏氣得心肝都疼了，恨不得直接發作，哪怕是跟紀侯爺大吵一架，也好過這般憋屈。

到了嘴邊的反駁在舌尖打了幾個滾，她到底忍住沒說出口，反而是眼圈一紅，帶著些許鼻音地道：「您這般數落我，不是在用刀子戳我的心嗎？與您夫妻這些年，就算偶爾有口角之爭，可您說說，我做的哪件事不是為了你們父子幾個？這一回我是莽撞了些，若不是因為小琮他接手老侯爺留下的私產，我也不會想著要試探他，我、我這不都是為了侯爺您嗎？」

刻意放慢又帶著些許委屈的聲音嬌軟，再加上她那副可憐中透著幾分依賴的模樣，成功地讓紀侯爺喉頭一緊，臉色到底是緩和了下來。

紀琮在顧家住了幾日，成天跟著忙碌。顧家準備的吃食菜色還是偏向老家那邊，京城這邊的吃食，他們卻是吃不太慣，好比豆包，他們就不是很喜歡，只有做了點應景。

史清一得知紀家的事情之後立刻趕了過來，原本只打算過來看看，順便跟紀琮同仇敵愾地對紀家繼夫人無恥之舉表示一下憤怒。

不過他來的時候顧家正在燉紅燒肉，濃稠的湯汁澆在米飯上，鮮嫩多汁的帶皮五花肉，再添上用豬骨湯燙熟的小菜苗，不用配其他的菜，光這些就能吃下滿滿的三大碗飯！史清一撐得連路都走不動，一得知顧家次日要做炸物的時候，便嚷嚷著要住在顧長安家不走了。紀琮氣得要命，黑著臉把史清一給推著送上馬車。

次日一大早，史清一又樂呵呵地來了，還帶了半車吃食。紀琮的臉色不太好，不過看在這傢伙搬來不少在外面很難買到的食材之後，勉強忍下了。

做了大堆吃食，史清一剛開始還跟著紀琮幹活，等肉丸子出鍋，他便毫無形象地蹲在廚房裡，一手筷子、一手碗，抱著碗大吃特吃。

「這用牛肉炸的丸子味道倒是不錯。」顧三哥也嚐了一顆牛肉丸子，牛肉是今天史清一帶來的。

史清一吃飽喝足，拉著紀琮去後院散步消食。

「你什麼時候回紀家？」

紀琮冷淡地一掀眼皮子。「明日就回。」

史清一想起紀家那幾個沒皮沒臉的東西，冷笑一聲。「你放心，不是你自己親手給出去的東西，誰也別想占你的便宜！」想想還是有些生氣，罵了一聲。「什麼東西，也敢妄想我兄弟的東西！」

紀琮拍了拍他的肩膀，沒應話。

史清一不知想起什麼，忽然笑了起來。「不過他們這一回可是裡子、面子都沒了，你道那鋪子原本是誰的？那鋪子是伯母的嫁妝不假，卻是當年我外祖母給的添妝。當年我外祖與你外祖雖然一文一武，卻是私交甚好，關係莫逆，後來我外祖母想收伯母當義女，最後因為種種顧慮不了了之。伯母出嫁時，我外祖母便從自己的私產裡拿了這鋪子出來當作陪嫁。這件事老一輩知道的不少，不過很顯然，紀侯爺已經忘了，而那個小賈氏，不是全然不知情，就是早將整個紀家都當成自己的所有物，有意無意地將這事給忘了。」

只可惜，他們忘記了，他外祖母可是還在呢！搶東西竟是搶到他外祖母給出的東西上，這紀家的繼夫人看來也是真不怕事大！

他外祖母本就對紀家的這位繼夫人厭煩不已，這一回聽她更是不要臉地想搶走她給紀琮生母的陪嫁，以他外祖母的手段，不撕了繼夫人那層偽善外皮，叫她裡外不是人就是怪事。

紀琮微微皺眉。「此事不用煩勞謝老夫人出面。」

「現在已經由不得你我決定了。」史清一無奈地一攤手。「我外祖母已經聽說了，她老人家的脾氣你也知道，就是我外祖也拿她沒法子，我可沒那膽子去攔著。」

想起謝老夫人的真實性子，紀琮也小小地打了個哆嗦。

史清一說完了正事，因為吃不到炸物，磨蹭了一會兒就帶著一堆吃食走人。等他走後，紀琮尋了個空檔，將事情跟顧長安說了。

顧長安略一思索，點頭道：「若是如此，雖然是有些煩勞謝老夫人，不過她出面反而對你更加好些。」

如此一來，紀琮就不必擔上責任，也是好事。

紀琮果然第二日就回去紀家，臨走的時候，鄒氏和顧二姊給他裝了大半車的吃食。

「跟你父親道個歉，態度要誠懇一些。」顧錚禮輕輕拍了拍紀琮的肩膀，意味深長地勸說。「該給你父親的面子就給，誰讓他是你父親？」

紀琮直直地看了顧錚禮片刻，露出一個乖巧的笑容。「我記住了。」

顧長安並未多說，只是叮囑紀琮年初過來。

「師公尚未回京城，過年只有金先生家需要走動，你哪天過來都可以，光明正大地來；若是別人問起，便用救命恩人這說法。」顧長安仔細叮囑。

「莫擔心，他會讓我來的。」紀琮牽著她的手，信誓旦旦地保證。

紀侯爺還等著顧伯父和小叔高中之後，藉著他的關係來一個近水樓臺呢！大過年的正好就是拉近關係的時候，哪怕他們之間真鬧開了，為了將來的好處，紀侯爺也會開口讓他來顧家。

既然紀琮都保證了，顧長安也不再糾結。

「不用急著過來，該去拜訪之人莫要落下。紀家的人脈不一定屬於你，不過要儘量多看一看，何人可用、何人不能用，你要心中有數。」顧三哥提醒道。

紀琮認真地點頭。「我記下了。」

鄒氏和顧二姊則是叮囑他要照顧好自己，天氣寒冷，出門時要多穿一些。顧小六更是拉著紀琮的手，非常真誠地邀請紀琮早些過來，說話時還不忘把紀琮的手給拉開，不讓他再拉著自家五姊。

顧長安的嘴角微微揚了揚，看到紀琮被顧小六給擠開之後笑容都僵了，臉上的笑意更深了。

上了馬車後，紀琮頻頻探出頭來跟顧家人揮手道別，哪怕是同住在京城，分別時還是有些捨不得。

已經看不到對方了，紀琮坐回馬車裡，面無表情地想著，大概因為這裡是他唯一可以汲取溫暖的地方，所以才這般不捨吧！這裡是他心中唯一的淨土，拚了命也要守護住！

送走了紀琮，顧長安心裡有些沈甸甸。她喜歡簡單的生活，相比起來，她其實更願意留在梨花村，多買點地，開個作坊，賣點吃食，再嫁一個老實憨厚、疼媳婦的漢子，這樣的人生也不錯。

她暗嘆一聲，目光又變得堅定。理想和現實總歸是有區別的，既然爹、小叔和哥哥、弟弟們想要走科舉之路，既然認識了紀琮，又對他的處境無法置之不理，那麼現實跟理想注定會有差距。不過有差距就有差距吧，一家人能在一起，紀琮也能在她眼皮子底下安安穩穩的，麻煩多點就多點。

雖然她想早些開始著手將攤子做起來，不過心急吃不了熱豆腐，年節還沒過，而且這邊天寒地凍的，攤子也沒法子辦起來，所以，還是把注意力都放在年節上吧！

大年三十倒是跟前兩年一樣，除了吃食更加豐富些之外，沒什麼多大區別。可大年初一就讓他們有些不習慣了。在梨花村的時候，小孩子們一早就開始在村裡各家拜年，嘴裡說著吉祥話，大大方方地向他們要零嘴吃，得了零嘴和小紅包，臉上的笑容都是甜滋滋。

而現在則是冷冷清清，住在鶴鳴街的人，鄰里之間幾乎不走動，能交好說上話的也就那麼一、兩家。顧家只往隔壁的兩家送了點炸物和南方吃食，大年初一卻是沒有來往，果真是冷清極了。

「初六的時候我們邀了同窗過來小聚。」這事其實年前就定下了，只是顧家兄弟幾個有些不情願，拖拖拉拉地到了年初二才提起這件事，顧小六滿臉的不高興。

「那些傢伙嚐過我們家的吃食，厚著臉皮死活要來咱們家吃一頓。」他們兄弟四個說什麼都不肯同意，偏偏那些傢伙為了吃，各個都不要臉了，鬧到最後也沒拗得過他們，只好不情不願地同意他們來家裡小聚。

鄒氏聞言卻是笑得滿意。「那可是好事！你們剛去書院就能跟同窗交好，往後行事也便利一些，而且都是孩子，本就愛湊熱鬧。家裡都有吃的，準備起來也不費事，儘管讓他們來便是。」

顧錚禮則是教訓道：「你們該早些說才是，同窗之間有來有往本是應當，既然已經答應了請他們來家中小聚，又怎能刻意忽視？」

顧錚維倒是心疼幾個孩子。「今天提了也來得及，我們一家人一起準備，費不了多少工夫。」

顧二姊和顧長安則是湊在一起，開始小聲商量起初六那天要準備的菜單。

年初六的時候，紀琮和史清一早早就到了。他們兩個也算是同窗，別的同窗要來，他們兩個更不會落下。

不少吃食都是之前就準備好的，零嘴只做了花生糖和芝麻糖。還有一罐子酒釀，等人到齊的時候，先一人喝一碗酒釀荷包蛋，還能袪寒。

史清一好不容易把黏在嘴裡的花生糖都給吃了，一回頭就看到顧長安拎著一把大菜刀，啪啪啪幾下，乾脆俐落地把排骨剁成了整整齊齊的小塊，頓時抽了一口氣。

「長、長安妹妹，妳可真厲害！」

顧長安眼尾一挑，似笑非笑地掃了他一眼。

史清一忽然覺得有點心慌。長安妹妹明明就是個嬌滴滴的小姑娘，怎麼自己會被她看一眼就覺得心裡發毛呢？可真是怪事！

今天天氣好，沒有什麼風，住在鶴鳴街的不少人都出門了，住在附近的時間長了，哪怕交情不如何，也是能夠湊在一起說話。

正聊著呢，就見四、五輛馬車慢悠悠地進了鶴鳴街，最後都在年前才搬到鶴鳴街的那家人門口停了下來。

見一群大大小小的少年被迎進顧家大門，看熱鬧的人忍不住嘀咕起來。

「聽說這戶人家是從南方鄉下來的，怎麼成天有馬車在這裡進進出出？」說到是從鄉下來的時候，話裡面難免帶上了幾分輕蔑。

有稍微瞭解一點情況的人忍不住翻了個白眼。「就算是從鄉下來的，也架不住人家有本事。聽說這一家的大、小漢子都是讀書人，大的是舉人，入京趕考；小的都是秀才，最小的那個還不到十歲，聽說也是個讀書的苗子；兩個姑娘長得好，都很能幹。而且我還聽說，這家人是正兒八經拜過先生的，那先生還是從柏舟書院出來的。」

有人倒抽一口氣，震驚地瞪大了眼睛。「柏舟書院出來的先生？這家人有那麼大的本事？不是我看不起鄉下來的，可、可這也、這也……」

「沒法子相信，對吧？我家就住在他們家隔壁，他們家那當家娘子是個性子好的。當初他們剛來的時候我送了點白菜過去，前幾天他們就送了不少炸物給我，正好閒著聊了幾句，話趕話的就說到這事上了。人家沒炫耀，可也沒隱瞞，雖然說得不是很詳細，不過拼拼湊湊，大概就是這麼一回事了。」

「這樣的一家子，怎就那麼有能耐呢？」有人忍不住滿心嫉妒。

這家的風水怎就那麼好？

有人腦子轉得快，這家子的前程怕是差不了。不是說他們家有兩個長得好、還能幹的姑娘嗎？誰家沒幾個合適的年輕小夥子，要是能兩家結親，往後也能拉拔自家。

完全不知道自己姊妹被惦記上的顧長安，笑咪咪地將準備好的零嘴都端上桌，酒釀荷包蛋、水果糖、糖炒栗子、琥珀核桃，還有各種蜜餞，放了滿滿一桌。

「有勞長安妹妹了！」說話的少年十五、六歲的模樣，約莫是正在長高的緣故，人長得有些瘦，不過看起來倒是挺精神，穿戴也不差。

顧長安記得這人好像是京城人士，父親應該是在六部為官，具體的情況她不知道，只是聽顧小六提過。

想起自己還沒自我介紹，少年連忙又道：「我姓邵，名幟，行二，長安妹妹若是不嫌棄，就叫我一聲邵二哥。」

顧長安從善如流地叫道：「邵二哥。」

其餘幾人也紛紛自我介紹，說起來他們在顧家兄弟那兒蹭過不少吃的，而且在書院也大多都跟顧長安見過面，可真論起來，他們還真沒有自我介紹過。

顧三哥笑咪咪地道：「這酒釀荷包蛋就要熱著才好吃，你們不先嚐嚐？」

有吃的還拉著他們家小五嘮叨，這群厚臉皮的傢伙，等開學了看他不坑死他們！

紀琮也暗自磨牙。居然敢叫他的長安「妹妹」，他們好大的膽子！等開學了定好好地坑他們一把，誰讓他們占他長安的便宜！

這一刻，顧三哥和他一手調教出來的芝麻餡「童養妹夫」心中想法完全一致。

邵幟是幾人當中最能說會道的，而且他平時跟顧三哥的關係不錯。能跟顧三哥合得來的，要麼就是被顧三哥溫和的外表給欺騙了，要麼就是跟他一樣是個笑面虎，很顯然，邵幟是後者。顧長安起先還沒察覺，不過看到他跟自家三哥的互動之後，立刻就猜到這也是個面善心黑的主了。

紀琮接到他們要入京的消息時已經有些晚，這宅子就沒修葺起來；再者，大冬天的也沒什麼景色可看，顧大哥帶著同窗們在院子裡走了兩圈，大家都凍得哆嗦地只想窩在屋子裡。

史清一吐槽。「誰提出要去賞景的？大冬天的，不好好在家裡窩著烤火，賞什麼景色？」

哪怕今天沒什麼風，不待在這麼暖和的地方，偏要出去受凍，這群傢伙是不是傻？

邵幟摸摸鼻子。他這不是覺得在屋裡會悶得慌嗎？再說了，明明就是這群傢伙來的時候先提出來的，說是要在一起吟詩作對，這下倒好，他幫他們把想法說出口，到最後變成他裡外不是人了。

一個圓臉少年笑嘻嘻地道：「這不是想著去賞雪景，吟詩作對嘛！」

史清一不雅地翻了個白眼。「你就糊弄去吧！往年那些傢伙出去踏雪尋梅、吟詩作對的時候，嘲笑得最起勁的那個不就是你？要你吟詩作對，先生們若知道，他們都得氣吐血了。」

圓臉少年姓宋名簡，跟顧大哥年紀相仿，是史清一祖母娘家那邊的親戚，雖說跟史清一差了幾歲，卻算是能玩到一起，說起話來就不必那般小心翼翼，互相損幾句的事情也時常發生。

宋簡臉長得圓，還是個愛笑的，看著就討喜。「你這話我可不愛聽，吟詩作對我的確是不擅長，不過也不至於差到那等地步吧？說起來我可是還記得你九歲那年做的對子，正好說出來跟大家一起樂一樂。」

「你十一歲那年做的那首詩，十二歲那年畫的那幅畫可都在我手裡，你要我拿出來給大家欣賞一番嗎？」史清一毫不客氣地反擊。

兩人互相揭老底，引得其餘幾人哈哈大笑。

顧長安彎了彎唇角。少年人的樂趣，她現在還是有些理解不了，不過看著這些鮮活的面孔，難免生出幾分歡喜之心。

「長安，妳累了嗎？」紀琮對顧長安的情緒波動向來最為敏感，她甚至連表情都不曾有變化，紀琮卻已經察覺到，小聲地問道。

顧長安心頭微暖。

「沒事，廚房裡應該準備得差不多了，你幫我端菜？」她原本想說自己無礙，可看到紀琮關切擔心的眼神，到底又改了口。

能幫她幹活，紀琮心裡高興，伸出手想要去牽她的手，緊跟著想起這裡還有幾個看熱鬧、不怕事大的，只好又收了回來。

先上涼菜，再上熱菜，放滿了一整桌。顧長安將人安頓好後，便去陪鄒氏和顧二姊一起用飯。

「這些孩子倒是都不錯。」鄒氏喝了小半碗湯，忽然停下動作，若有所思地道。

顧長安心頭一動，抬頭看向顧二姊。

顧二姊慢條斯理地嚥下嘴裡的湯，卻是沒理會顧長安，反而看向鄒氏。「娘，這事還早著呢，您別操這心。」

鄒氏瞪了她一眼。「早什麼早？妳六月及笄，這才剩下多少時間？要是放在村裡，妳去年就該訂親了，現在倒好，半點動靜都沒有。我晚上都睡不好，就怕萬一壞了妳的親事可如何是好。」

顧二姊卻是神色不動，淡然道：「先前不就說好了，等爹和小叔的事情落定之後，再來考慮我的事情也不遲；再說，家裡大哥才是長兄，他都沒訂下一門親事，我這當妹妹的著急什麼？」

顧長安跟著點點頭。那幾個少年是不錯，不過是第一印象而已，再說，婚姻大事可是一輩子的事情，怎能草率決定？他們現在還沒站穩腳跟，就急著給二姊相看，萬一遇上別有用心之人，豈不是壞了二姊的一輩子？不成、不成，這事說什麼都不成！

鄒氏本不堅持，只是忽然看到這一群小少年，難免想到自家姑娘的親事上，顧長安和顧二姊這麼一反對，她也就打消了念頭。

這群小少年都是知禮的，吃飽喝足之後又在一起討論一番課業。有顧錚禮和顧錚維在，他們紛紛將自己在課業上疑惑之處拿出來討教。能成為林湛大儒關門弟子，他們雖不至於到嫉妒的地步，不過羨慕是肯定有的，趁著這個機會討教，也是存著想要看看林大儒的弟子到底有多出色的心思。

事實證明，林大儒的弟子的確出色，困擾他們多時的疑惑，輕而易舉地就被他們解決了，而且他們所說的內容，也給他們很大的啟發。很快地，他們就忘了自己那點小心思，一門心思地想要再討教一番，一來二去的，原本想要吃完午飯就告辭的人，直到暮色降臨都還沒反應過來。到最後他們只好紅著臉，在顧家又吃了一頓飯，這才告辭離去。

送走客人之後，顧長安問起紀琮這幾日發生的瑣事。

「這幾日可跟著紀侯爺出門拜訪長輩了？」顧長安想起過年前討論的事情，連忙問了一句。

紀琮嘴角泛起一絲嘲諷的冷意，卻又很快掩飾下去。「不曾。繼夫人想讓他帶著她的兒子去，紀侯爺不願，繼夫人便說服了老夫人，婆媳兩人相逼，紀侯爺大怒，索性誰也不帶。」相比起他的不在意，被紀侯爺狠狠拂了面子的老夫人和繼夫人，在年初一的時候相繼

「病」倒了，紀家這個年過得倒是有滋有味。

想起那一家子的模樣，紀琮就忍不住冷笑。

罷了，當作看戲吧！

第二十五章　得月酒樓

日子如流水，轉眼就過了正月。一進入二月初，顧家便開始忙碌起來，尤其是鄒氏，緊張到一連好幾日都沒能睡好覺。

顧長安勸了好幾回也沒用，只能由著她去，在吃食的準備上更精細不少，還去請過大夫，開了幾帖安神藥。只可惜沒喝兩回，眼看到了二月初八，鄒氏又開始緊張起來，整個人壓根兒就坐不住。

「娘，您著急也沒用；再說，我爹和小叔心裡都有數，他們兩個都不緊張，您別太緊張，不然會帶著他們也跟著緊張起來。」顧長安有些無奈。

鄒氏眉頭輕蹙。「我知道，可我一想到明天妳爹和小叔要下場了，我這心裡就止不住地著急。對了小五，妳爹的筆墨可都準備妥當了？還有衣裳，小琮說最好不要穿厚實的棉襖，有夾層的衣裳都會被撕開，還有鞋子……」

「娘！」顧長安和顧二姊一人扶著一邊，稍稍用力，把鄒氏扶到一旁坐下。

顧二姊有些無奈。「都準備妥當了，也都是按照小琮和小世子的叮囑準備。爹和小叔的衣裳都改成皮毛做的了，只做了一層，不只保暖還不會被撕開；鞋子也是一樣，不會讓爹和小叔凍著的。」

顧長安也道：「考場會提供炭火，我問過小琮了，他說他跟史清一會安排妥當的。」

「還有吃食，到時候可以自己帶些吃食進去，二姊和五姊說會給爹和小叔帶點臘肉，再帶點生米，到時候自己悶一鍋臘肉飯就成了。」顧小六也湊過來安慰道。

顧大哥幾人也是安慰了再安慰，鄒氏的心情才勉強平復些。

顧長安擦了一把冷汗，她現在完全體會到「一人高考，全家出動」的滋味了，偏偏當事人自己完全不緊張，好比她爹和小叔，早起時跟以往一般，先寫一篇文章，再分頭去買吃食回來。中午的時候還把柴火給劈完了，並齊整地放好，兩人都出了一身汗，被趕去換衣裳。他們才剛安撫好鄒氏，兩人便走了過來。

「又緊張了？」顧錚禮有些無奈。他家娘子別看平時做什麼都是不驕不躁的，唯獨對他的事情最是上心不過。這麼一想，心裡就喜孜孜，露出有些傻乎乎的笑容來。

鄒氏面上微微泛紅，忍不住瞪了他一眼。「我是為小叔緊張。」

顧錚維傻笑著摸摸後腦勺。「嫂子，不用緊張，我跟大哥都準備妥當了。」

在鄒氏這裡，除了顧長安之外，說話最有分量的大概就是顧錚維了，聽他這麼說，鄒氏還真是放心幾分。「準備妥當了就好。小叔啊，可要多準備些吃食？若是不喜歡臘肉飯，也可以換一樣。不如做些包子？到時候稍微熱一下就能吃，倒是方便不少，省去你們不少工夫呢！」

顧錚維連忙道：「嫂子，光吃包子不飽肚。」

鄒氏折騰了一通，總算是冷靜下來了。

顧長安長出一口氣。她家娘親終於冷靜下來，明天爹和小叔也能安心去考場。

二月初九，顧家人一早起身，準備妥當之後，由顧大哥、顧三哥、顧四哥和顧長安送顧錚禮和顧錚維去考場。

「爹、小叔，我們晚上再來接你們。」眼看就要輪到他們兄弟兩人接受檢查，顧長安笑咪咪地對他們揮手。

會試是二月初九、十二、十五共三日，所以由他們幾個送行，鄒氏、顧二姊和顧小六他們都留在家中。

顧錚維哭笑不得。「不是說了要去辦事，順便送我們過來的？快走吧，等晚上過來就好。」

顧長安抿唇淺淺一笑，眉眼彎彎。他們的確不是特意送自家親爹和小叔過來的，而是他們今天打算出去走一走，「順便」送他們來考場。話雖如此，兄妹四人還是目送自家親爹和小叔進考場之後，才調轉馬車，慢悠悠地出發。

趕車的人是顧四哥，顧四哥喜歡練武，耳力好，隔著簾子也聽得到他們說話的內容。

顧三哥靠在車壁上，神情間多了幾分在外人面前不會流露出來的慵懶，嘴角輕挑，似笑非笑地道：「趁著得空，小五啊，不如妳跟我們解釋解釋，妳跟小琮到底是怎麼回事？」

顧長安豈是那種輕易就被騙出實話來的人，雖然她不知道自家三哥是真察覺到什麼，還是僅僅在試探她，當下眉頭一挑，一臉無辜，佯裝什麼都沒聽懂。

顧三哥這一回卻是沒那麼容易放過她，目光灼灼。「你們兩個年紀不大，行事也太不謹慎了些，妳是我們的妹子，不然，我們不會輕易放過妳。」

顧長安嘴角微揚。「三哥這話我可不愛聽，我跟小琮碰面的機會不多，每回見面你們也都在，最多只是因為他家裡的事情，私下寬慰他幾句罷了。」

趕車的顧四哥忍不住幫腔。「三哥，小五跟小琮喜歡一起玩、說點悄悄話沒什麼關係吧，你不也總跟邵幟說悄悄話嗎？」

顧長安悶笑一聲，就連顧大哥也忍不住咧嘴，揶揄地看著顧三哥。顧三哥無奈地坐直身子，對耿直的四弟頭疼不已。

他家小五這人精，現在再想要問出點苗頭來，怕是不容易了。

顧長安笑過後，卻也明白顧三哥的心思，主動道：「三哥，你放寬心便是，我心中有數。」

她都這麼說了，顧三哥不好再追問，只能提醒道：「凡事要小心謹慎，除非是確定絕對安全，不然，但凡是秘密，就不能輕易顯露出來，免得給自己招禍。」

想起前幾日，一家人幫忙父執輩準備考場用物時，自己無意中看到突兀地出現在兩個小的手中的吃食，顧三哥的神色微微暗沈，忍不住心焦。

他必須要變得更加強大才行！只有這樣，才能護得住這兩個沒心沒肺的小孩！

顧大哥沒說話，可眼底的神采，同樣說明了他此時此刻跟顧三哥的想法，不約而同地重合了。

顧長安看在眼裡，心裡微微有些甜，還有那麼一點點酸軟。

有這樣的家人，是她的運氣！

這事便算是揭過去了。顧四哥趕著馬車，前往紀侯爺和繼夫人想要拿走的那間鋪子。鋪子做的是胭脂水粉的生意，無論在何時，女子和孩子的生意都是最好做的。何況這胭脂水粉鋪在京城算是老字號，高、低等級的產品都有販售，利潤極為可觀，若非如此，當初繼夫人也不會在紀侯爺打算試探紀琮的時候，想要乘機將這鋪子拿到手。

幾人並未進去，只在門口逗留片刻，這段工夫，就有兩、三撥人進了鋪子，也有人拿著東西出來。很顯然，這鋪子的生意不差。

「四哥，走吧！」顧長安不想再看下去。

等馬車又走了起來，顧三哥才放下簾子，輕笑一聲。「這一回不只是紀家的那位繼夫人，就是紀家老夫人也被鬧了個沒臉。謝老夫人可不是省油的燈，三言兩語就能把人給嘲諷死。前些時日好幾位貴夫人們小聚，謝老夫人當場就讓紀家繼夫人下不了臺，連帶著紀家老夫人都沒了臉面，聽說最後這對婆媳以身子不適為由，提前離席。有人聽到她們在半路上就吵鬧起來，倒是叫聽到的人好一陣笑話。」

顧大哥也笑了笑，解釋道：「謝老大人雖然是讀書人，可謝老夫人卻不是書香世家出身。」

傳聞謝老夫人在年輕的時候，可是出了名的悍婦。

顧三哥輕笑。不管如何，謝老夫人一出馬，紀琮那繼母沒得到好處，卻惹了一身腥是事實。謝老夫人絕對是巾幗英雄，如今也是老當益壯，威風不減當年。

顧長安聽顧大哥說起來也覺得有趣，她本以為以謝老大人那樣的大儒，鐵定是想娶一個門當戶對、書香之家出身的夫人，卻不知原來謝老大人喜歡這種調調。以謝老大人的精明，還讓自家夫人傳出一個悍婦的名聲，說不是他縱容的沒人會相信。

這般一想，顧長安對謝老大人和謝老夫人的印象更好了，總覺得這樣的人才有趣呢！

紀琮那胭脂水粉鋪子的對面街上有一座茶樓，在二樓靠窗雅座坐著的謝老大人忽然打了個噴嚏。雖然歲數不小，卻依然儒雅帥氣的小老頭忍不住揉了揉鼻子。

總覺得有人在背後惦記他，到底會是哪個？

謝老大人危險地瞇起眼睛。說不定是哪個老不死的想要算計他！看來，他最近得小心一些，好生查探一番。

顧長安幾人今天出門主要的目的之一，是為了看一看種子，田莊若只種向日葵有些可惜，他們打算再種其他東西。

來之前問了大福，他介紹了一家專門賣種子的鋪子。大福說，這家的種子極為齊全，而且東家喜歡到處蒐集各種不同植物的種子，往往有些不知名的種子，端看買家的運氣好壞，說不定能挑選到貴重之物。

顧長安覺得這家鋪子挺有意思，便先去這家鋪子買種了。果然，這鋪子裡的種子沒讓她失望，一番挑揀，買了足足三大袋子！

將東西都寄存在鋪子裡，兄妹四人去街上逛了一圈，給鄒氏和顧二姊買了幾樣首飾，又各自幫自己添了一點東西。眼看該用膳，幾人商量了一番，打算去新開不久的得月酒樓。

得月酒樓開幕約半個月，史清一這種喜歡滿足自己口腹之慾的自然不會錯過，剛開業的時候就來過了。顧長安幾人到的時候，史清一和紀琮正好也在，看見顧長安他們連忙揚聲叫來掌櫃的。

這半個月他算得上是這裡的常客，掌櫃的連忙迎了上來。「世子爺，今兒正好送來幾條鱖魚，您可要來一條嚐一嚐？」

史清一眉頭一挑。「一條怎麼夠本世子吃，來兩條，今天本世子請來的可都是貴客！」

掌櫃的笑著應道：「成！我這就讓廚房給您做。」當下吩咐一個跑堂的去廚房知會一聲，他則是親自陪在史清一身邊，領著他們往樓上雅間走。

紀琮是頭一回來，等到雅間落坐之後，掌櫃的主動見禮。「紀少爺，您這可是第一次來咱們得月酒樓，咱們酒樓今兒可是蓬蓽生輝了。您待會兒嚐了咱們家的魚後，還望您能為我們點評兩句。」

紀琮笑容溫柔。「掌櫃的客氣了。一直聽清一說得月酒樓的大廚做的魚極為鮮美，整個京城也找不到第二家比得月酒樓做得更加出色的。能讓清一這般讚不絕口，味道上自是不會差了，我也很是期待。」

掌櫃的被誇得笑容滿面。「多謝世子爺和紀少爺誇獎！」

他沒忘記史清一剛才說今天要宴請貴客，想來便是身邊的幾位了。他的視線落在顧大哥四人身上，笑著問道：「這幾位客人倒是有些眼生，也是第一次來咱們得月酒樓吧？」

史清一道：「這四位是我和紀琮的朋友，姓顧，的確是第一次過來。掌櫃的，先點菜吧！你們得月酒樓生意紅火，我們不想餓著肚子慢慢地等上菜。」

掌櫃的在聽到史清一說這四位姓顧的時候，神色微微閃爍了一下，卻是不動聲色，笑著跟四人打了個招呼，不再多言，拿著菜單過來，幫幾人點菜。

得月酒樓最出色的便是魚，除了鱖魚之外，顧長安點了一道糖醋鯉魚，顧大哥選了魚頭燉豆腐，顧三哥選的是松鼠魚，顧四哥最實在，選了一鍋的醬燜魚。紀琮看了看顧長安，選了一個酥炸小魚。

「才這麼點，怎麼夠長……我們幾個大老爺們吃呢？」史清一差點咬到自己的舌頭，收住話頭，沒把實情說出來；饒是如此，等掌櫃的出去之後，他也被顧大哥幾個似笑非笑的眼神給看得心裡發毛。

「我不是沒說漏嘴嗎？」史清一心虛地道。

顧三哥皮笑肉不笑地道：「得虧你沒說漏嘴。」不然的話，不讓這傢伙脫層皮，他們就不姓顧！

史清一哆嗦了一下，對著顧長安討好一笑。「長安妹妹，今天我請客啊！妳想吃什麼儘管說，待會兒若是不夠，妳就挑貴的點，千萬不要跟我客氣。」

顧長安輕笑一聲。「你放心，我肯定不會跟你客氣。」

得月酒樓上菜的速度很快，不一會兒就將一道道香氣撲鼻的魚送了上來。不得不說，得月酒樓做的魚的確有獨到之處，不管是哪一道，都用最簡單的食材，襯托出魚最為鮮美的滋味。哪怕是糖醋鯉魚，不但酸甜調配得恰到好處，而且沒有半點魚腥味，只有河鮮的鮮甜細膩。

紀琮點的酥炸小魚味道也極好，用的是食指長的小魚，大小幾乎相等，裹上加了調味料的雞蛋麵糊下鍋，炸得外酥內嫩，滿口鮮甜。最讓她驚奇的是，明明裡面的魚還很鮮嫩，偏偏連魚刺都吃不出來，入口即化。

魚頭豆腐湯最晚送上來，用砂鍋燉煮的魚頭豆腐湯呈奶白色，只簡單地放了鹽，又撒了一把細碎的小蔥花，滋味美得讓人齒頰留香。

紀琮細心地將魚刺給剔了，又將最好吃的魚腹肉、魚頭眼睛旁邊的那一塊嫩肉，都挑下來給顧長安。顧家兄弟向來疼妹妹，自然不會說什麼。

至於史清一，他生怕顧長安吃得不痛快，要不是擔心會被紀琮下黑手，都恨不得親手把最好吃的都挑出來給她。當然，不計較這些，並不代表他看著紀琮眼巴巴地給顧長安忙東忙西的時候，不會覺得眼睛疼。

怪不得紀琮認定自己是顧家的童養夫，看他這副妻奴的樣子，這傢伙往後在長安妹妹跟前，肯定沒有半點地位！

吃了一桌子的魚，史清一又叫了幾個下飯菜、一桶米飯、一鍋魚片粥，還有一份魚肉蒸餃。

得月酒樓不論是菜餚還是主食，給的分量十足，在史清一目瞪口呆下，一樣吃得一乾二淨。

史清一看著吃得乾乾淨淨的菜盤，震悚地抬頭看了顧長安幾眼，結結巴巴地道：「長、長安妹妹，妳吃飽了沒有？沒有吃飽的話，再、再叫些點心？」

顧長安自然是吃飽了，不過史清一這副模樣著實有趣，便笑咪咪地點頭。「也好！再來一壺清茶，正好一起話家常。」

史清一嘴巴半張，遲疑了半天，到底還是讓人過來把桌子收拾乾淨。幾人到裡間坐下，不一會兒便有人送了點心和茶水上來。

「掌櫃的，這點心……」史清一掃了送上來的點心一眼，眉頭微微一皺。他叫了五、六樣酒樓拿手的點心，可送上來的足有七、八樣，得月酒樓的掌櫃向來行事有度，不該是他主動添上的才是。

掌櫃的笑道：「您不問，我也正要說呢！有位貴客知道您和紀少爺今日宴客，也猜到您宴請的客人是哪家的，這才讓小的送了兩盤點心；還說，今日不便相見，待事畢，再請您幾位小聚一回。」

顧長安幾人微微一怔，隨即就猜到大概是哪一位了。

紀琮點了點頭，道：「煩勞掌櫃的轉告，就說待事畢之後，我等再去求見。」

對方不曾表明身分，紀琮卻說事畢之後求見，隱晦地點明已經知曉對方的身分。

掌櫃的痛快地應了一聲，立刻退了下去。將紀琮的話轉達過去，相隔兩間的雅間裡，一個俊朗青年微微一笑。

「這紀家的大少爺，倒是有些意思。」俊朗青年對面的白衣青年忽而一笑，整個人放鬆下來，眉眼間帶著幾分趣味。「比起紀家那幾個蠢貨，這位紀家大少爺倒是個可造之材，而且運氣也不錯，聽說他跟顧家的關係極好。就是史家那天不怕、地不怕的小子，對紀家大少爺也是言聽計從，你與他接觸過幾次，覺得如何？」

俊朗青年低低笑了一聲。「是個挺有意思的人，似乎一眼就能看透，卻又看不透。待我……之日，他定有一席之地。」

他說得含糊，白衣青年卻是心領神會。不過他這言下之意，也讓白衣青年眉頭微挑。

才十一歲的小少年，竟是讓這位這般看重？

「等殿試之後，小聚之日你一同出面，屆時你便能親身感受那小子的非同尋常之處了。」俊朗青年輕笑出聲。自從紀家大少爺從老家回京之後，就像是脫胎換骨，整個人都變得不一樣了。以前只是個天真的小傻子，如今卻是一個讓他也忍不住感興趣的小傢伙。

見他如此，極為瞭解好友的白衣青年倒是多了幾分好奇。

看來紀家小子還真有點特別之處。那就再等些時日吧，待一切事畢，再看看那幾個小子如何也不遲。

而被人惦記上的紀琮和顧家兄弟都下意識地摸了摸後頸，總覺得有些不對勁。

「大哥，你們今天怎麼突然想要來得月酒樓吃飯？」

顧大哥看了他一眼，笑容還是有些憨厚。「正好送我爹和小叔去考場，帶小五出來嚐嚐鮮。」

史清一勉強忍住了沒翻白眼。顧家大哥只是看著老實，實際上也是個滑頭的。他就是順嘴兒一問罷了，壓根兒沒其他心思，顧大哥倒是好，非得將話說得含含糊糊，硬是讓人猜不透。

顧長安輕笑。史清一這傢伙嘴皮子索利，嘴巴就沒閒著的時候，偏偏又是個記吃不記打的，每次被堵得愣愣的，轉頭又給忘了，笑呵呵地又湊上去找虐。

唉，她家哥哥們和紀琮真是造孽！

顧大哥幾人不知道她在琢磨這些，紀琮倒是看到了，不過也沒追問，只是安靜地替她倒茶，再將她喜歡的點心擺到她面前。

這幾盤點心，顧長安慢條斯理地全都吃了。紀琮摸了摸鼻子，好像他的長安飯量又成長了那麼點。早已不再想著要跟她比飯量的紀琮稍稍有些擔心。看來他得努力再努力了，不然，以後怕是養不了長安，連飯都不能讓她吃飽了。

幾人不急著走，便讓人又續了一壺茶，這才放下心來聊正事。

史清一問道：「我表姊說，她那邊已經準備妥當，長安妹妹這邊若是順利，等忙完之後，她想請長安妹妹一同去莊子一趟。」

顧長安不意外他會知道，之前紀琮就曾跟她說過，謝明珠很多生意上的事情，史清一都有參與。這也是沒辦法，謝明珠需要一個信得過又能撐得住場面的人幫她忙活，史清一是最好的人選，更何況合作和利益關係，也是增進感情的緣由之一。

按照原本的計劃，顧長安也想要去莊子看一看，史清一說的正合她心意。

「也好，等明珠姊姊有空時，知會我一聲便是。」

史清一又道：「我也有一處莊子，跟表姊的莊子挨著，本是我祖母的嫁妝，表姊得到那座莊子後，我祖母便將她老人家那莊子給我。我打聽過了，種東西要看土質，到時候也去我莊子那邊看看適合種什麼？實在不成就多種些白菜，長安妹妹做的辣白菜那麼好吃，只種白菜也能有不少利潤。」

紀琮眉頭一挑。「方子不是你的！」

史清一眼珠子轉了轉，不怎麼高明地轉移話題。「也不知道顧伯父和小叔考得如何？今天有些冷，怕是要凍手。」

顧家兄妹對此反倒不怎麼擔心。雖然考場備有炭火，就算沒有，自家親爹和小叔也不會凍著，他們自小就做慣農活，又堅持習武，就是再冷一些，讓他們去雪地裡待上一天，對他們來說影響也不大。

既然說到了尚在考場的兩人身上，幾人的話題也就圍繞著此次會試展開。

史清一的內幕消息最多。「顧伯父和小叔一入京城，就入了不少人的眼。他們的對手還真不少，有幾個的確實力非凡。」

這些事情顧家兄妹自是一早就打聽過了，不過他們知道得沒有史清一那麼周全，聽他這麼說，立刻起了興致，追問道：「哪些人？」

史清一得意洋洋地掰著手指細數。「一人是京城人士，出身勛貴之家，不過他是庶長子，據說其母並非自願為妾，在他七、八歲的時候便鬱鬱而終。他在嫡母手底下過活，日子過得不如何，他父親本就是個多情種，對他母親並沒有多少感情，自是由著正妻折騰他。」

顧長安嘴角抽了抽。這身分設定倒是挺男主的，她總覺得接下來的戲碼，就該是那庶長子逆襲，屌打所有強力男配、氣死嫡母、力壓嫡子、走上人生巔峰。

「長安妹妹，妳已經聽說過了？」史清一眼尖，看到顧長安的眼神有些古怪，好奇地問道。

顧長安絲毫不顯尷尬地收起放大的腦洞，道：「世子爺繼續，我聽著。」

史清一有些摸不著頭腦，不過也沒追問，繼續說了下去。

「那人性子有些獨，不過為人也算是品行端正，在學問上很有天賦，也很是勤奮，在京城算是名聲在外。」說到這人，史清一也多了幾分真心佩服。

顧長安好奇地問道：「他那嫡母能讓他安生進學？」

史清一嘿嘿一笑。「自然是不肯！不過他雖然親緣淺薄，其他方面的運氣卻不差，他在府中沒地位，可他拜的老師卻不是好惹的，又是個護犢子的，他那嫡母只敢在吃喝用度上剋扣一些，卻是不敢做得太過分了。」

說來那家正室也是個蠢的，按說多了個庶長子，京中哪家人提起來的時候不更加偏向她一些？偏偏她以為有一個嫡母的身分，就可以讓她所有的小動作都變得理所當然，也可以得到所有人的體諒和贊同，卻是不知道她剋扣庶子吃穿用度的行為，有多麼地愚蠢、多惹人詬病。

很顯然，那位主母至今尚未看透。就是他母親也在他跟前提過一句，雖然不曾明說，不過很明顯也是對那沒腦子又小家子氣的主母看不起。

「他的老師？」顧長安忽然有種預感。

果然，史清一笑咪咪地接下話。「說起來你們也認識，就是金先生。」

「金先生？」顧大哥和顧四哥吃驚不已，倒是顧長安和顧三哥已經有所猜測，沒覺得太過意外。

史清一點點頭。「正是金先生。金先生也是大儒，雖然比不上林大儒那般出眾，不過地位也不低。金先生與林大儒性子相似，收弟子只按照自己的心情來收，聽說這弟子還是他自己一眼看中的，壓根兒不允許對方拒絕。」

史清一又說起其他的狀元熱門人選。「一人是從江南來的，江南多才子，那人做的一手錦繡好文章，辭藻華麗，最善作詩，師從江南鄭大儒。此人在南方學子中有著極高的呼聲，今年十九，也算是年少得志。」

顧長安對「年少得志」這個形容不太放在心上，他們家小叔比起對方絕不會差到哪裡去。

「不過這人性子有些傲，我父親說像他這樣的人，做做學問就罷了，若是入朝為官，怕是不易升遷。」史清一又補充了一句。

放不下讀書人的傲氣，自認為傲骨錚錚，實際上只會成為前進道路上的阻礙，這樣的人從來都不少見。

史清一笑咪咪地繼續介紹。「還有一人同樣是從江南那邊過來的，師從錢大儒，不過，此人的風評算不上太好。」

顧四哥好奇地問道：「為何風評不好？」

史清一道：「我也是聽我父親說了幾句。這一位看著是個端方君子，實則背地裡心狠手辣。他一共有兩個未婚妻，但凡他要往高處走的時候，未婚妻就會恰好死去。」當下詳細說了那人的未婚妻是如何遭遇意外，真的是離奇無比。

八卦是人的天性，哪怕是顧長安幾個也免不了俗。原本是聽一聽有哪些人可以跟自家親爹和小叔一爭高下，卻沒想到可以聽到如此勁爆的八卦，她也忍不住有些激動起來。

「除卻這三人之外，便是伯父和小叔了。這五人是爭搶狀元郎的熱門人物，坊市裡還開了盤，賭狀元郎的名頭最後會花落誰家。」史清一笑咪咪地道：「伯父的呼聲要比小叔高，不過小叔卻是要更加熱門一些。」

顧長安幾人自是明白為何。顧錚禮畢竟已經成親多年，子女都該說親了，何況已經過了而立之年，在不少想要用親事將人捆綁在自家的人眼中，自是不如單身未娶的顧小叔貴重。當然，這是在他們不知曉顧錚維是如何聽從兄嫂之言的前提下，若是知道，他們怕就不會那般想了。以顧錚維對自家兄嫂的敬重、順從，就算他們讓他娶一個無顏女，他也會二話不說，立刻下聘迎娶。所以，但凡看中顧錚維的，還不如先打通顧錚禮這位長兄的關係。

不過，坊市有開賭盤嗎？顧長安和顧三哥對視一眼，心中皆是一動。

與史清一分別之後，幾人去了坊市，分別在顧錚禮和顧錚維身上下注。從坊市出來，時辰也差不多了。紀琮不方便出面，顧長安兄妹四人便掐著時間去考場，將顧錚禮和顧錚維接回家。

會試分別是初九、十二和十五這三日。家人的心態調整得極好，這讓顧錚禮兄弟兩人也放鬆下來。這放鬆並不是在學問上鬆懈，只是心態更加平和罷了，心情一放鬆，在考場上發揮也就更加出色。

三日的考試結束之後，顧家人商量了一番，最後乾脆舉家出行，到城外紀琮的莊子裡小住幾日。

紀琮騎著馬慢悠悠地走在馬車旁邊，跟趴在窗口的顧長安說話。說起他那個莊子，忍不住有些小小的內疚。「沒有史清一和謝姑娘的莊子大，也沒他們的好，只是一個小莊子，倒是果樹種得不錯，往年都能供得上紀家當季吃的果子。」

顧長安認真地誇獎。「我們小琮真厲害，這麼輕鬆地就從那些貪心之人手裡得到這麼一個莊子。我最喜歡吃果子了，往後我們家的果子，都靠你供著了。」

紀琮心裡甜滋滋，連忙表決心。「長安妳放心，往後莊子裡結的果子，我鐵定選最好的給你們送過去。」

長安怎麼能這麼好、這麼溫柔，他的運氣怎麼那麼好呢？

顧長安被他這軟乎乎又甜蜜蜜的眼神看得心裡發軟，一顆阿姨心都快化成一灘水了。

紀小琮果然是她的小萌物啊！

「小琮哥，你騎得真慢！」顧小六騎著小馬湊了過來，非常嫌棄紀琮的速度，當然，更加嫌棄紀琮總是膩在他家五姊旁邊。

他五姊才十一歲呢！就算小琮哥是他們給五姊預定好的童養夫，也不能太親暱了不是？他們年紀還小呢！

不過他家五姊那脾氣、那飯量，還有那一身的力氣，如果不讓小琮哥黏著他五姊，萬一小琮哥感情淡了，不再喜歡五姊了怎麼辦？

顧小六覺得，在他九年的人生中，第一個難題便是他五姊了，弟弟真不好當！

紀琮斜睨了他一眼，忽然道：「那就跑一場吧！一別兩年，正好讓我看看這兩年你的水準可有長進？」

顧小六興致勃勃。「跑就跑！小琮哥，我先把醜話說在前頭，你要是輸了，到時候可別在我五姊跟前叫屈，讓我五姊揍我！」

紀琮斜斜地看了他一眼。「開始吧！」

小舅子什麼的，果然是欠管教！

看著兩人一陣風似地跑遠，顧長安笑得眉眼彎彎。

顧三哥騎著馬走了過來，看著跑遠的兩人，輕笑一聲。「到底還是孩子，不過小六看來是要吃虧了。」

顧長安笑了笑。吃虧就吃虧吧！

「小琮說他去過這莊子一回，不過是許久之前的事情了，他也是記不清，住處倒是不需要擔心，不過這時候莊子裡怕是什麼都沒有，吃食上有些不夠。」

「家人只是想要出來放鬆，也帶了不少食材，有吃的便成了，哪裡在意那麼多？」顧三哥淺笑道。他們這時候出門只是為了放鬆心情。

顧長安點點頭，回想起當初連飯都吃不飽的時候，如今已經不知幸福多少倍。都說由奢入儉難，這話一點不假，這才幾年的工夫，她都已經忘記當初的苦，有吃有喝、有肉有魚的，居然還嫌棄起來了。

嘖，這不好！得改！

等到莊子的時候，天色已經暗了下來。說莊子小也是相對而言，這樣一個莊子，其實更類似他們老家那兒的一個小村子，只是住戶不多，多數都是在莊子裡種地幹活的。不過這些人距離他們的住所不算近，平時若是無事也不會往跟前湊。

在梨花村，這時候已經到處一片嫩綠了，不過在京城這邊卻依然都是光禿禿的，聽說得臨近三月回暖的時候才會開始冒新芽，加上天色的緣故，一眼看去，沒有半點生機。

吃了一頓簡單的晚餐，大家趕了一天路，消食之後便早早沐浴就寢，一夜無話。

第二十六章　莊子

天色微明，大家都起來了。

謝明珠一早就送了消息過來，說是今天身子有些不舒服，莊子裡又出了點事情，將原本約好的時間改到明天。

「長安，管事的說廚房的早膳還沒準備妥當，我先帶你們在莊子裡走走吧！」紀琮一看到顧長安雙眼就發光，立刻湊了過來。

顧長安還沒回答，顧小六就立刻接話。「我們也要去！」

原本就要一起行動，紀琮不在乎是不是跟顧長安單獨相處，說是帶他們一起去莊子走走，實際上還是叫了個人帶路。

紀琮特意放慢了腳步，偷偷地拉了拉顧長安的手，眼底散發歡樂的光芒。不過他不敢一直拉著顧長安的手不放，畢竟是在外面，但凡是對他的長安不好的事情，他都會盡力克制自己。

兩人偷偷牽了一會兒手，很快說起了正事。

他們還有一件很重要的事情要解決，那就是玉珠空間裡的那水到底有何用處？空間裡幾乎什麼都沒有，偏偏有這麼一眼泉水，他們兩個有同樣的看法，這眼泉水怕是有特別的用處。

泉水對植物的用處並不大，他們兩個在梨花村的時候就嘗試過了，最多也只是讓植物生長的速度比平常稍微快上那麼一點點而已。打個比方，青菜苗從下種到發芽，再到成熟採摘，約莫需要二十來天；澆灌了這泉水之後，大概十八天就能吃了。可是少了這兩天的時間，對他們來說完全沒有任何用處。最關鍵的是，只對青菜苗這種好種植、好養活的植物有效，若是換成蘭花這類植物，澆了泉水也沒什麼用處；至於對人和動物，他們當時還來不及嘗試。

「莊子裡養了兔子，雞鴨也不少，可以先兌了外面的水給牠們喝。」紀琮小聲提議。「等去山上打獵的時候，也可以用受傷的獵物來試一試。」若是這泉水能療傷，不失為一樁好事。

兩人商定之後，便在飯後向管事要了兩隻兔子。莊子裡養了不少兔子，可以改善伙食，也能增加點收入。主家開口要走兩隻，管事只當主家是因為好奇。

附近也有山，不過距離莊子有些遠，顧大哥帶著其他幾人去打獵，顧長安和紀琮說要抓魚就留了下來。

兩人從空間取出泉水，一隻兔子只餵了泉水，另外一隻則是兌了外面的水後餵了下去。接下來的一個時辰裡，兩人抓著兔子又餵了兩遍水。兩隻兔子都沒反抗，過了兩個時辰，也還都活著，不過跟之前完全沒區別，壓根兒看不出來這水喝下去有沒有好處？

「看來唯一能確定的就是這水沒有毒。」顧長安有些鬱悶，她本以為至少這兩隻兔子應該會喜歡喝這泉水才是。

紀琮對此倒是不覺得失望，再不濟也是個隱秘的空間，往裡藏東西、拿東西都方便，用得好的話，在關鍵時刻，這東西完全是可以保命的東西。

「知道沒有毒也是好事，出門在外就不用擔心找不到水源了。」紀琮安慰道。

他們先前便跟顧大哥他們說了要去河邊抓魚，這也不算是藉口，兩人收拾了一下，提著桶子，拿著漁網去河邊。

要說這莊子才這麼點大，卻能種出可以供給紀家的果子，都是因為有這條河從莊子穿過。京城這十幾二十年都不曾發生乾旱，水源豐富，所以果子也結得多，只是靠近這條河的果子沒那麼甜，不過也能給莊子多添一份收入，畢竟這河裡的魚還是挺多的。

河面不寬，比不上梨花村的清水河。這河水是活水，哪怕這幾天春寒，天氣也冷，至少河面沒結冰。兩人選了一個河面窄、水流又不急的地方停了下來。

「小琮，你在這邊站著。」顧長安吩咐了一聲，拉著漁網的一頭去了河對岸，兩人動作一致，將漁網放進河裡。

「長安，用石頭壓著漁網就行了。」紀琮心思一動，連忙建議。「我們換個地方，叉魚試一試。」他們正好缺少受傷的獵物，叉條魚試試也未嘗不可。

兩人連忙撿了旁邊的石塊壓著漁網，確定不會被水沖走後，才去稍遠的地方搬了幾塊大石頭過來。將兩邊的漁網都壓得牢牢的，才往上游走，順手削了兩根木棍當魚叉，選定了一個地方後，開始叉魚。

顧長安和紀琮都會叉魚，雖然比不上顧三哥、顧四哥他們，不過每回出門都能有收穫。兩人的眼睛緊緊地盯著河面，河裡的確有不少魚，只等了片刻，就瞧見有三、四條魚游來游去。兩人不急著出手，慢慢調整著姿勢，放緩了呼吸，目光銳利。

兩人幾乎同時出手，手中的木棍倏然射出，穿透水面，幾不可聞的一聲輕響過後，又同時舉起木棍。

有兩條魚被刺中了腹部，魚尾不停甩動，拚命掙扎著試圖跳回水中。

顧長安把魚給拔了出來，放進木桶裡面。木桶裡裝著她從空間裡拿出來的泉水，裝了淺淺的一層，無法將整條魚都泡進去。實在是泉眼不夠大，在不確定這泉水的作用以及肯定這泉水可以無限使用之前，他們還是得省著用。

泉水瞬間被染成鮮紅色，受了傷的魚不停蹦躂，導致出血更加嚴重。

顧長安眉頭微微皺了皺，看樣子好像不能止血，更別指望能讓傷口癒合。

「咦？」紀琮輕呼一聲。將桶裡的魚給撈了起來。「長安，妳看這魚的傷口。」桶裡只有放了一點水，這魚本來被魚叉穿透了，暫時只有一面的傷口沾到泉水，而這一面的傷口，已經淺得幾乎看不見；不過被破壞的魚鱗卻是恢復不了，也能明顯看出這一處傷口恢復之後的皮肉顯得更加粉嫩一些。

居然真的可以！

顧長安禁不住歡喜不已。終於能確定其中一個用處了！這泉水既然可以治療動物的傷口，那麼接下來就該試一試是否可以治療人的傷口？

「不急，再將這條魚也給放下去看看。」紀琮看出顧長安的打算，連忙打斷她，示意她多嘗試兩回。

顧長安沒拒絕，將恢復一面傷口的魚再次放進水桶裡。這一次兩人計算了一下時間，大概只需要一盞茶的工夫，傷口就可以癒合。為了確保這泉水治癒的不只是表面的傷口，顧長安毫不手軟地把剛治好傷口的魚剖開，只見原本受傷的內臟也已經痊癒，很顯然，這泉水的治癒性很強。

等第二條魚也確定治癒之後，顧長安便將主意打到自己身上，卻不想，紀琮的動作比她更快，手中匕首一晃，寒光乍現，手指便被割開了一道不深不淺的口子，鮮血一下子流了出來。

顧長安有些責備地看了他一眼，不過多說無益，乾脆地拿出泉水，小心滴了兩滴在紀琮的手指上。

紀琮手上的傷口，以肉眼可見的速度迅速恢復原樣。將泉水抹去之後，只見傷口的顏色有些粉嫩，完全看不出來這手指受過傷。

「這泉水跟以前不一樣了。」顧長安眉頭微皺。她敢確定，這泉水在兩年前沒有現在這樣神奇。

紀琮捏了捏自己的手指，傷口癒合的地方沒有任何刺痛感，顯然這泉水真的讓他的傷口徹底痊癒了。

「不能貿然拿出來用。」哪怕他是紀家人，一旦被人知曉他們手裡有這種東西，也絕對會被人給生吞活剝。

顧長安點了點頭。「若是能夠治療陳年舊傷，或許還有點用處，不然這泉水就繼續留在空間裡吧，省得平白惹了麻煩，卻得不到半點好處。」

紀琮贊同顧長安的說法。他們住在京城，平時受傷的機會很少，他受傷的機率大一些，可是他也不可能用這泉水將傷口直接治癒。

知道了泉水的用處，兩人就把這件事給放下了，估算時間差不多，回到先前下網的地方。他們用的漁網網眼很大，河裡的魚都是野生的，小的比大的多，他們原本沒指望能抓多少，沒想到才剛走近，就發現有魚居然從水裡跳了起來。

「長安，這魚好大！」紀琮驚呼一聲，連忙跑到河對岸，跟顧長安一人一邊，緊緊拽住了漁網。

顧長安吆喝一聲。「起！」

兩人同時用力，將漁網用力提起來。水的阻力本來就大，加上漁網裡網住了不少魚，還好顧長安和紀琮力氣都大，不然怕是提不起來。

才剛提起來，就見幾條魚硬生生從漁網裡擠了出來，在半空中劃過一道銀光，撲通一聲跳入水中。兩人也不在意跑了這些，漁網裡還有不少，足夠他們吃了。

等他們將漁網拖到岸上的時候，至少溜走了七、八條魚，有兩條個頭還不小。

「這鯽魚挺大的。」顧長安扒拉了幾下，發現大多都是鯽魚，最小的也比她的巴掌大，最大的那幾條估計都快有一斤了，純野生的鯽魚能長這麼大，夠讓她驚喜了。

紀琮一邊把魚抓出來往水桶裡放，沒忘記往裡面加了幾滴泉水，一邊喜孜孜地道：「長安妳別沾手，我來抓就好，這魚有腥味。我們晚上熬魚湯喝吧？長安妳熬的鯽魚豆腐湯最好喝了，我都有些饞了。」

顧長安輕笑。「行，就給你熬魚湯。裡面還有鯉魚，再做一個糖醋鯉魚？草魚就做水煮魚，那兩條黑魚就給你們做烤魚吧！」

紀琮嚥了嚥口水，手裡動作不停，立刻提出更多的要求。「草魚還挺多的，再做一個炸魚丸好不好？」

顧長安自然都應了下來。左右都是做，就一次做全了，也好讓他們高興高興。

足有半人高的大木桶，只下了一次網，就裝了大半桶。往桶裡加了一點水，紀琮找了根結實的木棍，堅持要跟顧長安一起抬著走，漁網也是他拿著。顧長安沒拒絕，她力氣大是一回事，有人心疼她又是另外一回事。

紀琮的關心，她可享受呢！

兩人提著一桶魚直接去廚房，管事婆娘已經帶著人在準備午膳了，熬湯、做魚丸怕是來不及，顧長安便將鯉魚給挑了出來，想了想又加了兩條鯽魚，打算中午先吃糖醋魚。

「姑娘，這……」管事婆娘連忙攔著，有些惶恐。她是紀家的家生子，她娘當初得罪人，被人整治，最後被紀家的老夫人給活活打死了。她當時被按著頭跪在跟前看，被嚇得膽子有些小。發送到這莊子裡來的時候，她心裡面還是很高興的，這些年她沒再見過主家人，哪怕知道這兩位都不是難相處的，她還是害怕。

顧長安沒攔著她，任由她把魚給接了過去。「孫嬸子，妳把魚清理乾淨就好，剩下的我來做。」

管事姓孫，他婆娘隨了他的姓，在外面大家都叫她一聲孫嬸子。

廚房裡做活的婆子們幹活很索利，兩、三下就把魚給收拾乾淨了。

顧長安等水瀝乾了就先炸魚，接著調醬汁，再加入蔥、薑、蒜稍微燉一會兒就能起鍋了。

這做法簡單，味道也不會太差，何況這魚是剛抓上來的野味，味道很鮮美。

中午的時候，這一份糖醋魚和菜肉團子最先被吃光。

顧小六吃得滿嘴流油，還有工夫嘟嘟囔囔。「可惜了，要是有薺菜和筍丁，這菜肉團子才叫極品呢！」

說到筍子，紀琮看向顧長安。「長安，讓作坊多做一些筍乾和酸筍吧，這邊愛吃的人不少。」

顧長安贊同地點點頭。「也好！北方的作坊現在生意不錯，梨花村的作坊倒是可以多開拓一些生意門路，而且豆腐乳的生意也不能做得太長久，再做個一、兩年，就把方子賣出去。」

顧三哥很贊同她的想法。「正該如此，小小的豆腐乳帶來那麼巨額的利潤，著實太讓人眼紅了。村裡的作坊在這一年內先走其他的路子，等走穩當了，儘量在一年之內把方子賣了。」

顧四哥吃了一塊方肉。「北方那邊的作坊怎麼辦？真賣了方子，北方軍隊的供應該如何是好？」

顧長安早就考慮過這個問題。「在賣方子時就先與人說好，北方的作坊只做提供駐軍食用的豆腐乳就成了。」

紀琮補充道：「我來找可買下這方子的人，到時候盡可讓買家跟我舅舅他們商量該如何處理。」

顧長安毫不客氣地把鍋甩給了紀琮，他的身分擺在那兒，他介紹的人，說不定比他們費盡心思去找的人要更加合適些。

中午飽餐一頓後，顧長安選擇留在莊子裡，下午的時候要早點做吃食，晚上打算做全魚宴。這回卻是沒讓鄒氏動手，既然是讓他們來散心的，總不能在莊子裡還指望鄒氏下廚來照顧他們。

於是顧錚禮便陪著鄒氏出去走走，出門前不忘讓人幫忙拎了漁網和木桶，去河邊的時候可以順手帶幾條魚回來。

顧錚維和顧大哥幾個帶著弓箭出發，打算去山上。雖然現在不是打獵的季節，不過若是運氣好遇上野雞、野兔之類的動物，也可以打上一、兩隻。

顧長安和顧二姊動手準備晚膳，才剛剁魚茸，就聽到一陣急促的馬蹄聲。不一會兒，紀琮黑著臉拎著一個小胖子快步走了進來。

「這是誰？」顧長安眉頭一挑，眼前的小胖子眉眼細看有些眼熟。

紀琮冷著臉把小男孩隨手扔在地上，任由他一個趔趄差點摔倒。「紀家小少爺，紀晗。」

顧長安有些意外。「你怎麼把他給帶回來了？」

紀琮冷冷瞥了小男孩一眼。「路上撿的。」

要不是這小胖子本性不壞，他能眼睜睜地看著他去死，又怎會把人給帶回來？

紀晗有些不高興地噘起嘴。「大哥，我是特意來找你的，而且我沒有迷路！我只是不知道這莊子在哪裡，所以才停下來找人問一問罷了。」

紀琮冷笑一聲。「從南偏到西，你這路問得倒是有些本事。」

紀晗的小胖臉頓時脹紅了。好吧，他的確是有點迷路了，可是他今年才六歲啊，迷路也很正常不是？

紀琮冷眼看著他。「你出京城，可告訴你父親、母親了？」

其實不問他也猜得到，這蠢蛋若是真告訴紀侯爺和繼夫人，如何可能出城？更別說還是來找他。繼夫人寧可把這蠢蛋鎖在家裡，也不可能讓他跟自己親近那麼一星半點兒。

當然，他完全不想跟繼夫人所出的孩子有任何牽扯。

紀晗目光閃爍，就是不肯看紀琮。不過讓顧長安意外的是，這小傢伙顯然沒有說謊糊弄之意。

這倒是個好習慣！

「姊姊，我肚子餓了！」紀晗受不了自家大哥冰冷的眼神，跑到顧長安跟前，可憐兮兮地摀著肚子。

顧長安不討厭這小傢伙，不過他的出身注定了很多事情，她不會因為一個外人罔顧紀琮的心情，是以並未答應幫他做吃的，反而看向紀琮。

紀琮心頭泛著甜，原本難看的臉色好看不少，雖然不是很甘願，不過人都撿回來了，總不能連口飯也不給他吃。「廚房有什麼剩下的，給他一口就好。」

紀晗聽大哥主動說要給他弄吃的，又驚又喜，臉上堆滿笑容，哪裡還顧得上給他吃什麼，用力地點著頭。「嗯，大哥說得對，我什麼都能吃。」

應該不會給他吃得太差吧？

顧長安聞言才點點頭。「正好要開始炸丸子了，原本想先給你留一點，正好一起去吃？」

紀琮這才一掃陰霾，真的高興起來。他家長安果然最在乎他！

魚丸是先用水煮了之後再炸的，外皮酥脆，一口咬下去，滿口都是鮮美的汁水，極有嚼勁。

顧長安還順手炸了排骨和肉丸子，怕紀琮心情不好，又做了簡單的炸薯條。紀琮藉口自己有帶果醬，回去自己住處一趟，從空間裡拿出小半罐果醬，不管是排骨還是魚丸，都可以蘸果醬吃。

見紀琮心情好一些了，顧長安挖了半碗麵粉，用水調成小疙瘩，就著廚房熬的雞湯，下了小半鍋的疙瘩湯。裡面加了切碎的雞腿肉、白菜葉，最後在起鍋之前打了一顆雞蛋下去，簡簡單單的一碗疙瘩湯，口味清淡卻又香氣十足。如果喜歡重口味的可以再加一勺辣椒油，一碗喝下去，整個人從裡到外都暖和起來。

紀晗吃了丸子和排骨，尤其薯條吃得最多，恨不得把每一根薯條都裹滿厚厚一層果醬，小孩子對這種酸酸甜甜的東西幾乎沒有抵抗力。

紀琮顯然有些不情願，皺著眉頭心疼地看著越來越少的果醬，不過到底忍住了沒說話。

「兩人都先吃一碗。」顧長安把空碗給他們，示意他們自己盛。

紀晗看著空碗愣了愣。他以前從未自己盛飯，不過他不是不會看眼色的人，一看便知自家大哥對這個姊姊很在乎，比對他這親弟弟要好多了。所以還是乖乖拿起湯勺，笨拙地盛了一碗，桌上還灑了一點出來，好不容易盛了大半碗，連忙端給紀琮。

「大、大哥，給你！」紀晗收回手，小臉上堆滿討好的笑容。

紀琮木著臉低頭看著疙瘩湯，就在紀晗臉上的笑容快掛不住的時候，才開始喝起來。

紀晗的雙眼都在發光，喜孜孜地回頭幫自己盛疙瘩湯。顧長安眼尖，看到他手指都燙紅了，不過她什麼都沒說，只當沒看到，就是在倒果醬的時候，給他稍微多了些。

紀琮雖然看起來對紀晗很厭煩，但見他明明吃飽了還嘴饞，面色有些不好看地開口。

「吃飽了就別吃了。」

紀晗低頭看了看自己手裡的半顆肉丸子，又抬頭看了看紀琮，麻利地把肉丸子給塞進嘴裡，眼神亂飄，油油的小嘴緊緊閉著，撐得腮幫子都鼓起來了。

紀琮的臉都黑了，到底沒再說什麼。

這種蠢蛋，他連說都懶得多說。

等吃飽喝足，問清楚紀晗真是一個人跑出來之後，紀琮黑著臉，安排人回去通知紀家。他是不待見那家人，可是紀晗現在跑來這裡，還是奔著他來的，他要是沒遇上就算了，偏偏就撞上了，也只能通知一聲。

至於送回去？呵，他才懶得費勁。

紀晗年紀小，折騰一天也累了，紀琮黑著臉把人帶到自己的房間睡下後，回頭跟顧長安嘀咕這蠢蛋到底有多蠢。

「這一次倒是用了一回腦子，提前兩天就安排好人。他沒帶紀家的人，膽子也是大到沒邊了，幸虧運氣好，不然死在半路都沒人知道！」

顧長安嘴角彎了彎。「他看起來人還不錯，對你好像很在意。」

紀琮頓時拉長了臉。「他們兄弟兩個，一個是那對夫妻親手養大的，小小年紀心眼多，就是蠢了點，成天自以為是，要是沒有紀家的身分，估計活不到成年。小的這個更蠢，成天傻乎乎的，好壞不知。」就算他黑著臉把他當成陌生人，他只會傷心一會兒，轉頭又黏上來，煩人至極！

顧長安眼底泛起笑意，卻是沒戳穿他。

紀晗本性的確不壞，雖說有點嬌生慣養，卻不是個蠻橫不講理的。而且他對紀琮極為崇拜，無論紀琮叫他做什麼，他都會一臉激動地聽吩咐行事，就連在顧家人跟前，也沒表現出多少傲氣。

紀晗睡醒後，看到顧小六拎著野雞回來，聽說是他們去山上打的，興致勃勃地問道：「小六哥，山上野雞多嗎？」

顧小六偷眼看了紀琮一眼，見他只是臉色不好看，卻沒有對這紀家小少爺表現出厭煩，大概猜到該用何種態度對待這小胖子。

說起來小琮哥當年也是個小胖子呢，難道紀家專門出產小胖子嗎？

不過這話顧小六只有放在心裡想想，沒那膽子說出來。對紀晗的態度算不上親近，不過也沒表現出不耐煩。「現在還沒暖和，再過個十天、半個月，山上的野雞就會開始多起來了。」

紀晗有些眼熱，只是他心裡清楚，這一次能偷溜出來已是難得，往後想要再出來怕是難了。他母親對他們兄弟看得緊，斷不可能讓他出來跟著去打獵，更別說還是跟著大哥去打獵了！

紀晗嘟著嘴，心裡面不高興。不過讓顧家人意外的是，小傢伙沒有遷怒他人的習慣，雖然有些傷心，卻只是跟自己生悶氣，也沒開口提出什麼額外的要求，這倒是讓顧家人對他的印象又好了些。

紀琮對紀晗的態度一直都不怎麼好，不過也不至於到特意給他難堪的地步。晚上吃飯的時候，在紀晗又開始放飛自我吃東西時，紀琮攔了下來，不讓他吃太多。由此顧家人也都明白該如何對待紀晗了，不能太親近，不過也不需要刻意疏遠。

當天晚上紀晗跟著紀琮一起睡，紀琮哪怕黑著臉，有好幾次顧長安都懷疑他下一刻就會忍不住把紀晗給扔出去，可到底還是讓紀晗跟著他進了房間。

第二日天還沒亮，顧長安早早起床就看到紀琮已經起來了。

「怎麼起那麼早？」

紀琮黑著臉。「那蠢東西睡覺會打滾！」

昨晚他壓根兒就沒睡好，才剛睡著，那蠢蛋就拳打腳踢，滿床打滾，要不是他確定那蠢蛋是真睡著了，他都要懷疑他是不是在故意報復他！

顧長安輕笑一聲，不過也沒在這當口再刺激他。「起來了也好，我去給你做吃的。」

紀琮立刻高興起來。「不如吃麵吧？做酸菜麵，再加幾塊排骨。」

顧長安自是應了，她不喜歡吃有些酸的果子，卻喜歡吃酸的菜品。像酸菜這類的菜餚，正好合她的口味。

吃飽喝足，紀琮的心情也終於好轉；當然，只要有顧長安在身邊，他的心情本就不會差。

「等會兒我要去見明珠姊姊，你可要一起去？」

紀琮下意識地想要點頭，隨即想起什麼，又黑著臉搖頭。「那蠢蛋昨天晚上磨了半天，說是想要去山上打獵，不答應他就哭，鬧得我心煩。」

顧長安很是理解地拍了拍他的胳膊。「那就帶他去吧，左右也只是花費點時間。午後紀家來接的人就會到了吧？」

紀琮眼底露出譏諷之色。「他們不會允許那蠢蛋跟我過於親近。」

第二十七章 放榜

今日有正事，大家起得比較早。吃飽喝足後，紀晗樂呵呵地跟著黑著臉的紀琮走了，不愛談生意的顧四哥和顧小六也一起去了；顧錚維閒著沒事，又不放心幾個小的，也跟了上去。

顧長安姊妹和顧大哥、顧三哥四人則是去了謝明珠的莊子，坐的是謝明珠派來的馬車，倒是不用擔心走錯路。

兩處莊子距離其實不遠，只不過莊子的路不太好走，速度有些慢。花了半個時辰，遠遠地就聽到史清一大呼小叫的聲音。

「咦？紀琮沒來？」史清一有點意外。紀琮怎麼會沒來？

顧長安解釋道：「紀家小少爺偷偷跑來了。」

史清一驚訝地挑眉。「紀晗？他膽子倒是夠大。」

謝明珠笑盈盈地迎了上來，拉著顧二姊的手不放，美眸一瞪，嗔道：「妳有些時日沒出門了，我要見妳都成了難事。」

顧二姊淺淺一笑。「前些時日擔心我爹和小叔呢，就窩在家裡沒出門。」

謝明珠瞪了她一眼。「就妳理由多！」

顧長安翻了個白眼，每回這兩人碰面的時候，她就像是多餘的。

顧大哥和顧三哥笑了笑，跟謝明珠打了個招呼之後，便先跟著史清一去地裡。顧長安三人則是先去屋裡坐了一會兒，之後跟著莊子管事安排好的人也去了地裡。

莊子的田地的確不少，全部用來種葵花的話也足夠，何況他們這一年說穿了只是先嘗試，這地方夠用了。

顧長安原本不清楚種地的事情，不過在梨花村的時候，為了種葵花和栽種其他調味料的原料，她跟著村民好生學習過，察看了土質之後，確定這裡大部分的地都能種，便安心不少。

「那幾塊沙地就用來種涼瓜，那邊還有幾塊地就空出來套種。」

「套種是什麼？」謝明珠好奇地問道。

顧二姊替她解惑。「是小五嘗試出來的，比如在玉米地的空隙種黃豆，到時候有雙份的收成，而且黃豆還能肥地。」她家小五還在水稻田裡養過魚，收成也不錯。不過京城這邊種水稻的比較少，這方法不適合用在這裡，她就沒再提起。

謝明珠眼睛一亮。「等種葵花的時候，也能套種？」

顧長安點點頭。「有這打算，不過也只能種些豆子之類的。」

至於種地之人，顧長安則是主動提出，要從梨花村叫兩個人來，負責教導這邊的人如何種植葵花。畢竟他們已經種了兩年，在很多方面都有經驗了。

謝明珠點點頭。「那便最好了！這次要種的東西不少人看在眼裡，若是出了問題，雖說不至於麻煩，卻也煩人，能避免便是再好不過。」

這事就算是定下了，接下來又討論了一些細節問題。待商定好細節上的事情，此番合作已經沒有其他問題。

還沒等到午後，紀琮就來了。

「紀晗已經被接走了？」史清一嗤笑一聲，語氣中盡是嘲諷之意。

紀琮卻是不甚在意。「簡陋莊子哪裡是嬌貴的小少爺該來之處？她身邊的陪嫁奶嬤嬤親自來接的，一把老骨頭了，也不知道能不能禁得起這一路顛簸。」

史清一想起紀家繼夫人身邊的那個老嬤嬤，忽然哈哈一笑，促狹地道：「一大早就從京城快馬加鞭地出門，又匆匆忙忙地趕回去，把自己當成正經主子養著的老虔婆，這回怕是要受罪了。」

紀琮嗤笑一聲，卻也沒出口反駁史清一的話。尤其是想起那老東西臨走前，蒼白著一張老臉說的那些話，顛散了她的骨架才有趣呢！

史清一顯然很瞭解紀家那些人的嘴臉，也不管顧大哥他們就在旁邊，直接問道：「那老虔婆又跟你說什麼不著調的話了？」

紀琮輕哼一聲。「不外乎就是些老生常談，話裡、話外地編排我教壞了他們家矜貴的小少爺，心思不純，想要離間那一家子的親情。」

顧大哥的臉色有些難看，那麼一家子，說得好像誰願意跟他們親近似的。「往後就是跟紀晗也要保持距離。」

顧三哥卻是眼神微閃，並未出言附和顧大哥的說詞。

紀琮對紀家人的態度本就不在意，刁奴也不是沒遇過，不過就是被刺幾句罷了，比起他還小、紀侯爺完全不管的惡言惡語，如今都算是敬重他了。

倒是親眼看到紀家下人如何對待紀琮的顧小六一直氣鼓鼓的，趁著史清一拉著紀琮討論要不要去打獵的空檔，偷偷跟顧三哥說了些什麼。顧三哥稍稍停頓之後，對著顧小六微微頷首。顧小六面上一喜，立刻又壓了下去，輕咳一聲，見紀琮和史清一都朝他看過來，無辜地眨眨眼。

謝明珠的莊子附近的山上物產很豐饒，午膳過後，幾人打算去山上蹓躂一圈，不往深山裡去，基本上不會遇到危險。

等上山之後，一行人沒有聚在一起行動，顧大哥帶著顧小六，顧三哥和顧四哥則是帶著史清一；就算史清一一直在抗議，可他實力最差也是事實，在山上打獵的本事，他就連顧小六都比不上。

「那長安妹妹跟紀琮怎麼辦？」史清一不服氣。

顧小六撇撇嘴。「我五姊一拳就能揍翻一頭野豬，力氣比野豬都大！小琮哥雖然差一點，至少也比你強。」

史清一摀著胸口。死小孩，說話真扎心！

顧長安和紀琮說起那來接紀晗的老嬤嬤，紀琮在別人面前不說，卻願意在顧長安跟前小聲抱怨。「那老虔婆是紀夫人的奶嬤嬤，在紀夫人娘家也算是主子跟前能說得上話之人。往年那老虔婆沒少找我麻煩，還叫我要感恩，暗示我但凡是有良心之人，只憑繼夫人這善心，日後就該乖乖聽話，莫要爭、莫要搶；身為兄長就要處處謙讓，把好東西都讓給弟弟、妹妹們，不然，那就是忘恩負義。」

顧長安嘴角噙著一絲冷笑。「這是打算讓你把世子的位置讓出來？」

紀琮撇撇嘴。「不只是世子的位置，還有整個紀家的產業。若是我乖巧聽話，日後說不定會給我一點表面光鮮的產業，實際上能給我紀家一成的產業就算是不錯了。」

當然，前提是他足夠乖巧聽話，不然，他不只什麼都得不到，到最後恐怕還得被扣一個「忘恩負義」的惡名。

「如今不說了？」

紀琮忽然笑了起來，眼底帶著幾分促狹。「我從平安鎮回京的時候，乘機算計了她一把。紀侯爺『碰巧』聽到自恃身分的奴才對嫡長子的冷嘲熱諷、灌輸著歪理，紀侯爺本就對家裡的兩個女人不滿，他如何忍得住？自那之後，那老虔婆就沒再我跟前出現過了。」

「紀家的老夫人跟繼夫人如今鬥得厲害？」顧長安又問道。

紀琮想了想，道：「若是有外人時，好比我若是出色一些，她們婆媳兩人便會聯手對付我；紀侯爺的態度強硬時，她們婆媳同樣會聯手。眼前我尚未能影響她們的利益，所以有時候只有紀侯爺一人與繼夫人對峙，紀家老夫人便隔岸觀火，時不時還會暗中幫襯一把，也不拘幫哪個，只為了讓他們夫妻兩人更加離心。」

顧長安都不知道該說什麼好了。家和萬事興，這話不是胡亂說的。而紀家這一家心思各異，不想著更進一步，成天只想著老祖宗攢下的那點東西，光會吃老本，壓根兒不去想如何讓家族長久發展，這樣的家族，不敗才怪！

「你不打算接下紀家？」

紀琮自信地勾起唇角。「何必盯著區區一個紀家不放？」

他想要的，可以憑藉自己本事去爭取，若是說他以前過得懵懂，如今他已經清醒，知道自己想要什麼，也明白該如何去得到自己想要的。

紀琮轉頭偷偷看了顧長安一眼，他有足夠強大的動力！

紀家的話題說起來總是讓人心情不愉悅，紀琮只跟顧長安抱怨了一番，很快就揭過不提了。

「太子不便在此時出現，不過此次護送謝家表姊過來之人，當中便有太子殿下的心腹。」紀琮提醒道。

顧長安之前也已經預料到了，對此倒不覺得意外。謝明珠跟太子不只有名分還有情分，何況此事太子本就知曉，又怎會錯過？而且她說的那些都是能拿出來明說的，就算太子知道，也不會對她有什麼妨礙。

「在尚未有成果之前，我不會有任何事情。」至於日後，她爹說了，師公今年就要來京城，她不過做點小生意罷了，又是跟準太子妃合作，太子斷不會為了將來這點東西，冒著得罪師公的風險來盯著她。

這話不假，兩人很快將心思放在打獵上，以往他們在梨花村可沒少往老鷹山跑，這一晃也快三年了，再次同行打獵，兩人還真有些感觸。

「長安，妳是不是後來沒少去老鷹山？」紀琮忽然問道。

顧長安也不瞞著他。「最開始小叔看得緊，後來小叔忙著教導大哥他們，便沒工夫盯著我了。我去得不頻繁，每個月只去五、六回。」

「只可惜這時候這裡不會有小野豬，不然我就給妳獵一頭。妳做的野豬肉特別好吃，我一直都想吃呢！」想起長安做的紅燒野豬肉，他忍不住嚥了嚥口水。

不是討好長安，他是真的饞了。

顧長安低笑。「有機會我們再來一次，到時候獵頭野豬給你做烤乳豬。」

紀琮喜孜孜地應了。「長安，妳對我真好！」

顧長安摸摸他的額頭。「我不對你好對誰好？」

這可是她親手救下來的小胖子呢，好不容易養成這般模樣，長得俊俏，對她也是一心一意，她怎麼可能捨得對他不好？

紀琮傻乎乎地笑了起來，那傻子模樣讓顧長安看得心軟。

兩人在山上走了一圈，很快就收穫滿滿地下山。等其他人下山之後，在河邊吃了一回石板燒烤。

顧家人並未在莊子久留，只住了三日便回京城，直到會試放榜前，顧家人都安靜地閉門謝客，只有紀琮一人偶爾上門。

放榜之日，顧家人一如既往平靜。一早起身之後，顧家母女還頗有興致地做了一鍋兔子饅頭，是豆沙餡的，香軟可口，小兔子做得栩栩如生。

「娘，您真的都不擔心嗎？」顧小六最貪睡，咕噥地問道。

鄒氏聞言停下手中盛粥的動作，嘆了口氣。「怎會不擔心呢？我昨兒晚上擔心到差點睡不著。」

顧長安有些詫異地一挑眉頭。「娘，您擔心什麼？」

鄒氏又嘆了口氣。「我期盼妳爹中榜首，可一想到妳爹若是高中，我跟妳大哥他們的銀子可就打水漂兒了，於是便想著不如讓妳小叔得中吧！可是如此一來，你們幾個的銀子又得飛了，這可把我愁壞了，翻了半夜都沒能睡著。」

顧長安兄妹幾人哈哈大笑，揶揄地看著顧錚禮和顧錚維。他們當初下注的時候幫鄒氏他們也都下了一份，而且是各自分開下注。

顧錚禮無奈地摸摸鼻子。怪不得昨天晚上自家夫人跟烙餅似地翻來翻去，他還以為是在擔心他們兄弟的成績，卻沒想到，原來是在心疼那點賭資。

沒等多久，報喜之人就上門了。

頭一個來報喜的是個機靈的小少年，飛毛腿似地甩開一大票人，率先敲響了顧家大門。小少年有些消瘦的臉頰帶著奔跑後的潮紅，面上帶笑，聲音響亮而清脆，帶著滿滿的喜悅。「顧家老爺大喜！顧老爺為榜首會元，顧小爺位列第三，恭喜顧老爺、恭喜顧小爺！」

顧長安連忙道：「多謝、多謝！」

顧大哥早有準備，連忙上前一步，將手中準備好的荷包塞到報喜人的手裡，笑道：「同喜、同喜。」

顧小六則是將另外一個塞得鼓鼓的小荷包也塞進報喜人的手裡，笑嘻嘻地道：「多謝！這是我最喜歡吃的零嘴，一起甜甜嘴。」

顧小六看身高至少是十一、二歲的孩子，不過那張臉卻是顯得稚嫩。報喜人看著這小少年白白嫩嫩又喜氣洋洋的模樣，心裡也歡喜，大大方方地接過了荷包，笑著道謝之後又道了一遍喜，這才離開。

這時候知道顧家兄弟參加會試的鄰居，也早早就讓人在外面聽信，一得知顧家兄弟竟是一個中了會元，一個是第三，皆是心頭一跳，連忙出門道喜。

那可是會元啊！

這時候幾戶人家都有些後悔。早知道這對兄弟真有這份本事，當初就該跟他們走得更近一些。

今天這種日子，顧家人自然不會太過敷衍，都是來道喜的人，他們自是高高興興地應下，說一句「同喜」。鄰居中此次一同下場的也有幾人，說一聲「同喜」就會讓這些鄰居高興不已。

等紀琮到的時候，外面圍著的人還不想離開。原本關係冷淡的鄰居，如今忽然變得交情多深厚一般，好在這些人自恃家中有讀書人，不曾表現得太過諂媚，不然，就是顧家人再想顧全大局怕也是忍不住趕人。

「恭喜顧伯父、恭喜小叔！」紀琮下了馬車沒直接進門，先道喜之後，才讓人將帶來的東西送進屋裡。「伯父和小叔今日大喜，些許薄禮，還望伯父和小叔莫要嫌棄。」

顧錚禮忍不住笑了起來，知道紀琮這是特意給他們做臉，哪裡會開口拒絕？當下便笑著應了，還正兒八經地請他進屋說話，也好乘機擺脫那些不肯離去的鄰居。

這些人倒也知趣，當下紛紛先一步道別回家了。

「這真是……來京城這麼久了，頭一回見他們這般客氣。」鄒氏忍不住想笑。今天之前，她都不知道原來他們家在鶴鳴街居然這般受歡迎呢！

顧錚維忍不住擦了一把冷汗。「大嫂，妳可得幫我一把！十個人裡面至少有九個都在打聽我是否說了親事，想要把自家親戚家的姑娘說給我呢！」

鄒氏輕笑，半真半假地道：「你倒是提醒我了，這是好事！等你們殿試之後，也可以說親了。」

顧錚維連忙討饒。他現在可沒心思娶妻；再說，他們家現在不適合說親，免得被人算計，到時候被迫站隊。站對了也就罷了，萬一被迫站錯了，到時候不是害了全家人嗎？

不過為了避免有心人上門，顧家乾脆決定閉門謝客，在最後一場殿試之前，他們還是低調一點比較好。

說完了正事，紀琮一掃之前那副少年老成的穩重模樣，樂呵呵地拉著顧長安去看他帶來的東西。

紀琮送東西，大多都是吃的、喝的和玩的，今天帶來的東西裡面有幾疋布，顧長安問了一句，紀琮說是史清一和謝明珠讓他帶來的。

「不過這一疋布是我親自去挑選，要送給妳的。」紀琮耳根子有些發紅，將其中一疋湖藍色的料子放到顧長安跟前，雙眼閃閃發光，一副「妳快來誇獎我啊」的期待表情。

顧長安輕笑出聲，不負他的期望，誇獎道：「我們小琮眼光真好，選的顏色我很喜歡呢！」

她皮膚白，湖藍色還真適合她。

紀琮的臉頰有些紅了，眼神飄忽，卻又捨不得不看顧長安。兩人的視線在半空相遇，顧長安還是那副笑咪咪的模樣，紀琮卻是鬧了個臉紅。

看著紀琮臉紅的模樣，顧長安面上鎮定，實際上心裡都快笑瘋了。十一歲這年紀，放在她那個時代的確還是個熊孩子，可是在這時候擔負起一家生計都是有可能的。她知道紀琮在外面是沈穩的性子，所以每每看到他這副害羞的模樣，這種反差萌都能萌得她的心都在顫抖。

果然，早早給自己選定一個小萌物，親手養大才是王道，別的不說，看著小萌物一路萌到大就足夠讓人回味了。至於長歪，呵，她的拳頭可不是吃素的！

「娘、二姊，先給爹和小叔他們做些新衣吧！」顧長安想起一件事，連忙揚聲道。鄒氏也有這打算。「先前我們不也去買了布料？已經在給妳爹和小叔做了，就剩下妳二姊的繡活了。」

顧長安道：「那就再做一身，然後去繡莊訂兩身。」說起來她原本是打算等爹和小叔殿試之後再去買人，不過現在看來應當早些把人買下了再說。

「買人？」紀琮聽顧長安問起的時候，有些驚訝，不過很快又恢復過來。「之前妳不是跟我說過要買人，讓我注意一些的嗎？我都看好了，原本打算過些時候送過來讓妳瞧瞧，不過妳現在要的話，這就可以讓他們過來。」

顧長安想了想，道：「行，不過不用送過來，下午的時候我們一起去看看。」

紀琮立刻喜孜孜地應下。「好，下午我陪妳去。」

中午吃飽喝足後，顧長安準備跟紀琮一起出門，顧大哥和顧三哥也跟了上去。一路上，紀琮為三人大致介紹了一番。

「是牙行裡做事的人，不過我舅舅以前幫過那人幾回，這種小事是可以用得上的人。他手底下的人還可以，也能防止買到手的是別人安插進來的。」紀琮實話實說，跟那人之間的交情其實也是有限。

他這麼說，顧長安幾人就明白該用何種心態去看待了。

雖說是官辦的牙行，不過私下裡的交易也是有的，何況他們只是需要私下挑選一些合心意的人選，手續方面要走正途的，算不得大事。

「這是他的住處，平時往來的人不多，有的時候走人情，想讓他幫忙買幾個合心意之人，就會約來這地方。」

有了錢、有了權，或者是一些讀書人，願意紅袖添香，或是有些不為人知的喜好，便會私下買賣人口。這些都是私下的交易，銀貨兩訖之後，哪怕真鬧出事情，彼此都不會認帳。

雖然對這種行為有些鄙夷，不過當下局勢如此，他們不過只是小人物罷了，哪裡能管這些事情？

顧長安也只是心裡不舒服了一下，很快就拋在腦後，甚至都沒花什麼時間，就逼著自己習慣了從人人平等，到人口可以買賣這觀念上的轉變。這些私下裡的交易再骯髒，她又能做什麼？

紀琮事先讓人來知會了一聲，他們到的時候，已經有人等著了。

這人面白無鬚，雖然已是不惑之年，不過身形挺拔，若不是提前知曉他是做什麼的，說他是個讀書人，顧長安也會相信。

「表少爺！」中年人看到紀琮帶來的都是些孩子，最大的只是個少年人，心裡面暗鬆一口氣，不動聲色地將顧家兄妹三人打量了一番，面上卻是半點不顯，連忙上前迎了兩步。

顧長安神色微閃。看來這人真的是只惦記著紀琮舅舅的那點恩情，跟紀家卻是沒什麼關係了。

紀琮點了點頭，道：「先進去說話。」

中年人也不多話，他也不希望在外面逗留。

等進了宅子之後，紀琮沒給對方詢問的機會，只說時間緊，讓他先將人帶出來看上一眼。

中年人讓人將之前準備好的人都帶了出來，等人分成男女站成兩隊之後，才笑道：「這些人一半是家中沒了活路的清白人，一半則是被發賣出來的。」

前者乾淨一些，不過缺點是規矩得重新教；後者則有更大可能是別有用心之人安排的，不過前者的缺點就是後者的優點。

顧長安在平安鎮的時候買過人，她的眼光還算不錯，不管是陸九一家還是袁大一家，她都沒選錯人。說起陸九，之前家裡送了書信過來，說他們一家三口已經離開了，至於去了何處，暫時不知，不過顧長安總覺得相見之日不會太遠。

這一次顧大哥兩人也各自選了人，最後一共選了九個。一對夫妻，漢子有祖上傳下來的做飯手藝，婆娘手藝也不差。兩人家裡遭了災，家裡孩子一個都沒剩下，沒其他親人了，兩口子乾脆自賣自身，也是想要找一個安身之處。兩口子下廚分別做了一道菜，不得不說，兩人的手藝絕對是實打實的。

顧二姊那兒有花兒伺候，顧小六有小杜子。顧長安身邊不願意放人，顧大哥他們原本每人都應該有小廝和書僮，不過他們也說了往後一直住在書院，沒必要帶書僮，所以最後只決定給家裡添幾個跑腿的小廝。

顧錚禮、顧錚維以及鄒氏身邊卻是要安排人。最後幫顧錚禮兩人選了一對兄弟，一個機靈，一個憨厚；給鄒氏找了一對祖孫，婆子年紀不大，收拾得很索利，小丫頭大概十一、二歲，看著也是個老實的。

最後選了負責看門的人，是父子三個。漢子腿腳有些不好，不過體格倒是不錯，而且人長得也精神。兩個小漢子大的約十五、六歲，小的大概十來歲，這對兄弟平時就幫家裡跑跑腿，說穿了就是一塊萬能磚，哪裡需要搬哪裡。

兄妹幾個商量了一番，最後決定這九個人都先買下，人到底合不合用、忠心不忠心，都得相處之後慢慢觀察。

在京城買人比在平安鎮貴上不少，何況這些人還是特意留的，總要給對方一點好處。這九個人加上給對方的好處，加起來花了將近兩百兩。

目前進項不多的顧長安也忍不住心疼了那麼一下下。

這九人當中，只幫那對兄弟改了名字，哥哥叫有脈，弟弟叫有麥。名字是顧小六堅持起的，他最近對詩經很是癡迷，這名字只是乍聽有些怪異，不過寓意卻是不差。

至於其他人，顧家人商量後不打算幫他們改名字。給鄒氏的祖孫兩個，婆子夫家姓魏，這對祖孫也是唯二曾經在其他人家當過下人的。魏婆子原本的主家是當官的，犯了事，府中的下人全部被發賣。魏婆子的兒子、兒媳因為擔心受怕，在一場風寒後，小倆口都沒撐住走了，只剩下祖孫倆相依為命。顧長安看中她曾在官宦人家做過事情，她家娘親在這方面有些欠缺，有這麼一個老人在身邊提點，能讓她少走點彎路。

至於這小孫女，魏婆子說她本名叫甜雨，若想改名也可以，不過鄒氏覺得這名字還不錯，便不打算改了。

那父子三人則是姓齊，父親跟顧錚禮年紀差不多，叫他一聲老齊。長子叫齊山，小的叫齊海。顧錚禮覺得父子三人都在，名字是長輩賜予的，沒必要特意更改；更何況齊山、齊海的名字，雖然大眾了些，不過聽著順耳，更沒有必要改了。

至於廚房的那兩口子，漢子姓陶，縱然經歷過中年喪子的苦難，卻不是那種成日哭喪著臉的，何況顧家孩子多，他看著也樂呵。顧長安幾個最先跟他們兩口子熟悉起來，一口一個陶叔、陶嬸喊得親切。

如此，這九人便先在顧家安頓下來。買了下人後就看出便利來了，首先鄒氏和顧二姊就從廚房解放出來，她們可以做些自己喜歡的事，也無須每天惦記家人的飯食。魏婆子和甜雨也負責漿洗衣裳，不過這只是暫時的。

除此之外，便是跑腿的事情不需要都指望大福了。

忙忙叨叨的，等人大致磨合好，眼看便是殿試之日。

按照大荊朝的規矩，二月初九、十二和十五是會試，次月月半則是殿試之日。殿試只有一日，次日是審核之日，三月十七才是放榜。

顧錚禮和顧錚維殿試回來之後，鄒氏這一回沒忍住，問了兩人自覺成績如何？

顧錚禮想了想，道：「問題不大。」心思一轉，連忙追問：「這回妳買了哪個贏？」

鄒氏原本的一本正經頓時破功，笑了笑，捋起散落下來的一縷青絲。「可餓了？廚房給你們備著熱湯，我去給你盛一碗過來。」說罷，不等顧錚禮再追問，連忙轉身就走。

顧錚禮看著自己夫人的背影，回頭又看看摀著嘴偷笑的兒女們，幽幽地道：「我就知道你們娘肯定又在妳小叔身上下注了。」不然絕不會這般牽強地轉移話題！

顧錚維得意地咧咧嘴，不過想起此次殿試的題目，不免又有些鬱卒。「我擔心這回你們下注的銀子又得打水漂兒了，此次考的是與農業相關的事宜，這方面你們爹比我熟悉。」

「我們自認為寫得好的，卻是不一定合上面人的心思。說穿了，除了實力之外，運氣也占了很大一部分，所以，端看結果如何吧！」顧錚禮坦言，對於結果他有期盼，卻不會過於執著；再不濟也是個進士，這個結果對於以前的自己，那是壓根兒連想都不敢想的。

巧的是，顧錚維也有相同的想法。想起考完秀才之後的那段心路旅程，顧錚維也忍不住感慨。「當初考中了秀才後，似乎精氣神一下子就洩了，也想過去考舉人，可是家裡那般境況，哪怕大哥你跟嫂子想讓我繼續考，我也不想去了。沒想到到最後峰迴路轉，竟是一路走到今日。」

進學原本成了奢望，卻沒想到他還能有今日。

顧錚維心裡滿足不已。未來可期，而且就算日後沒什麼大出息，可他已經完成了以前的奢侈夢想。

顧長安見氣氛有些沈重，立刻道：「爹，我又在您身上下了注，不過賠率不高，贏了只能掙個糖果錢，等我贏了錢，我們幾個湊一湊，請您吃燒鵝。」

顧錚禮滿足地笑了起來，眉眼間帶著滿滿的歡喜。「誒，爹就等著你們的燒鵝了。」

在顧錚維身上下注的顧小六則是嘆了口氣，幽怨地盯著顧錚維不肯放。

三月十七放榜日，鄒氏當真是有些坐不住了。

一早就來顧家幫忙提點的金夫人拍拍她的手，道：「安心一些！就算是擔心也無用。不說錚禮和錚維的本事，只說他們的老師可是林大儒，妳就該多一些安心。妳且出去問問，林大儒的弟子哪個不是人中龍鳳？他親手調教出來的關門弟子，又怎會差了？」

這時候說林大儒遠比其他的更有用處，鄒氏一聽，一顆懸在半空的心頓時就放了回去。

「也是，好歹是林大儒的弟子呢！我聽說能拜在林大儒門下，就是榆木疙瘩也能開竅。他們兩個好歹要比榆木疙瘩好那麼點，不至於太丟林大儒的臉。」鄒氏顯然對林大儒信心十足。

金夫人嘴角抽了一下。她剛才那話就是拿出來哄鄒氏，好讓她寬心，沒想到鄒氏竟會這般琢磨，一時間連她也有些不知如何回答了。

一旁的顧長安幾人聽著只低頭輕笑，不過能讓鄒氏放寬心一些總是好事。

紀琮見鄒氏和金夫人聊得起勁，便輕聲問顧長安。「長安，妳可擔心？」

顧長安搖搖頭，也學著他壓低了嗓門。「擔心什麼？早已成定局，考試本就不是事在人為，且等結果便是。」

紀琮點了點頭，連忙又寬慰了一句。「伯父和小叔本事都不差，先前他們會試之後，我便打聽過了，便是在今上那裡，也已經是掛了名的。」掛名的好處，便是只要他們兩個文章出色一些，就絕對有機會呈到御前。

顧長安笑了笑。這一點她完全不意外，只憑著林湛大儒關門弟子的名頭，爹和小叔的名字也肯定一早就被上面關注了。

被關注有好有壞，不過目前來說好多於壞。

或許是因為有人陪著說話的緣故，心情開始安定下來，等顧錚禮被點中狀元郎的消息傳來之後，顧家眾人出奇淡定；倒是老陶、有麻和有麥他們高興得合不攏嘴，就連金夫人也忍不住笑了起來，眉眼舒展，顯然很是高興。

「這下可好，沒丟了林大儒的臉！」金夫人雙手合十、嘴裡念叨了幾句，高興地追問：「老大中了狀元，那小的呢？」

報喜之人臉上也多了幾分激動之色，連忙道：「一甲第二，顧小爺如今是榜眼啦！」

饒是金夫人早有準備，聞言也忍不住倒抽一口氣。

一門兩進士不少見，可是一對親兄弟同時中了狀元和榜眼，大荊朝自立國以來，也從未有過這等事情啊！她曾聽自家老爺說過一回，好像只在前朝的時候，曾經出過這麼一樁事，而且那對兄弟一個是狀元，一個是探花郎，比起榜眼，可是還差了那麼一點呢！

紀琮表示這在情理當中，倒是顧長安嘴角抽了抽。她覺得自家小叔和那位探花郎的文章怕是半斤八兩，只不過那人被點為探花郎，恐怕是因為長相的緣故。畢竟探花郎的樣貌要夠出色，而自家小叔長得粗獷，跟「俊秀」兩個字可是完全沒半點關係。

估計那位探花郎心情會有點差，走到最後卻是因為自己的好相貌略勝一籌，這種事情大概也只會在殿試遇上吧！

「這下可好！妳呀，往後就等著享福吧！」金夫人對鄒氏的確是當成自家孩子一般疼愛，也知道顧家前些年過得是怎樣的日子。她自己嬌生慣養、富貴了一輩子，雖然無法體會卻可以想像鄒氏往年有多艱辛，如今也算是苦盡甘來，往後的日子就等著享福便是。

至於顧錚禮是否會在發達之後對不起鄒氏，金夫人卻是連想都不會去想。先不說林大儒那等秉性之人，斷不可能允許自己的弟子做出這下作之事，也不說她不會眼睜睜地看著不管，只說顧家這幾個孩子，也不可能任由顧錚禮做出那樣的事情來。這幾個孩子都是好孩子，而且也都不是簡單的。

想到此，金夫人不動聲色地看了顧長安一眼。尤其是這個五丫頭，平時看著臉上帶著笑，實際上性子卻是有些清冷，而且看事情比誰都明白，就連她家夫君都私下裡誇獎過很多回，總說她若是男兒身，顧家這對兄弟加起來都不夠看，整個顧家能與她相比的，大概也就只有那個成天笑咪咪的三小子了。

這幾個孩子對鄒氏都極為敬重，又怎會讓她吃虧？

不過這種事不可能會發生，顧錚禮那漢子對鄒氏十分看重，孩子都生了這麼幾個，長子和長女眼看都要說親了，可感情好得就跟剛成親的小倆口似的。有的時候顧錚禮看著鄒氏的那眼神，就連她都會忍不住心中泛酸。

第二十八章 師公

金夫人並未久留，今日上門來道喜的多半只有鄰居，用不著金夫人出面指點，不過再等過幾日，金夫人怕是要常來了。

果然，前腳將金夫人送走，緊跟著鄰居們就上門。不同於上一回會試之後只在口頭上道喜，這一回手裡都是提著禮上門來的。

顧長安本不耐煩管這些，只是擔心鄒氏一時間應付不過來，便在一旁陪著。送走一撥人後，鄒氏主動道：「小五，妳帶小琮去別處吧！娘自己接待這些人就成了，用不著你們陪著。」

顧長安也嫌麻煩，不過還是看了顧大哥一眼。她倒是不擔心有人為難自家娘親，沒人會蠢到在今天上門挑刺，她擔心的是，有人藉機提起大哥、二姊他們的親事。自家娘親臉皮那麼薄，比不過這些人。

顧大哥對她微微點頭，示意自己會留下來。顧長安見狀就不再擔心，拉著紀琮轉身就走。

「妳可是打算去莊子裡待一段時日？」要說瞭解顧長安的人，還得看紀琮。

顧長安點頭道：「有這打算。我爹和小叔就算高中了，一時半刻怕也是沒什麼官職；就算有，至少有一人會留在京城。地裡的事情很重要，容不得出岔子。」

至於她爹和小叔都被外派這種事情，是不可能發生的。謝明珠都出面了，那片地如今入了多少人的眼，哪怕只為了讓她留下，她爹和小叔也肯定有一個會被留在京城。自然，最可能的便是將她爹留在京城，如此才更名正言順。

紀琮雖然有些捨不得，不過這是正事，做好了後對他家長安的好處可不少，他就算再捨不得，也只能忍著。

「去莊子裡待一段時日也好，帶著二姊一起去，接下來一段時日，怕是有不少人上門說親了。」

紀琮心中憤然，說不定他們連他的長安都不會放過！所以，長安暫時去莊子裡待一段時間也好，免得那些不長眼的人跟他搶。

顧長安沒跟他繼續討論這件事，見周邊無人，問起他玉珠空間之事。

紀琮便以實相告，這泉水拿出來在半個月內都有效果，只是會隨著日子慢慢消失。他隨身帶了一個小玉瓶，只有一口泉水的量，若是真遇上事情，這一口泉水就差不多夠用了。

「若是可以，儘量不要用這個。」想了想，顧長安還是不放心地叮囑了一句。

見紀琮笑咪咪地應了，顧長安想了想，又道：「若是有可以信任的大夫，或許可以將這泉水入藥。傷藥的效果有用也不會被人懷疑，最多只是以為這藥方子更好罷了。」

紀琮心思微動。「這倒也是個法子，若是可行，用處還不小。」

他舅舅在邊關，若是能有效果好的傷藥，就能受益了。

顧長安顯然也想到了這一事，道：「能研究出來最好，這種東西你舅舅那裡再多都吃得下。」

對紀琮好的人，她不會吝嗇給更多好處。

紀琮點點頭。這事他記下了，趁著這段時日，京中人心浮動，正好可以找足人手。盯著他的人不少，約莫也就這段時日能夠混水摸魚。

接下來的數日，顧家人很是忙碌，狀元遊街的時候，顧家人也都去看了。

顧長安耳朵尖，坐在茶樓的時候，聽底下和隔壁雅間裡不少人都在嘀咕，說這一次遊街的三位，也就只有探花郎撐得起場子了！狀元郎長得不差，不過那體格看起來不像是讀書人，而且年紀也偏大，聽說長子都快可以娶妻了。狀元郎雖然長得魁梧了一點，可細看那五官至少還算是英俊；可那榜眼就只剩下粗獷了，乍看就跟個武夫似的，哪裡有半點讀書人的模樣？

不過榜眼跟狀元郎是親兄弟，而且還沒娶妻，這點倒是不錯。

顧長安只有聽到這兒，剩下的沒再細聽。她知道世人皆喜長相俊雅的男子，就像她三哥這類型的，文弱一些才討喜，她爹和小叔的長相，就是不怎麼受歡迎。當然以她的審美觀來看，她其實更喜歡自家親爹和小叔的長相，看著就有男人味。

至於那位探花郎，即使面上不帶笑意，長相依然俊美，但完全不是她的菜，有點娘！

原本打算在遊街之後，她就直接去莊子住上幾日，卻不想，一早起來準備好要出門，就有馬車在門口停了下來。

從馬車上下來一個文士打扮的中年男子，劍眉星眼，卻又生了一張天生帶著笑意的嘴。目光溫和，氣質儒雅，只要看人一眼，就能讓人心頭一顫，那雙深邃的眼睛，似乎能在瞬間將對方的靈魂都看透了！

顧長安先是一愣，隨即大喜。「師公，您可回來了！」

她在縣城見過自家師公，這一晃也有兩年多了，可師公這等人物，只要見過一次，就絕對不會忘記！

林湛才下馬車就碰見一個小丫頭，剛認出是自己弟子的小閨女，就聽小丫頭張嘴一句「回來」，一顆老心頓時就酥了一半。

「小五啊，妳這是要出門嗎？」林湛摸了摸她的腦袋，笑著問道。

一晃兩、三年了，這孩子長大不少，眉眼逐漸長開，看得出來是個美人胚子。幸虧沒隨了他弟子，不然他這當師公的也得多為她準備點嫁妝才行。

顧長安連忙應道：「不是什麼要緊事。師公，您何時到京城的？」

林湛笑道：「剛到，這不就直接來這裡了。師公可是惦記妳的手藝好久了，都是空著肚子來的呢！」

顧長安連忙拉著他就往屋裡走。「師公，那您快進去歇歇，我這就下廚給您做吃的！咱們家呀，論起廚藝其實是我最差了，我做的東西就占個新奇，我娘和我二姊做的才好吃呢！對了，咱們家裡又新來了兩個廚子，做的菜品和點心都是一絕。短期內您不會出遠門吧？每天嚐兩樣，保准天天不重複！」

顧長安對這位師公真是打心眼裡崇拜，這種小迷妹的心態，自是讓她無法保持冷靜，一邊拉著林湛不放，一邊嘰嘰喳喳地說個不停，這時候才像是個十一歲的小姑娘！

林湛往日跟顧錚禮他們書信往來時，除了討論學問之外，說的最多的便是這些家長裡短，所以對顧家的幾個孩子，林湛還是很瞭解。尤其是顧長安，顧錚禮他們提起次數最多的便是這個孩子。作為一個長輩，林湛對這個曾經見過面、還做了一手好吃食的小姑娘極有好感，此番再見，她開口說的那些話、表現出來的姿態，也都讓他很滿意。

的確是個好孩子！

向來恪守禮節的林湛意外地不反感被這麼個小丫頭牽著走，還樂呵呵地聽著她嘰嘰喳喳地說個沒完，時不時應和上兩句；尤其是在說起吃食時，林湛可沒忘記加上自己的建議。

「林大儒？」紀琮拎著食盒匆匆忙忙地走出來，有些驚訝地瞪大了眼睛。

林湛心情好。「你就是紀家的大小子？聽長安常提到你，嗯，倒是瘦了不少。」

當初可是個小胖子呢！

紀琮木著臉。「我那是嬰兒肥！」

林湛哈哈大笑。嬰兒肥就嬰兒肥，他這麼大的人了，總不能跟個小孩子爭辯。

這時候齊山已經跑進屋通報，顧錚禮幾人驚喜交加地迎了出來，看到林湛躬身就拜。顧長安和紀琮連忙避到一旁，林湛倒是坦蕩地受了一禮，這才笑著虛虛抬手。「都起來吧！」說著又朝顧長安看了一眼，面上帶著幾分揶揄之色。

顧長安這才想起自己居然沒給自家師公見禮，饒是她這臉皮厚度不一般，也忍不住臉紅那麼一下。只是這時候若是再補上一禮，反倒是有些刻意了。

「師公，您先去歇一歇，我去廚房給您做些吃食，先來一碗酒釀荷包蛋墊一墊肚子？」顧長安果斷地轉移話題。

林湛本就沒打算為難她，笑著點點頭，又提醒道：「多添些酒釀。」

其實他想說可以再多加一勺糖，不過當著這麼多小輩的面，他也是要面子的，怎麼能直言他這一把年紀了還喜歡吃甜的呢？

顧長安笑嘻嘻地應下。就算自家師公沒說出口，可她聰明，第一次見面的時候就知道自家師公是個小孩子口味，只要酸酸甜甜的東西他都喜歡。不過師公年紀漸長，多餘的糖還是不要加了，最多在煮酒釀的時候少放點水。

紀琮立刻跟了上去，廚房雖然有老陶兩口子，不過紀琮還是喜歡給她打下手。先讓紀琮給林湛送了一盆熱水去擦臉，顧長安才手腳麻利地煮酒釀、下雞蛋，等紀琮回來的時候，正好出鍋可以送過去了。

廚房裡有陶罎熬著的雞湯，又摘了一把自家種出來的青菜苗，下了一小碗雞湯麵。配著雞湯麵吃的是一碟豆腐乳、一碟辣白菜、一碟芥菜疙瘩絲，還有一碟蛋捲。蛋捲配的果醬是酸甜可口的山楂醬，想必很合自家師公的口味。

雞湯麵的分量很少，廚房有肉皮凍，也有發好的麵糰，剁了肉餡，捏了兩屜灌湯包。廚房還放著一個訂製的爐子，又順手做了兩盤燒餅。

這樣就差不多了，林湛年紀擺在那兒，少量多餐更加合適，做了這麼多也不是讓他都吃光，只是多幾個口味好讓他嚐嚐罷了。

林湛的確是吃不了那麼多，等顧長安和紀琮將燒餅送過去的時候，頓時露出遺憾之色，下意識地伸手摸了摸肚子。

有點吃不下了。

吃飽喝足，林湛這一路奔波倒是有些乏了，原本想要說一會兒話，卻被顧錚禮幾個勸著先去歇一歇。

「師公，您先去睡一覺，我們去廚房給您做好吃的，等您睡醒了，馬上就能吃到。」顧長安連忙跟著勸說。這不是糊弄的話，他們早就給師公準備好了住處，一應什物都是新做的，就連衣裳也準備了好幾身，他們本就希望林湛能與他們一起住下來。

這並非是想要依仗林湛的勢，也不是想藉機討好林湛，一日為師，終身為父，這只是身為小輩想要孝敬長輩的希冀罷了。

林湛的確是有些疲倦，為了儘早回京，他這一路舟車勞頓，接連好些時日沒能好生歇一歇。或許是因為顧家的氣氛太過溫馨，又或許是因為吃飽喝足的緣故，他沒有拒絕，先去準備好的房中歇下。

雖說時間尚早，不過顧長安還是決定先去廚房準備。

等林湛起來，廚房裡已經放滿各色吃食。名滿天下，乃天下讀書人楷模的林湛頓時眼睛一亮，匆匆漱洗之後，連忙招呼開飯；至於光風霽月的形象，在美食前何必堅持？

「師公，您得先喝碗湯。」

林湛也不生氣，難得有人會管著他，尤其這算起來可是他的孫女輩，當下喜孜孜地接過雞湯，喝了一小碗。一碗湯下肚，整個人都舒坦起來，不再像之前那般著急地想要胡吃海喝了。

用林湛的話說，本是一家子，因使不必分桌而食，林湛又是有些桀驁和不拘小節的人，也沒有食不言、寢不語的規矩。

「老師，您往後不走了吧？」顧錚禮陪著喝了一杯，想起最要緊的事情，連忙問道。

林湛喝了一杯酒，這才慢悠悠地道：「暫時不走了，要在京城歇歇。」。

顧錚禮不知道自家老師是為了口腹之慾，才決定在京城多留一段時日，一聽老師說要留下來他就夠高興了，連忙道：「那老師就住在家裡吧？那院子本就是特意給您留的，您留下來我們也好照顧您。」

顧長安也連忙跟著點頭。「師公，您就住下來吧？我聽人說，師公您琴棋書畫樣樣精通，我正想要學畫呢，您就留下來教教我唄！」

天底下敢這般直接地請求林大儒教畫的，應該也只有眼前這一個了，偏偏林大儒覺得有趣，原本不想住下來，卻是瞬間改變了主意。「也罷，那就住一陣子。」

他在京城自有住處，而且他這人性子有些不羈，也不喜跟人太過親近，哪怕是自己的關門弟子。不過這小丫頭著實合了他的眼緣，總覺得住下來絕不會讓他失望，這日子肯定能過得萬分有趣！

事實證明，住在顧家的確是讓人身心愉悅的事情。吃食一樣比一樣美味，住得也舒坦，顧家準備的東西都不算名貴，可每一樣東西都讓人覺得舒服。

最讓他驚喜的，則是顧長安。

顧大哥幾個並不能一直留在家中，縱然是林湛歸來，書院那裡也只是特別給了點顏面，讓顧大哥他們請了兩天假。

倒是紀琮不需要成日留在書院，時不時還能來顧家一趟。林湛對紀琮並不反感，偶爾也樂意出言提點幾句；至於在書畫方面，他倒是不吝嗇，若是紀琮跟著顧長安一起練字、作畫，他在指點顧長安時，也會順帶提點紀琮幾句。而紀琮也真能靜下心來，虛心接受林湛的指點，哪怕林湛有的時候會將他貶得一無是處，他的收穫還是良多。

他這模樣，倒是讓林湛高看了他一眼。

而顧長安在書畫方面的確有些天賦，她練字也有三、四年了，寫出來的字已經有些風骨。不同於大多數女子的娟秀柔雅，她寫出來的字氣勢磅礡，極為大氣。林湛喜歡她這種大氣，尤其是大氣中透露出來的那點傲氣，讓他讚賞不已。

「妳爹和小叔就是活得太拘謹了，一板一眼，跟木頭似的。要不是看在他們在做學問上還有些天賦，秉性也不差，當初我才不想收他們當弟子。」林湛說起往事也是滿腹心酸，當初他是一時鬼迷心竅，居然收了這麼兩個蠢弟子！

光那長相，就完全不符合他的審美觀。別以為他不知道，京中不少人都在背後議論，說自立國以來，唯獨這一次的狀元和榜眼長相最差；說得再隱晦，不都是在嘲笑他眼光不好嗎？

一思及此，林湛有些鬱鬱地看向顧長安，心中第九次生出一種「要是這小丫頭是個小漢子就好了」的念頭；倒不是他重男輕女，只是他教的東西到底不適合女子。

顧長安對作畫有天賦，不過走的都是野路子，有了林湛的指點，畫工飛快地進步。她畫人物的水準一般，不過在畫花魚鳥蟲還算拿手，至於在山水上，也逐漸形成自己的風格，又夾雜著一絲林湛的特色。這一絲特色並非模仿，而是將林湛的東西慢慢轉變成自己的東西，這讓林湛越發歡喜，在他眼裡，顧長安才是心愛的關門小弟子！

至於之前收的那兩個，那是一時腦袋進水犯的錯！

顧二姊從不會嫉妒自家兄妹比自己得寵，何況她對琴棋書畫只是一般喜好，而且新近開始學習製作胭脂，等過些時日便能用鮮花做些凝露之類的，放在書畫上的心思就更少了。

林湛本就不是獨斷的長輩，就是他林家本家的小輩若是不愛讀書，他也從來不勉強。所謂兒孫自有兒孫福，不外如是。

關於林湛入京，而且還住進關門弟子顧家宅子的消息，很快就傳遍京城。不過林湛對外人的性子算不上太好，他若是樂意見人，自會邀人上門；可若是貿然上門求見，說不定會被他給直接趕出門，那就丟人了。

不過他的臭脾氣可攔不住金先生這些老友，尤其是金先生，一聽說林湛這老東西居然在私下裡傾心教導自己心愛的小弟子，哪裡還坐得住？匆匆忙忙地趕往顧家，正好碰上林湛在點評顧長安的畫，頓時氣得眼睛都紅了。

「老不死的，你、你、你……」金先生氣得摀住胸口，要不是還有點理智，幾乎都想要跟他這老友打一架了。

林湛起先有些懵。他教自家小丫頭怎麼了，礙著這老不死什麼事？

不過林湛何等精明，瞬間就猜到一點端倪，最先還有些不敢相信，再一看老友氣得要爆炸的模樣，頓時忍不住得意地笑了起來。「老東西，我教自個兒的小徒孫礙著你了？你要是羨慕，自個兒回去教你的小徒孫去！」

金先生頓時被氣了個倒仰，完全忘了還要遮掩一下，內心藏了許久的小秘密當下脫口而出。「什麼徒孫？這分明就是我的小弟子，我的弟子需要你來教？」

饒是顧長安向來沈穩的性子，此時也是忍不住有些震驚。

小弟子？她什麼時候成了金先生的小弟子了？怎麼都沒人知會過她？

倒是一旁的紀琮眉眼間多了幾分笑意，連忙掩飾下去。金先生的心思很隱晦，之前他只是有所猜測，沒想到金先生居然真想要收長安當關門小弟子！

紀琮忽然有點驕傲。他的長安果然很優秀呢！

優秀的顧長安一臉懵，眼睜睜地看著自家師公跟金先生這兩位加起來差不多百歲的文人楷模，你刺我一句、我捅你一刀的，最後開始翻舊帳。

林湛惱羞成怒。作為師公，他怎麼能在心愛的小徒孫面前丟人！

「當年是哪個作畫輸給別人，哭著來找我喝酒，說要一醉方休？」

「是誰輸給了別人還不肯承認，當眾跟人大打出手？」金先生跳著腳揭短。

「是誰當年偷偷在背後說夫人太凶、弟子太蠢，人生無趣？」

「是誰喜歡……家的姑娘卻自恃身分，最後人家姑娘嫁人了才傻眼，哭得昏天暗地，說越漂亮的姑娘越是心狠，剛說完喜歡，轉頭就能嫁人？」

「你……」

「你……」

紀琮有點想走了，這兩位的熱鬧可不是想看就能看的。如果說一開始還覺得有趣的話，現在他只恨不得自己一開始就不在這裡，至少，不用擔心事後被這兩位給惦記上。

顧長安也是嘴角有些抽搐。再放任這兩位繼續互相揭短下去，恐怕那些陳年舊事都得被翻出來說一遍了。她倒是挺喜歡聽的，可就怕事後兩位長輩的面上不好看。

紀琮開口不合適，她眼珠子一轉，忽然驚呼一聲。「啊！」

林湛和金先生是真的關心她，聽她一聲驚呼，兩人都嚇了一跳，連忙回頭看她。「怎麼了？」

顧長安見他們不再繼續爭執，這才笑道：「無事，只是忽然很想吃果醬蛋糕。師公、金先生，您兩位可要嚐一嚐？」

林湛立刻道：「要多一些果醬，再配妳上回煮的那個奶茶。」

金先生原本也想要說多一些果醬，卻立刻被他後一句話給影響了。「什麼奶茶？」

林湛一看便知金先生沒喝過，得意洋洋地解釋起來。「是用一種紅茶跟牛奶做的，味道醇厚，香甜。我們長安的手藝好，入口柔順，再配上一碟酸甜可口的果醬蛋糕，絕對會讓人停不了嘴！」

金先生氣得脹紅了臉，可看向顧長安時又是滿腹委屈。

心愛的小弟子做的奶茶，他沒喝過就算了，這老不死的居然還搶在他前頭！

不能忍！絕對不能忍！

等顧長安將吃食奉上，林湛和金先生終於停戰，愜意地品嚐起來。

顧長安忽然看向金先生。「金先生，您說的小弟子是怎麼回事？」

她什麼時候成了金先生的弟子，為何她本人不知道？

「咳、咳！」金先生猝不及防，被奶茶嗆了個正著。這才想起跟林湛這老東西爭執的時候，藏在心裡的話不小心就洩漏出來，頓時老臉都脹紅了。

好不容易順過氣來，金先生頭一個反應就是先糊弄過去。就算在名氣上比不過林湛這老東西，他好歹也是大儒呢！要是被這小丫頭知道，他一直想要收她當關門小弟子，卻又一直不敢說出來，一張老臉都得丟完了。正琢磨著，一抬頭正好跟那雙清冽明亮的眼睛對上，到了嘴邊的話頓時轉了個彎，死活說不出口。

心愛的小弟子，他怎麼捨得讓她難過？

「不、不就是那麼一回事？左右妳也是個野路子，沒人教，瞧著也是可憐，我便想著勉強收妳當個小弟子，免得哪個不長眼的，看妳沒個依靠的就來欺負妳。」原本就有些牽強的解釋，最後在顧長安的笑聲中消聲，金先生的視線有些飄忽，老臉發燙。

林湛嗤笑一聲。「你可千萬莫要勉強！我林湛的小徒孫，我自個兒能護得住！用得著你瞎操心？」

金先生對上林湛從來不懼怕，當下也跟著冷笑一聲。「你成天在外瞎跑，真指望你，黃花菜都涼了！」

眼看兩人又要吵起來，顧長安連忙打斷。「金先生怎會忽然想要收我為弟子？」並非她妄自菲薄，而是實情如此，她從未聽說大儒有收女弟子的。

金先生吹鬍子瞪眼的。「不都說了，看著妳可憐。」

林湛忍不住又刺了一句。「我的小徒孫，用不著你來可憐！老東西，你若是想要收徒，那就坦蕩蕩地來，不然，我這當師公的可要替她出面了！」

金先生被他氣得頭腦發昏，嚷嚷道：「我怎麼就不坦蕩了？來，小丫頭，老夫想要收妳當關門小弟子，妳可願意？」

顧長安眼皮直跳。還真想要收她當關門小弟子？她是真有些頭大了，金先生跟自家師公是好友，她若是成了金先生的關門弟子，那她豈不是成了自家親爹和小叔的師妹了？這倒是有趣了！

林湛哈哈大笑。「我的小徒孫成了你的關門小弟子，老東西，你可想好了？往後你見了我，就要比我小一輩了！」

金先生卻是不肯再搭理他，只盯著顧長安看，等著她的回答。

顧長安心思微動，給金先生又添滿了奶茶，才笑咪咪地問道：「金先生，您只再收一個關門弟子嗎？」

收兩個關門小弟子，聽著還不錯呢！

金先生立刻明白她話中的意思，真要論資質，紀家這大小子的確算是出眾。紀家小子若是顧家人，就算這小丫頭不提，他都願意上趕著收徒，可偏偏是紀家人，這就讓他不是那般情願了。紀家那老虔婆，還有那個繼室都不是什麼東西；至於紀侯爺，尖酸刻薄的婦人養大的，能有什麼好？就這麼一家子，就算是歹竹出好筍，他也不樂意教，免得被紀家那對噁心人的婆媳給惦記上。

可是，心愛的小弟子偏偏跟這小子好。看這丫頭護犢的樣子，怕是紀家小子長大了也逃不出她的掌心；既然想要教好小弟子，這小子的確也該好生教導一番，至少讓他往後對小弟子更加忠心不二才是。

如此一想，金先生看著紀琮那挑剔的眼神倒也緩和了些。

「也罷，一個是教，兩個也是教，去倒茶吧！」金先生收起那點不情願，開口吩咐道。

顧長安看了林湛一眼，林湛微微頷首，示意他們去敬茶便是。雖說有些意外，不過自己這老友他還是瞭解的。他是個古板的性子，若非真覺得自家小徒孫合了眼緣，又有天賦，斷不可能收一個女弟子。說穿了，這老東西怕也是覺得寂寞了。

不過也是，金家如今只剩下老倆口，族裡的那些小輩又都是帶著功利心靠近他們，導致老友夫婦的性子越發古怪，他們寧可冷清寂寞，也不願意再被人那般糊弄。自家小徒孫雖然話不多，卻是個好性子又孝順之人；而紀家小子除了家裡的那點事情糟心之外，也是個好孩子，有他們時常去金家，也可以讓老友兩口子心情寬慰一些。

顧長安和紀琮見狀起身要去倒茶，金先生輕咳一聲，將裝奶茶的茶壺往前推了推。「用這個便成。」

心愛的小弟子就要到手了，再重新去泡茶多浪費時間？奶茶也是茶，沒差！

林湛真是無法再看下去。老友這德行，真該讓其他幾個老傢伙們瞧一瞧才好。

金先生不在意這些，喜孜孜地喝了兩個小弟子敬的奶茶，又將一對玉珮分別送給兩人。

「五丫頭往後每三日便去我那兒一趟，我得好生看著妳才行。」他又轉頭盯著紀琮。「至於你，不去書院時便去我那裡，不過就算在書院，該做的課業也不能放下。」

紀琮連忙應下。他知道金先生肯收下自己，完全是看在長安的面子上；不過能拜在金先生的門下，還能聆聽林大儒的教導，實乃大幸，如今他倒是成了天下讀書人嫉妒的對象。

如此，顧長安和紀琮便成了金先生的關門小弟子。金先生也說了，暫時如此，待過些時日，再知會老友們一聲，好叫他們知曉。

「至少這見面禮是要送的，到時候你們只管收禮便是。」金先生說得坦蕩蕩。這些年他沒少往外送東西，如今總得輪到他的弟子收一回了。

不是壓箱底的好東西他不收！他們要敢送不入眼的，到時候看他不說得他們沒臉見人！

顧長安不知道，自家老師已經打定了主意要掏老友們壓箱底的好東西，既然拜了師，晚上一家子總要在一起吃一頓好的。當下便拉著紀琮去了廚房，又叫上鄒氏和顧二姊，先將拜師之事說了，言明要一起做頓好的孝敬先生。

鄒氏又驚又喜。「這是怎麼說的？金先生收了妳當關門弟子？可、可……」

本想說女娃娃哪有拜師的，可是自己女兒哪兒都好，她自覺金先生收了自家女兒也絕不會吃虧，這話到底就說不出口了。然而，的確沒有女子拜師的前例，她一時間驚喜交加，語無倫次，不知說些什麼才好？

顧二姊聞言卻是高興不已。「這可是好事，是該好生整治一桌才是。小五，妳且列菜單出來，我們現在就開始準備，免得有要火候的菜做不了。」又對一旁的紀琮道：「小琮當真是好樣的！晚上想要吃什麼？你也跟小五一起列菜單，將你喜歡吃的寫上，今兒也是你的好日子呢！」

紀琮歡喜地點點頭。「謝謝二姊。」

顧長安安慰鄒氏道：「娘，老師也是閒著無事，這才願意教我們學些東西，何況我們兩家本就親近，如今不過就是關係更近一層罷了。」

鄒氏逐漸冷靜下來，這般一想，也的確是這麼一回事。原本他們家就跟金家走得近，說一句冒犯的話，她心裡是將金夫人當成自己親娘那般對待；而且金夫人也的確教導她很多，若非如此，她就連前些時日接待街坊鄰居該用什麼姿態都拿捏不好。如今兩家關係更加親近，她往後孝敬起金夫人來，便更加名正言順一些。

「是我想岔了！哎喲，可不能再說閒話了，五丫頭，妳跟小琮去列菜單，我跟妳二姊先去廚房看看有什麼？材料不齊全的話得早些出去買，不然買不著好的了。對了，可要去請金夫人？若是太晚了，家裡也有地方可以住。」

顧長安想了想，道：「讓齊山、齊海趕馬車跑一趟，也不算太突兀。」

鄒氏連忙讓甜雨去找齊山、齊海，轉頭又想起一事來，禁不住皺眉。「金先生跟你們師公是好友，你們拜了金先生為師，往後這輩分可是有些亂了。」

紀琮安撫道：「伯娘莫要擔心，老師和林大儒本不是循規蹈矩的性子，而且這輩分也是各論各的，不礙事的。」

鄒氏只是這麼一想，師已經拜了，她又不是個凡事喜歡替人做主的性子，當下也就不再多想。

顧長安和紀琮湊在一起寫好菜單，有幾樣東西空間裡有，紀琮便佯裝出去一趟。等回來的時候，需要之物已經從空間拿出來了。鄒氏等人也沒多想，在他們看來紀琮是侯府嫡長子，這點本事總是有的。

等金夫人到的時候，滿桌的佳餚已經擺滿一桌。

今天也算是顧家的大日子，菜餚準備得十分豐盛。心愛的小弟子終於到手，而且還買一送一，金先生為此得意洋洋，引得林湛心情不豫，乾脆狠下心來把人給灌醉了。然而，林湛的酒量雖然稍勝一籌，偏偏今日金先生心中高興，發揮得超乎尋常，最後兩人拚了個天昏地暗，齊齊喝高了。

原本就不是寡言之人，喝多了之後更是話多，要不是金夫人攔著、顧長安哄著，兩人怕是要大打出手了。好不容易將兩人送去歇下，等人睡著之後，眾人才擦了一把冷汗，哭笑不得。

經此一遭，大家也都累了。左右日子還長，慢慢相處便是，也不急在這一時。

一夜無話。

第二十九章　大老同行

顧長安習慣早起，第二天準時起身，先找了同樣已經起身的紀琮一同練拳，練完才去廚房幫忙準備早膳。甜的、鹹的都有，置辦了滿滿一桌。

然而，林湛和金先生昨晚喝得著實太多，壓根兒爬不起來，倒是叫人好生擔心。顧長安偷偷去看了看林湛，見他只是酒醉未醒，這才鬆了口氣，讓老陶兩口子將吃食撤下去一些，等他們睡醒了再吃也不遲。

吃完之後，顧長安沒有收拾。她對下廚沒意見，甚至如今還有幾分喜歡，但是洗碗、打掃之類的，她的的確確喜歡不起來，如今有了老陶他們，這些瑣事就不用她再擔心了。

鄒氏陪著金夫人去後院走走，顧長安幾人則是留在花廳說話。

奉上一杯清茶之後，顧錚禮有些感慨。「我就說前些時候金先生總是欲言又止的，原來是想要收妳當關門弟子。早知道如此，我們就該主動提出來才是。」

顧長安淡定地喝了一口微燙的茶水，淡然道：「無妨，往後我們自會盡心孝敬老師，何況老師那性子，我們主動與否他都不會在意。」閒時多給他做些好吃的，老師就高興了。

接觸的時間不短，顧錚禮自是瞭解金先生的為人，也知曉他雖然古板了一些，卻不是那等斤斤計較的性子。不管他們是否主動，既然成了師徒，日後自會精心教導。一日為師，終生為父，縱然金先生的年紀都可以當小五和小琮的祖父了，他們當了人家的弟子，孝敬甚至是奉養金先生也是本分之事。故此，聽顧長安這般說之後，他贊同地點點頭，不再揪著此事不放。

紀琮則是關心起另一件事情。「長安，這時節地裡已經能下種了，莊子那裡妳可還要去？」

顧長安立刻點頭。「自是要去的，原本就打算這兩天過去，不過不能再耽擱了，等師公和老師起身，與他們說一聲，若是可行，明日就動身。」

梨花村那邊來的人還要幾日才能到，可地裡面的事情不能耽擱。說來也是怪事，前幾天還有些寒冷，這天說熱就熱了起來，原本穿著正好的夾襖立即就得脫了，好在家人的春衫一早都準備妥當了。

正是因為如此，她才急著要去莊子。這幾日就該下種了，京城這邊的氣候她不瞭解，能下種還是盡快下種為好。

「老師怕是不大願意。」紀琮提醒道。他早就看出來了，老師分明就是個怕寂寞的小老頭，所以才讓長安隔三差五地多往金家去，指點學問不過是其中一個原因罷了，更多地，還是希望長安可以經常去陪他們說說話。昨天才拜師，轉頭長安就得去莊子裡待著，怕是金先生要鬧脾氣了。

事情比他們想像得要更加嚴重，一聽顧長安這兩日就要去京郊莊子，不只是金先生，就連林湛都立刻拉長了臉。

「去莊子裡？為了種那什麼葵花？那麼多有經驗的老農呢，哪裡要妳這麼個嬌滴滴的小姑娘去？妳師娘在京郊也有個小莊子，做事的都是有經驗的老人，做事盡心，實在不成的話，讓他們去幫忙做事，不用妳跑去折騰。」金先生一臉不高興。心愛的小弟子才到手一天，轉頭就要跑去京郊，那他豈不是不能經常看到小弟子了？

一直都喜歡跟金先生唱對臺戲的林湛，此時也表示贊同。「在莊子裡住不太方便，實在不成就讓妳爹跟小叔過去，哪裡用得上妳？」

顧錚禮和顧錚維。「……」

都是關門弟子，這待遇真是天差地別，感覺他們兄弟兩個特別不值錢！

顧長安知道自己不去不成，只好輕聲細語地跟兩位大老講道理、說好話。這倒是一個全新的體驗，要知道，之前就算是顧錚禮和鄒氏，也很少會干涉她的決定，所以，她基本上不需要這般哄勸長輩。不過這兩位大老是真心疼愛她，雖說有些老小孩的脾氣，她也不覺得自己被管束得太嚴。

好說歹說，林湛和金先生依然不是很高興。

最後還是紀琮給出主意。「林大儒、老師，伯父和小叔將將高中，外人皆知與您兩位有莫大的關係，若無意外，怕是他們都打著主意想要跟您兩位拉近關係呢！與其哪天被人惹煩了，倒不如去莊子裡清靜幾日。這幾日天氣開始暖和，山上、地裡的野菜也都冒頭了，正好還能出去踏青。對了，長安做的野味可好了，尤其是叫化子雞，那味道才叫絕呢！」

有什麼是一頓美食不能說服大老的呢？如果有，那就兩頓！

這些時日在顧家吃到不少美食，一聽到以新鮮的野雞做的叫化子雞，還有才冒頭的各種野菜，兩位大儒頓時口舌生津。

兩人對視一眼。「好，那我們就陪著五丫頭去莊子裡住上幾日，也好躲躲清閒。」

兩人說幹就幹，轉頭就要去收拾東西。

顧長安哭笑不得。「師公、老師，今兒太遲了，最快也得明兒一早再出發，不用急在這一時。」再說他們要一同出行的話，她還得先去安排一下。

有大老同行，總不能虧待了他們！

那畢竟是謝明珠的莊子，林湛和金先生想要同行，顧長安便讓人去謝家知會了謝明珠一聲。謝明珠聞言，起先微微一怔，可她到底是謝家精心教養出來的，很快就意識到這兩位分明是特意陪著顧長安去，當下心頭猛然一跳。

她的第一個反應，便是跟著一起去，然而在冷靜下來之後，她便知道自己這想法不可取。撇開她祖父不說，只說她身為準太子妃，眼看今年就要大婚，按照規矩，她在大婚之前都不宜出門，更何況還是去京郊莊子。而且，若是知曉兩位大儒要去京郊莊子，她便不顧身分、不顧規矩跟著去，著實太過功利。

身為準太子妃，謝家和太子的利益才是重中之重，哪怕今上對太子偏愛又倚重，可那些明爭暗鬥從未減少過，若是她行事不得當，被那些人抓住把柄，只會給謝家和太子招來禍端。

沈吟片刻，謝明珠起身去了謝老大人的書房，出來之後，便讓人直接回了顧長安，並知會莊子裡的人細心安排。最後半真半假地添了一句，說不定哪天也會得去莊子裡蹭一蹭文氣，沾沾她的光。

顧長安對此並不意外。謝明珠是個聰明人，更何況謝家還有那麼一隻老狐狸在，自不會讓謝明珠做出讓人反感之事來。

金夫人卻是不肯同行，她身子骨不算太好，若非必要，很少出京城。鄒氏和顧二姊便全力遊說金夫人在家裡住下，也免得金夫人獨自在家連個說話的人都沒有。金夫人對鄒氏和顧二姊倒是真心喜愛，何況兩家如今關係算是更親近了一層；再加上金先生在一旁敲邊鼓，她想了想便也同意下來。

次日，金先生和林湛早早起身，吃飽喝足便與顧長安一起動身前往京郊莊子。

紀琮堅持要送他們過去，顧長安點頭應了，正好路上能讓兩位大儒一同指點一番，對紀琮來說也是好事。在出門的時候，顧長安如是想著，覺得這一路上能夠吟詩作對，學一點大荊朝版厚黑學，倒也是一件趣事。

然而，剛出京城不久，現實就狠狠抽了她一耳光。

「這是什麼？」顧長安木著臉瞪著眼前之物，半晌之後才抬頭看著林湛和金先生。

她已經不知該用何種態度才行。

林湛拍了拍自己身邊的位置，笑咪咪地招呼道：「來，小五啊，來師公身邊坐著。」

金先生也連忙示意她坐到他身邊去。「正好為師可以順便教一教妳，免得浪費光陰！快來為師身邊坐著！」

紀琮嘴角彎了彎，動作輕巧卻有些笨拙地將顧長安抱上車，這才跟著跳上車轅，打算親自趕車。

林湛和金先生有些不悅地瞪了紀琮一眼。這死小子心眼多、膽子也不小，竟敢當著他們的面對自家五丫頭摟摟抱抱，簡直欠打！

兩人對視一眼，不約而同決定給這小子加些課業。年紀雖然還小，不過能力不差，既然要進官場，該學的東西就多了，早點學起來才好。何況這小子對他們家五丫頭有別樣的心思，就要處處比別人出色才行，琴棋書畫，詩詞歌賦，甚至還有武藝，哪樣都不能比人差！

抱了心愛的長安一回，耳根都有點發紅、發燙的紀琮不知道，因為這麼一抱，抱來了艱難的五年生涯。不過這都是後話，暫且不提。

顧長安被紀琮給抱上車，只有稍稍意外，卻是不怎麼放在心上。她跟紀琮私下裡本就天天拉著手，湊在一起說話，肢體上的接觸本就不少，又怎會在意這一抱？尤其此時此刻她更在意的是，為何他們要乘坐一輛驢車？

他們分明趕了三輛馬車過來，她就是不明白，為何他們要換成只有車板的驢車！

好在等驢車不疾不徐地跑動起來，發現跟馬車的震動幅度差不多之後，她才鬆了一口氣。

林湛看著道路兩旁冒出的點點嫩綠，朗笑一聲。「回來的時候太過匆忙，都來不及看一看路過的風景，這點點綠色，倒是讓人心情都覺得舒暢起來了。」

金先生比林湛更加不如。他年紀要更大一些，年輕時倒是出門遊學過，可如今卻是不喜出遠門，加上家中如今只有他們兩個老的，夫人又是身子骨弱，他便減少了出門的次數。真算起來，他已經兩、三年沒怎麼出過門了。

「久未出門，倒是覺得連心胸都變得狹隘不少。」

顧長安和紀琮則是繼續保持安靜。大老在感慨的時候，他們這些小蝦米還是不要插嘴得好。出於直覺，他們總覺得這時候要是插嘴，肯定會讓他們學會何為痛的領悟。

然而現實便是，就算他們想要保持安靜，該承受的痛還是得承受。

金先生忽然轉頭看著兩人。「以『春』和『生命』為題，做兩篇文章，賦詩十首！」

顧長安嘴角抽了抽。做文章的話，她只當是寫作文；可是賦詩，她這些年就光顧著練字、作畫、賺錢了，背詩她完全沒問題，賦詩的話嘛，希望到時候自家老師的心臟夠堅強。

午膳吃了些家中帶來的東西，好在味道都不差，又是挑選冷熱皆可食用的。尤其是醬牛雜和醬牛肉，夾著冷燒餅，味道也夠好；素包子和流沙包很得顧長安和紀琮的歡心，不過兩人一邊吃，還得一邊看著兩位大老，不能讓他們吃太多。

都一把年紀了還不知道忌口，一合胃口就不管不顧的，好比林湛，回京不久已經至少三次撐得人不舒服了。

顧長安暗嘆，可以預見未來當「保母」的艱難生涯。

莊子的管事知曉來者是當世大儒林湛和金先生，一得知消息之後就心驚肉跳。

林大儒啊！那可是皇子、王爺們求見都不一定能見得到的人物，更別說他這等身分之人了，那壓根兒就是連想都不敢想。

他從未想過，竟是有機會這般近距離地見到林大儒！

至於金先生，林大儒的風采著實太盛，一時間管事還真想不起來。

好在金先生不是那等小肚雞腸之人，這些年來，有老友在自己就會被人忽視這種事情沒少發生，何況也不是他一人經歷過這事情，又何必在意？

次日清晨，紀琮便匆匆離去。他耽擱的時間有些久，積累了不少事情需要處理。而且他搖身一變成了金先生的關門弟子，還有林湛時不時地指點，如今在京城已經傳揚開來了，紀家那邊需要一個交代，後續的小麻煩也得儘早解決才行。

顧長安沒留他。最近紀琮連書院都是隔三差五地去，可不能再這般下去了。

送走紀琮，顧長安先去地裡巡視一圈。葵花種子這兩天就能送到，上回過來後，地裡都重新翻整過，等種子一到便可開始栽種。

見沒什麼其他事情，顧長安便揹著弓箭，拿著一把長柄砍柴刀上山。這時候野物肥美又多，不一會兒便打了兩隻野雞，撿了一窩野雞蛋。她沒在山裡逗留，回了莊子便讓廚房將野雞清理好，一隻燉湯，又殺了一隻雞，跟剩下的那隻野雞一起做了叫化子雞。

其實，她個人更喜歡用家裡養的雞做叫化子雞，裡面得多點油花才好吃，尤其加糯米的時候，油少了，味道就不夠了。不過兩位大老明言想吃野味，她就用野雞做了一個。野雞的油水少了點，不過味道的確更加鮮美，也更加適合「老年人」食用。

林湛和金先生一早就起來了，或許是因為昨日坐了一天的車，今日早起有些沒胃口，只吃了一碗清粥便打發了早餐。等顧長安的叫化子雞做好的時候，兩人正好從外面蹓躂回來。

「這個不錯，五丫頭，妳閒著無事時可多做幾回。」只有三人用膳，林湛自然不需要端著架子，乾脆用手拿著吃。啃完了一根雞腿和一隻翅膀之後，才愜意地喝了一口果酒，對這吃食表達充分的滿意之情。

金先生表示贊同。「雞肚子裡塞的這些東西也不錯，尤其是這蕈子和糯米，明明看著有些油，吃下去卻是半點不嫌膩。我看一天也不要多，中午、晚上各一隻就好。」

顧長安滿頭黑線。「兩天吃一隻就好！」再好吃的東西，成天吃也會膩，何況他們的年紀也不適合頓頓都吃肉。尤其是糯米，偶爾吃一頓也就罷了，吃多了他們哪裡能消化？

金先生和林湛顯然有些不滿。「至少得一天一隻，兩天一隻不夠吃。」

顧長安不跟他們爭辯。左右過兩天她也得開始忙起來了，白天得處理地裡的活，晚上還得看書、練字、畫畫，哪裡有工夫上山？

午後小憩片刻，顧長安先跟管事說了一聲，要了一塊試驗田。再將自己帶來的一包葵花種子一分為二，一半用四十度左右的水泡過，另一半則是直接播種。她不是第一次種葵花，卻是第一次在北方種。南北的氣候、溫度、土壤全然不同，左右還有點時間，便先試試哪種方法更加合適？

林湛和金先生閒著無事，便換了一身衣裳跟著她下地。

「直接種下去就成了？一個坑裡放幾粒種子？」負責放種子的林湛問道。

對待大老，顧長安的耐心十足。「放一粒就好。」她的種子好，這都是她經過篩選之後留下最為飽滿的種子，發芽率不錯。當然，也是因為地太多，送來京城的種子怕是剛剛好，而且也有另外整了一塊地出來，那裡也會種一些，萬一有不發芽或是死了的，就試著移栽補苗。

林湛不繼續追問，他對這些事情不算陌生，至少知道個大概，可是親自動手的次數不多，尤其是這葵花他以前連見都沒見過，自是不知道這分寸該如何拿捏？

「老師，水少灑一些，這地原本就已經灑過水了。」顧長安以眼角餘光看到金先生那大開大合的澆水姿勢，忍不住眉頭都在跳。就她老師澆水的分量，種子不被沖走就算走運了。

林湛嘲笑道：「最簡單輕鬆的活計都給你留著了，連水都澆不好，我看你是老到手腳都不便利了吧！」

金先生反唇相譏。「總好過這麼多年，連盆花都養不活之人，我可是聽說就連竹子都被你養死了。」

林湛輕蔑地冷哼一聲。「養不活又如何？我想賞花時，讓我弟子和徒孫去種！」

「難不成我沒弟子了？」金先生不甘示弱。

林湛將種子放在坑裡，不疾不徐地往他心窩子裡捅刀子。「你弟子是我徒孫，按道理，連你都該來孝敬我！」

金先生氣得差點將手裡的水勺砸在林湛的腦袋上。他就知道這老王八不是什麼好東西！

金先生嘔得要命，偏偏心愛的小弟子是真得他心意，他實在是捨不得因為林湛這老東西，就放棄小弟子。原想著看在小弟子的面子上，這老東西只要說話不過分、不拿輩分來說話，偶爾爭執他都可以退讓一步；卻不想，這老東西居然真拿輩分來說話！太欺負人了！

金先生立刻就不幹了，水勺一扔，捋起袖子就要跟林湛一決勝負。

「來來來！姓林的，今天我不打掉你那口狗牙，我就不姓金！」

林湛哪裡肯認輸，也捋起袖子往前衝。「說大話也不怕風大閃了舌頭！就你那老胳膊、老腿的，我讓你一隻手都能揍得你滿地找牙！」

「來啊，誰不上誰是慫蛋！」

「誰怕誰？」

……

顧長安滿心疲憊。兩個大老明明是文人，為何不打嘴仗，反而要捋袖子真人上陣？說好的文人都文質彬彬，喜歡以理服人呢？

好不容易熬到晚上，完成金先生和林湛兩人交代的課業，顧長安才回房歇下。直到此時才長出一口氣，這一天過得真是心累到極致！

一放鬆下來之後，立刻就覺得困倦起來。陷入黑甜夢鄉之前，只來得及想紀琮回紀家之後，那個是非不分的紀侯爺會不會找他麻煩？

事實上，她眼中那個是非不分的紀侯爺，晚上還真叫了紀琮去書房。

「父親。」紀琮一板一眼地見禮，並未因為自己拜大儒為師而對紀侯爺有半點不恭敬。

紀侯爺仔細盯著他看了半晌，確定自己這個長子的確還如以往那般敬重他，這才臉色稍緩。

「聽說你拜了金先生為師？」剛消散一些的怒氣立刻又生起。兒子拜師，他居然是從別人那兒聽說的！

這孩子，是不是壓根兒不像表現出來得那樣？他是不是其實一直都在記恨他？

紀侯爺雖然一把年紀了，卻是做不到喜怒不形於色，心中如此懷疑，面上立刻就顯露了幾分。紀琮看得真切，只覺得這樣的紀侯爺實在是讓他噁心透了；然而，面上卻是半分不顯，反而露出一絲歉疚的笑容，態度極為誠懇地應道：「是的，父親。」

不等紀侯爺拉下臉，紀琮繼續解釋道：「父親，原本此事合該先回府與您商議一番再做決定，只是當時形勢大好，孩兒擔心錯過時機，再想要拜師就難了。這才壯著膽子，沒稟告父親一聲，便擅自拜了師。孩兒知錯，請父親責罰。」

紀侯爺冷著臉盯著他看了片刻，見他的確是一副認錯的模樣，這才稍稍緩和表情。「責罰就不必了，不過你倒是說一說，為何不曾派人回來說一聲？」

最重要的是，他可是拜金先生為師，而且林湛大儒也在場。若是紀琮能提前讓人回來說一聲，他這個當父親的，也可以到場給他撐腰不是？若是他在場，他豈不是就能跟林大儒有來往了？這孩子，到底還是年紀太小，這些年也沒個人教，做事就是不夠周全！

如此一想，紀侯爺對紀琮依然是有些惱火，不過同樣地，對造成紀琮做事不周全的罪魁禍首——紀老夫人和繼夫人——也有些遷怒。

若非那對婆媳這些年處處打壓長子，又在他跟前搬弄是非，他又怎會忽略了長子？若是沒忽略長子，這些年帶在身邊仔細教導，長子至少會比現在出色多了！

紀琮對紀侯爺何等瞭解，只稍加揣摩，立刻就猜到他的心思，心裡是說不出的煩膩。在這件事上，他一直覺得應該感謝紀老夫人和繼夫人才是，不然他若是真被紀侯爺帶在身邊親自教導，他必得長成拐瓜劣棗了。真那樣的話，他又怎有機會認識長安？

心中如何想不說，紀琮面上依然老實誠懇。「父親，您也知道孩兒跟顧家人有些關係，說來也是孩兒走運，金先生說要收弟子時，孩兒當時也在場。顧家人為孩兒說了情，金先生的性子古怪您也是知道的，他當時鬆口肯收下孩兒，卻極有可能一轉頭就不願意了。所以孩兒左思右想，這才大著膽子沒來告訴您，就擅自拜了師。」

紀侯爺想著金先生肯收下這孩子，多半原因恐怕還是看在紀家的分上，如此想著，紀侯爺也就安下心來，不過該敲打的還是得敲打。「往後但凡是這等大事，你都該事先派人來說一聲，不然我擔心你做事不夠周全。就好比拜師之事，只是私下裡敬茶，說出去又有幾人知曉你是金先生的關門弟子？何況我們紀家的嫡長子，該有的排場也得有，你且等一等，我讓管家安排下去，過些時日再正式給金先生敬茶、磕頭，屆時該請的人都得請了，不能差了禮數。還有，林大儒既然當時也在場，到時候拜師時，也該請林大儒一同過府才是。」

紀琮心中冷笑一聲。他這個父親啊，別的本事沒有，這想當然的本事倒是一年比一年強。什麼拜師禮，說穿了還不是想要將金先生和林大儒請到紀家，到時候好讓人知曉他紀侯爺的面子夠大！只要能將林大儒請到紀家露個臉，滿京城的還有幾人敢在背後說他？說不定都得巴結著他，以期能夠有機會得他幫忙，再與林大儒碰面。

罷了，左右他的算計也不可能變成現實，就由著他琢磨去吧！

「父親，暫時怕是不成。林大儒和老師跟著長安去了京郊莊子小住，一時半刻怕是不會回來，這也是為何孩兒昨日沒能回府的緣由。孩兒想著，既然拜了師，總要在老師跟前多露露臉，便將老師和林大儒送去京郊，今天早上才趕回來。」

紀侯爺的算盤落空，不免有些不悅。不過想起林湛和金先生的身分，以及因為他們可能給他帶來的好處，到底沒有發作，只不過他也沒了跟紀琮說話的興致，擺擺手示意他退下。

紀琮識趣地離開，微垂的眼中帶著濃濃的譏諷。

顧長安從山上下來的時候，正好碰見梨花村的人到了。

「五丫頭！總算是見著妳了。」從梨花村來的人有三個，都是顧長安熟悉之人，說話之人，正是林六叔。

說起來，當初林六嬸被顧二叔和顧二嬸買通，偷了作坊的方子和調味料，想要賣給縣城的富貴酒樓，最後被識破。林六叔家裡除了林六嬸之外都是老實人，可村人依然遷怒到林六叔家，不許他家的人去作坊做事。

每家每戶都有人在作坊做事，每個月的收入至少有幾百文，收益好的時候，加上獎金之類的，差不多能超過一兩銀子。唯獨林六叔家沒有資格去作坊，眼看村裡家家戶戶都開始富裕起來，只有他們家還是跟從前一樣，一對比之下，誰能受得了？

所以慢慢地，林六嬸在家裡的日子就不是那麼好過了。沒了林六叔的縱容，她就沒了底氣，被她視為依仗的兒子對她更是冷漠，她怕兒子們等她老了都不肯養她，哪裡還敢鬧出什麼問題？

林六叔和林家的兒子們雖然羨慕其他人，卻從未表現出不滿，反而更是沈默地幹活，顧長安開始大量種植葵花的時候，就讓林六叔和他家兒子們一起來幫忙做事。

林六叔也是老把式了，摸索著把地裡的活都打理得妥妥當當，在種植葵花方面成了一把好手，所以這一次找村人入京時，她便讓林六叔親自過來一趟。

林六叔看著顧長安的眼睛都在發光。他從來沒想過，自己居然能有來京城的一天！哪怕是來京城種地的，可也是來京城啊！這都是沾了五丫頭的光呢！

顧長安淺淺一笑。「林六叔，你們總算是來了！路上可遇到麻煩了？趕路累壞了吧？」

林六叔摸摸後腦勺，憨憨一笑。「沒遇上麻煩，我們是跟著商隊來的，商隊裡有鏢師，一路上安全著呢，趕路也不累！」

顧長安笑了笑，又跟另外兩人打了招呼。「袁叔、李大哥。」

袁叔自然是袁大，而這李大哥，卻是村長李山的長子，李誠。當初給了村長一點甜頭，讓次子李慶進作坊當了個管事，有陸九的教導，李慶還真成長起來，果真成了個出色的管事。至於李誠，村長原本想將他當成自己的接班人培養，事實上，李誠的天資也的確不錯，若無意外，他的確會成為梨花村的下一任村長。

然而，梨花村已經不同以往。李誠在看到梨花村的變化之後，慢慢地就有了更多的心思。只困在一個地方看到那一片天地，顯然已經不能滿足他的野心，他想要走出梨花村去看一看，想要經歷更多的事情。他做任何事情都很盡心，所以這一次除了林六叔列為入京人選之外，李誠的努力最終也讓他得到了這次機會。

這些事情顧長安卻是不知，都是事後袁大跟她說的。

將人安頓下來之後，顧長安開始檢查運送過來的種子。種了多，她又察看得仔細，等袁大睡醒過來找她的時候，她還在院子裡翻看種子。

「五姑娘。」袁大先見了禮，他跟李誠他們不同，如今還是顧家的下人。

顧長安點了點頭。「袁叔，坐著說話。」

袁大道謝之後依言坐下，道：「這些種子都是挑選最好的，也幸虧您知會得早，不然都該下種了。」

顧長安沒接下這話，又問起梨花村的事情。

袁大提前過來，也是為了跟她說一說這事，便先從重要的開始，將鄒生和林氏兩人的事情先說了。

「老太爺和老夫人身子骨都不錯，老太爺每天跟著下地，腿腳好，吃得也不少，時不時便請大夫給老太爺診脈，大夫說老太爺這身子骨已經養回來了，往後注意著些，由著老太爺下地也無妨。老夫人的身子也不差，大夫說老夫人吃喝上精緻了，又時常去作坊裡做事，還有人陪著說話，心情好了，身子就更好了。

「茅先生前些時候受了風寒，時好時壞的，拖拖拉拉了一個月才好。林大夫禁了茅先生一個多月的酒，可把茅先生氣壞了，嚷嚷著要跟林大夫絕交。

「作坊裡的生意還是很好，最近都在做筍乾生意，來批發的商販也有不少，不過來買豆腐乳的人就少了一些……」

零零碎碎說了一大堆，最後遲疑了一下，到底還是開口道：「顧老二回過村裡，說是要找大老爺。」他原本是想要說二老爺的，只是想起當初顧二叔做的那些事情，覺得自家五姑娘壓根兒就不想跟顧二叔扯上關係，話到了嘴邊還是改了口。

顧長安自是不將顧二叔當成親人，道：「他這是過不下去了？」

袁大點點頭。「是。那張麗娘哄著他出去賺錢，他運氣時好時壞，又去賭過幾回，最後沒輸光反倒是贏了一些。那張麗娘便又跟了他一段時日，等他運氣差了、壓根兒拿不出銀子，張麗娘便帶著孩子跟著孩子的生父跑了。顧老二差點氣瘋了，這才想起自己還有兩個兒子。身上沒有銀子，就回了梨花村，說是要找大老爺幫忙找回自己的兒子。村長和族老把人給趕了出去，也沒人告訴他，他兒子跟著他原本的婆娘改嫁去了何處。」

顧長安眉頭微蹙。這顧老二也是個麻煩，得儘早解決了才好。

袁大等她回過神來之後，才繼續道：「顧老二的婆娘沒有回來過，不過年節的時候，她卻是託人送了點野物回村裡，說是分給村人嚐嚐味道，東西不多，不過各家各戶都分了一點，也是那麼個意思。我來之前聽說村長婆娘在鎮上碰到她，說是看著氣色不錯，也不像以前那般鑽營了。」不過性子依然很潑辣，敢在她身上占便宜的，都會被她罵得抬不起頭來，這話就不用跟五姑娘說了，髒耳朵。

顧長安對此不置可否。顧二嬸有這樣的結局其實挺不錯的，只聽袁大形容的，顧二嬸的日子過得應該很舒心，這就足夠了。

過去種種已經沒法子再改變，顧二嬸給他們添堵的次數雖然不少，可是對顧錚禮和顧錚維來說，她給的傷害並不大。不過這些都已經無所謂了，以後也不可能再有交集。

「食肆裡生意還不錯，我那婆娘最近又琢磨出幾樣新吃食，賣得都不錯。對了，前些時候羅貴羅老闆又來了，給您帶了不少種子，錢已經付了，種子也都給您帶過來。」

顧長安聞言倒是一喜，連忙讓他將種子拿出來一一看了。別的不說，其中一種碗蓮的種子倒是不錯，回頭種出來了，可以給師公和老師一人送上一份。

將這些種子都收起來之後，她才跟袁大說道：「讓他們過來是為了種植葵花，你這回過來可是想看一看京城的生意門路？」

袁大嘿嘿一笑，道：「都瞞不過您！京城這邊我們一直都沒能伸進手來，這麼大一塊肥肉，著實讓人不甘心。」

顧長安淡淡掃了他一眼。袁大的野心她自然知道，只不過袁大這點野心都只放在擴大生意上，其他方面依然還是當年那個憨厚老實、差點被親人逼死的袁大。所以他的這點野心，顧長安還是很放任的。

「你打算如何？」

袁大聞言就知道自家五姑娘是默許了他的野心，嘿嘿笑道：「最好在京城也辦一個作坊，您還能就近指導。京城這些人還是挺喜歡吃的，先前豆腐乳就數京城這邊賣得最好。」

這話倒是不假，顧長安也覺得京城這邊愛吃的人多。不過這也正常，京城有錢有權的人多，願意花在吃喝上的人更多，若是真在京城這邊辦個作坊，說不定生意還真能不錯。

「等地裡的事情處理完之後，你可去京城到處看看。是不是可行，你自行與作坊其他人商議便是。」顧長安擺擺手，完全放權下去，壓根兒不打算去操心這些。

袁大也不拒絕，傻笑著應了。

林六叔他們到的第二日開始，莊子上下就開始忙碌起來。林湛和金先生原本就是打算去跟著看看，最後卻是沒忍住跟著一起下了地。

下種並不繁瑣，只是有些累人。哪怕是分工合作，光是不停地重複彎腰、起身這一個動作，就讓人累得連腰都直不起來，又痠、又脹、又疼。

上百個人幹了足足三天，才將這些地全都種完了。

等種完地後，袁大就先入京了，想在京城辦作坊有不少事情要做。

顧長安的日子空閒下來，便每天早起練拳，還有幫兩位大老做早膳。每天都得換新花樣，不換兩位大老就會給她臉色看，最過分的便是公報私仇，給她加重課業。

最讓林湛和金先生覺得生氣的，他們兩個都擅長作詩，可偏顧長安偏偏是一個聰明、作詩卻亂七八糟的小輩，哪裡肯輕易放過她？

「師公、老師，我真的學不好！不如我多練練字，我覺得我寫的字還是不錯的。」顧長安很認真地跟兩位大老商量。

林湛其實已經有些放棄了。自家小徒孫的天賦在吟詩作對上真的不多，只是一聽她直言放棄，還是忍不住瞪眼。「我們兩個一起教妳，難不成還教不好？」

金先生更是氣得吹鬍子瞪眼。「過些時日等妳回京，多的是那些姑娘、夫人請妳們過府小聚。吟詩作對一定會有，難不成等到那時候，妳也拿出這種詩詞給人看？」

顧長安不以為意。「我又不想跟人比這些；再說，她們想要跟我比詩詞，我就要聽她們的不成？」

金先生被氣了個倒仰。「不比詩詞，到時候妳打算跟人家比什麼？」

顧長安認真考慮了一下。「若是非得要比的話，那就比比拳頭吧！說起來，我的拳頭還是挺出色的！」

金先生。「……」

饒是名滿京城、脾氣古怪、嘴巴出了名得毒的金先生，在這一刻竟是無言以對。他還能說什麼？

顧長安卻以為金先生看著她的那眼神是在懷疑她，左右看了看，隨手抓來一旁從山上砍下來、用來練棍法的木棍，不沒見她用力，嬰兒手臂粗細的木棍，竟是生生被她捏成碎末！

金先生和林湛頓時倒抽一口氣，雙眼發直，愣愣地看著她的手。

顧長安見他們沒反應，想了想，又去撿了一塊青石回來。這種石頭堅硬，磨平整了用來做石凳子，可以用上很多年，少說有百來斤的石頭，就這麼輕易地被她拿了進來，林湛和金先生眼睛都瞪大了。

然後，在他們的震驚中，她使出輕輕的一拳，原本堅硬的青石頓時就被打成碎石塊，掉了滿地！

顧長安不忘問自家師公和老師。「師公、老師，她們若是非得讓我作詩，那我就跟她們比拳頭，您兩位覺得我這拳頭如何？」

金先生摀住胸口。他的一顆老心，也快要跟著這青石一樣碎滿地了！

跟飯桶一樣能吃，力氣大得不像人。

金先生的心一抽一抽地泛疼。心愛的小弟子這般往後怎麼嫁得出去啊？

林湛知道顧長安的力氣大，跟自己關門弟子書信往來的時候，顧錚禮最喜歡說的便是這五丫頭；至於飯量大這些事情，顧錚禮自是不會說，不過力氣大這話題，還是偶爾會提及。

然而林湛卻是不知道，顧錚禮所描述的那個顧長安，完全就是他戴著厚厚濾鏡去看的顧長安，所以，他當真不知道，顧錚禮一句「力氣有些大」，其實是力大如牛！

親眼看到自己心愛的小徒孫一拳碎大石，林湛也忍不住眼皮直跳。

金先生好不容易穩住心神，看著心愛的小弟子，破天荒地有點結巴。「其、其實比作詩輸了也沒關係，拳、拳頭的話，還是莫要拿出去跟人比才好。」

比什麼比！她的拳頭比漢子還硬，真要在那群嬌滴滴的姑娘家前拿出來顯擺，怕是要嚇壞不少人。

最重要的是，這模樣要是讓那些夫人們看到了，自家心愛的小弟子往後還怎麼嫁人？

林湛擔心的是，自家小徒孫這把力氣，萬一跟人有個爭執、動起手來，她會不會一不小心就把人給打死了？

顧長安聽了兩人的擔憂，木著臉半天沒說話。

她能說什麼？說老師的擔憂是多餘的，因為紀琮一早就把聘禮和訂情信物給她了？還是說師公的擔心更多餘，因為她不會跟人起爭執，一不小心把人給打死？

不過因為她的力氣大，之前非要她學會作詩的話題終於略過去了。金先生在冷靜下來之後，表示自己不會再堅持讓她繼續在詩詞歌賦上下苦功了，這東西也得看天賦、看靈性。顧長安是有天賦，可是她對這些本能地抗拒，再有天賦也不可能有靈性；何況顧長安只是個小姑娘，他們兩個疼愛她都來不及，何必逼著她去學自己不喜歡的東西？

顧長安也是鬆了口氣。她都快覺得做繡活是件輕鬆的事情了，好在如今師公和老師都不再拘著她，整個人都放鬆下來。有鑑於師公和老師的放任，她第二天早起練拳之後，給兩人做好早膳在廚房溫著，便換了衣裳去山上，打算今天多打點獵物，再好好做一頓吃的，也好拍拍馬屁。

第三十章　太子

等顧長安拎著獵物下山的時候，敏銳地察覺到莊子似乎有點不一樣。遠遠地就瞧見大門口似乎有人站著，面生，而且很警覺。她只多看了兩眼，對方立刻就朝她看了過來。

「顧五姑娘？」

等走近了，顧長安才看清這兩人的模樣。二十來歲的年紀，長相算得上出眾，眉宇間帶著幾分厲色，一舉一動還帶著幾分貴氣。雖然是在詢問她的身分，不過神態倒是帶著幾分篤定，想必早就知道她是何人，只是按照慣例問上一句罷了。

顧長安微微頷首。「你們主子什麼時候來的？」

兩人眼底閃過一抹錯愕，卻沒有追問之意，只道：「剛到。我家主子吩咐過，等您來了，勞您去林大儒的院子一趟。」

顧長安點了點頭，進門後將手裡提著的獵物交給在一旁候著的管事，吩咐了一聲。「告訴廚房，我早上做的東西可以送過去了，把我裝果醬的小罐子也拿著。」

她早上出門的時候做了蒸蛋糕，這邊廚房的人對她做的吃食不會擅自拿動。這時候蛋糕早就涼了，待會兒抹上果醬吃味道也一樣好。

管事連忙應下，又問了這獵物要如何處置？得到準確的回覆之後，這才轉身去了廚房。

顧長安則是先去洗了手臉，又換了一身衣裳，才去林湛的住處。

等到了林湛的住處，便看到林湛、金先生正與一個青年坐在一起說話。

青年長得俊朗，又帶著天生的貴氣，眉眼含笑、目光清正，看著人的眼神倒也和善。初見一面，讓人覺得是個不錯之人。

「這位便是顧狀元之女，顧家五姑娘了吧？」青年看到顧長安，眉眼間多了幾分笑意，主動開口道。

顧長安朝林湛看了一眼，見他神色平靜，也沒讓人特意給她留口信，便知曉他是什麼態度。當下只是微微一笑，上前見禮。「太子殿下。」

若說到了大荊朝讓她最厭煩的，便是見誰都得見禮，動不動就得勞累她的膝蓋。可封建制度之下，眼前這位便是一人之下、萬人之上之人，她就算再不情願，也只能給人見禮。

好在這位太子殿下，看在林湛和金先生的面上，不可能真讓她跪實了，連忙起身去扶。「顧五姑娘快快免禮！」

饒是顧長安年紀小，太子殿下也只是輕輕碰到她的衣袖，立刻又收了回去，既表現他對顧長安的看重，又體現他的風度，倒是讓兩位心疼小丫頭的大老對他滿意了兩分。

「聽說五姑娘去山上打獵了？」太子笑著問道。

顧長安應道：「是。師公和老師喜歡吃野味，我便去山上打兩隻野雞，正好讓老師和師公補補身子。」

太子感慨。「五姑娘是個有孝心的。林先生、金先生，你們有福。」

算起來林湛跟今上有半師情誼，偏偏他又教導過太子，這輩分可不好算。故此太子就算將人當成自己的恩師看待，在稱呼上卻只能做些變動。

林湛笑道：「太子此言，我就受下了。」

金先生也表示贊同，言詞中更是帶著幾分得意。「正是如此！心愛的小弟子，怎麼可能差了！」

兩人的態度倒是叫太子有些意外。他剛才的話多少帶著幾分吹捧，說穿了就是投其所好的誇獎幾句罷了，卻沒想到這兩位居然就順勢應下了，可以想見，他們對這小姑娘是何等滿意。

這倒是讓他對這小丫頭更添了幾分好奇。

顧長安並不知曉太子的來意，不過左右也越不過自家師公去。要說讓她覺得意外的事，原本以為太子會早些時候過來，倒是沒想到他居然能熬到現在才出現。

太子雖然對她好奇，卻是將更多心思放在林湛和金先生身上。除了做學問之外，兩人對官場上的事情同樣很清楚。林湛常年在外遊歷，對大荊朝各地的民情也有所瞭解，甚至他去的地方有哪些貪官污吏，也都知曉一二。這些事情他都會毫無顧忌地說給太子聽，說這些事情時態度很是客觀，最後也會仔細跟太子分析，哪些人暫時動不得，哪些人是可以動的；哪些人屬於什麼陣營，誰是無法拉攏、誰又是可以嘗試著去拉攏一下的。

顧長安只在一旁安靜聽著，不一會兒便意會了。太子殿下不愧是今上最為看重的繼承人，事實上，太子說的一些東西她壓根兒就沒想到，就算想到了也不如太子那般周全。

這也難怪，哪怕她所在的世界是個資訊大爆發的時代，想要學習任何知識都很方便；但是，她原本就只是個升斗小民，能養活自己，有吃、有喝、有閒，還能到處找各種美食，這已經是她盡力而為了，又哪裡比得上自小有最為頂尖的人物全力教養出來的太子？她能夠跟得上他們的思路，就已經算是難得了。

到了這時候，顧長安才深刻體會到自己跟別人的差距到底有多大。她之所以可以帶著家人過上如今的好日子，說穿了也是她接受的教育，以及那個時代帶給她的諸多便利。她其實並沒有多少身為穿越人士的自傲，但是不可否認，就算不自傲，她跟這個時代的女性在本質上還是有些區別——更加會審時度勢而已。

直到這一刻，她才慶幸自己做事不張揚，而且也從未看輕過古人，不然，今天這臉就得打腫了，雖然現在也有那麼一點疼。

太子的視線忽然落在她身上，笑著問道：「清一和小琮常言五姑娘擅長經商，這士農工商，五姑娘明知商處於最底端，為何又將心思都放在經商上？」

顧長安拉回有些跑遠的思緒，聞言也只是靜靜地回視太子，神色淡然。「為了填飽肚子。」

太子聞言先是一愣，隨即忍不住輕笑出聲。「五姑娘直言盡意，倒是叫我好生意外。」

顧長安知道太子本意並非想聽她說這些，若是在她拜師之前，她想她應當會裝傻充愣，將此事敷衍過去便是。可事實上，她如今是金先生的關門弟子、林大儒的徒孫，不管是他們兩位，還是顧家，甚至是她極為在意的紀琮，都只會與太子綁在一起，既如此，她便沒必要太過藏拙。

她想了想，道：「為了填飽肚子這話，不是敷衍太子殿下。前些年我們家裡窮，小叔考中了秀才之後，便無力繼續求學，又因為一些前塵舊事，小叔只能回村裡種地。我哥他們都想要唸書，卻是沒有機會去學堂，家中傾盡全力也只能供得起一人，他們有心向學，卻只能在家裡由我爹和小叔教導。我那時候受了點傷，抓藥的銀錢還是鄰居叔嬸借的，到了那境地，想要不受凍、想要吃飽飯，只能想方設法賺錢。種地賺錢慢，還得看老天爺是不是賞這口飯，無奈之下，只能選擇做點小生意。」

太子三人自是知道顧家以前的日子不好過，只是具體情況卻是不知，聽顧長安平靜道來，三人的感受各有不同。林湛和金先生自是心疼不已，而太子在最初的錯愕之後，看著顧長安平靜的模樣，竟也多了一絲心疼。無關情愛，只是覺得這麼個小孩子說起過往的苦難竟能這般淡然。

太子覺得，大概是聽明珠他們說得多了，難免也將這小丫頭當成自己妹妹看待了。若是有人知曉此時太子心中所想，怕是要大吃一驚。就是對自己同父異母的弟弟、妹妹們，太子也從未有過任何感情，更不曾把他們當成自己的親人看待；倒是一個剛見面的小丫頭，居然讓他多了一絲身為兄長的感覺。

顧長安不在意這些，繼續往下說：「等我們家日子好過起來，村人難免會開始說三道四。當年村人對我們家有恩情，除非我們家不管不顧地離開，不然，總得想法子解決。左右在村裡辦了作坊，家裡也可以受益，所以順勢就辦了作坊。那時候紀琮在平安鎮，作坊裡的東西製成之後，想著給紀琮的舅舅送點年禮，順便跟著商隊把東西往北方送；若是能打開市場，也能讓村人掙得多一些，這一來二去的，生意就開始做大了。

「所以，當初選擇做生意，無非是最初的形勢所迫，到後來的順勢而為。作坊裡都是用當地的東西做的醬菜之類的產品，再運往北方，如此，北方的百姓可以嚐到南方的吃食，而村民、商販也能掙到錢。再將北方的東西往南方販賣，北方的百姓、商販也能掙到錢，同樣地南方百姓也可以品嚐到北方的吃食。南北互通有無，不管是彼此還是中間的商販又都能掙到錢，一舉數得。同時，商販得到的利潤多了，上繳的稅收也就跟著多了。」

而上繳的稅收多了，國庫自然會跟著充盈起來；國庫滿了，國力也就強了。對陣外敵時，底氣足了，實力也會跟著提上來，哪裡還有不勝之理？這便是經商帶來的好處！

顧長安知道太子想要聽的是什麼，乾脆直接將自己的想法說個清楚，雖然說得並不全面，然而想要表達的意思卻是一清二楚。

太子又驚又喜，看著顧長安的眼神立刻變了。

他就算對顧長安的經歷有那麼點心疼，可真沒想過她能給他多大的驚喜。她的這一番話雖然過於直接，卻正合他的心思，當下臉上便多了一絲讚賞，道：「所以，以五姑娘之見，商賈的價值很高？」

顧長安直直地看著他，坦然道：「士農工商，哪一種都不可或缺。農為根本，商人逐利卻能帶動經濟發展，繼而讓國家變得強盛，至少商賈不是卑賤的存在。」

「的確，缺一不可！」太子輕笑一聲，又對林湛和金先生誇道：「先前我不明白，如今卻是懂了為何兩位大儒願意親自教導了。有大局觀，光這份見識就夠讓人驚豔！」最後還感嘆了一句。「原本我以為明珠就算是女子中的佼佼者，今日得見長安，才知道在這方面，明珠也不如妳！」

顧長安滿頭黑線。「我比不上明珠姊姊。」

她跟謝明珠本就不能放在一起做比較，她還以為太子殿下挺可靠的，沒想到性子居然有點跳脫。幸虧屋子裡就他們幾個人，這要是被外人聽見了，不知道會被傳成什麼樣呢！

太子先是一愣，隨即哈哈大笑。「其他方面，妳明珠姊姊自然是不比妳差！」

顧長安在心裡翻了個白眼。就算他們感情好，也不用戳她刀子吧？

不過太子這麼一說，之前那點尷尬頓時就煙消雲散了。看太子可以當著外人的面不吝嗇地誇獎謝明珠，想必對謝明珠是真的有感情。

當然，她也沒錯過太子對她的稱呼，從最開始的「五姑娘」變成「長安」了。她倒是想要說他們沒那麼熟呢，然而，事實就是太子無論叫她什麼，她都只能受著。

好在太子不是那等促狹之人，笑道：「妳與明珠交好，明珠家裡也沒個親姊妹，是真心把妳當成親妹妹看待的，如此算下來，妳也算是我的妹妹了。」

顧長安嘴角抽了抽。這話叫她怎麼接？

好在林湛捨不得自己的小徒孫吃虧，不太高興地敲了敲桌子。「這話放在私下裡說說也就罷了，煩勞太子殿下莫要在人前說，免得給五丫頭帶來麻煩。」

太子有些受傷地抱怨。「老師有了小徒孫就不疼我了，叫人好生傷心。」

林湛一臉嫌棄，懷疑當年自己的眼光怎會那麼差，居然把這小子當成天才，精心教導了那麼些年。這不著調的性子，跟他父皇真是一模一樣！

顧長安也是暗自鄙視。這輩分又亂了！口口聲聲說把她當成妹妹看待，轉頭又叫她師公「老師」，這分明就是在占她便宜，明明之前還叫先生的！

午膳是廚房準備的，飯後兩位大老有午後小憩的習慣，顧長安便打算去地裡逛一圈。

「正好我也想去地裡看看，不如同行？」太子笑著問道。

雖然是詢問，可他已經舉步跟上，顧長安哪有資格反駁？

「聽明珠說，這葵花種子好處多多。」

顧長安點點頭。「一開始只是為了做點零嘴，後來發現這東西若是榨油味道極好；要是當成零嘴，銷路也不會差，每年的利潤更不會低。拿去榨油，起初尋常百姓怕是吃不起，不過逐漸推廣出去應當沒有問題。」

太子了然。顧長安的意思是，這三年五載的，大概只有大戶人家吃得起；不過這已經算不錯了，三、五年不成，八年、十年百姓應當就能吃得起。

顧長安掃了他一眼，立刻就猜到他在想什麼。原本是不打算多嘴的，不過想了想，到底還是開口道：「其實這東西在小範圍內販售沒關係，對於百姓來說，首先能夠填飽肚子就成，若是能有盈餘，最好能有機會送自家孩子讀書識字；至於這吃的油，怕是在意之人並不多。」

太子若有所思。「即使味道不好也沒關係嗎？」

顧長安輕笑一聲，忽然想到「何不食肉糜」這個典故。不過太子已經算是不錯了，聽師公說每年春耕，他都會去地裡看一看，比起那些出身不如他之人，他在農業這方面的瞭解已經要比他們多了。

「對於大多數百姓來說，能填飽肚子，或者是菜裡面能多放幾滴油，這就已經很好了。」

太子沈默了半天，忽然又問道：「若是妳，妳會希望朝廷可以頒布何種法令？或者，妳更希望從朝廷得到何種幫助？」

顧長安毫不遲疑地道：「可以進學堂！」

再苦不能苦孩子，再窮不能窮教育！

太子眉頭微皺。「這並不容易。」

顧長安轉頭看著他，忽然笑得意味深長。「少年強則國強！」

貧窮斷絕了多少天才的崛起可能？而且她一直都很信奉這句話，覺得這句話說得再對不過。知識是力量，也是改變命運最強大的手段。這命運，不只是個人的，還有國家的！

太子的腳步忽然一頓，雙眼微微有些失神。顧長安卻是沒有停下腳步，慢悠悠地走進地裡，地面已經有點點嫩綠冒出頭來，出芽率還不錯。

她在地裡看嫩芽，回過神來的太子將視線落在她身上，看著她從容淡泊的模樣，忽然覺得若是真有這麼一個妹妹，好像真的不錯。

眼角餘光看到太子的表情變化，顧長安心裡都快笑瘋了。她承認，剛才那話至少有一半是裝腔作勢。

太子瞧著有點意思，不過她可不喜歡給自己添麻煩。說什麼當成妹妹，這不是給她添堵嗎？所以才順嘴兒說了那麼一句高大上的話，震他一下。

林大儒的徒孫，金先生的關門小弟子，總歸不能差了！

果然，太子被她這高大上的話給震住了，看那表情就知道，他到底有多吃驚。

「這東西做的零嘴味道倒是不錯，聽清一說妳那裡還有不少？」太子慢慢走到顧長安身邊，忽然問道。

顧長安在心裡翻了個白眼。她只有那點零嘴，這一個個的都盯準了不放。

「殿下若是喜歡，改天讓小世子給您送一些過去。」她記得紀琮的空間裡好像還有一點，雖然是陳年的，不過放在空間裡的東西不會壞。等回京了讓紀琮拿出來，炒一鍋原味瓜子，再煮一鍋茶味瓜子，到時候各家分一分，也算是個心意。

太子滿意地點點頭。「那我便等著了。」

得到滿意的答覆，太子便接著問起地裡之事。顧長安自是知無不言，不過她這人做不來虛假，尤其是在這種正事上，不知道的便直言不知，好在地裡面有人看著，尤其是林六叔和李誠，都恨不得住在地裡面了，生怕有個疏忽會壞了收成，到時候讓顧長安沒臉。見他們在，顧長安便叫了他們兩人過來，她有不清楚之處，正好也讓兩人一併給她解惑。

太子向來都是個放得下姿態之人，但凡有不懂又感興趣的，都一一仔細地問清楚。林六叔和李誠剛開始的時候還有些戰戰兢兢，說起話來都有點結巴，不過等說起地裡的事情，這可是兩人的老本行，膽子就逐漸大了起來。

太子認真聽著，顯然教養極好，哪怕跟前只是兩個尋常的百姓，他也不會貿然打斷對方的話，有疑問都是等對方的話告一段落，才會問一聲。李誠不提，林六叔這種性子憨厚又自卑之人也能感受到自己被尊重了，回答起來自是更加盡心。

這番接觸以後，顧長安多少也覺得紀琮若是支持這一位繼承皇位，倒也算有眼光。

至少，目前來看，太子的確還不錯。

——未完，待續，請看文創風762《女耀農門》3（完）

2019年6月出版

不娶閒妻

文創風 758～759

他就愛沒事找事給她做，
是嫌她還不夠忙嗎？
能不能讓她先喘口氣啊！

情意綿長 初心永在／安小雅

重獲新生，舒清淺決定放棄過去汲汲營營的生活，
遇事能躲就躲，以「偷懶」為人生最高宗旨，悠哉過日子。
可一計救災良策，讓她得到皇上青眼，眾皇子亦對她產生興趣，
甚至因此被天子授命創辦文苑，集天下文士於一堂，暢所欲言。
面對如此神聖的任務，她只覺心累，能不能只出錢、不出力啊？!
偏偏上頭居然派了全京城最閒散的皇子章昊霖來做她的搭檔……
想都不用想，這個不學無術的三皇子就是來拖她後腿的！
他成天以戲弄她為樂，還把那些麻煩差事全都推給她，
更自作主張地替她增加了任務的難度，將她拋到風口浪尖上去。
呵呵，她「京城第一才女」的名號可不是白叫的，
這個挑戰她接下了，有什麼招數儘管放馬過來吧～～
要跟本姑娘鬥，你這臭小子還嫩了點呢！

2019年6月出版

福氣小財迷

文創風 755～757

都說傻人有傻福，這話確是不假，
攤上一對只想賣了她換錢的無情父母算她倒楣，
但既然老天垂憐給了她機會重來，這輩子她誓不走回頭路，
正確地說，她壓根兒就不想成親，再看他人臉色過活，
她如今只想著要賺錢，定讓未來順風順水！

縱有千種風情，更與何人說／風白秋

身為親爹不疼、後娘不愛的女兒，江雨橋的日子過得著實艱辛，
後娘是個慣會裝的，人前慈藹、人後毒打，她身上根本沒一塊好，
唯一支撐她活下去的，只有真心待她的同父異母弟弟，
可弟弟年紀尚幼，能幫的有限，也實在無法護她，
所以說，上輩子她就這麼被賣給了視人命如草芥的許家老爺當妾，
她在許家謹小慎微了二十年，最終仍逃不過被夫人下令杖斃的命，
幸好她是個有大福氣的，上天竟讓她重活一世，
再睜開眼時，她回到了十三歲被發賣的那一天，
相同的場景，不同的是，這回她不會再傻傻地被賣了，
攤上這樣無情的父母，這個家無論如何是不能再待了，
這輩子她誓不為妾，她的命運只能掌握在她自己手中！

國家圖書館出版品預行編目資料

女耀農門 / 樵牧著. --
初版. -- 臺北市 : 狗屋, 2019.07
冊 ; 公分. --（文創風）
ISBN 978-986-509-018-0（第2冊：平裝）. --

857.7　　108008603

著作者　樵牧
編輯　黃鈺菁
校對　沈毓萍　簡郁珊
發行所　狗屋出版社有限公司
地址　台北市104中山區龍江路71巷15號1樓
電話　02-2776-5889～0
發行字號　局版台業字845號
法律顧問　蕭雄淋律師
總經銷　知遠文化事業有限公司
電話　02-2664-8800
初版　2019年7月
國際書碼　ISBN-13　978-986-509-018-0

定價250元
狗屋劃撥帳號：19001626
網址：love.doghouse.com.tw　E-mail：love@doghouse.com.tw